Initium et Finis
(Revolución)

Initium et Finis (Revolución)

Alan Moncisvais Corona

Número de Control de la Biblioteca del Congreso de EE. UU.:   2021921425
ISBN: Tapa Dura   978-1-5065-3897-6
                   Tapa Blanda   978-1-5065-3896-9
                   Libro Electrónico   978-1-5065-3895-2

Fecha de revisión: 02/11/2021

Para realizar pedidos de este libro, contacte con:
Palibrio
1663 Liberty Drive, Suite 200
Bloomington, IN 47403
Gratis desde EE. UU. al 877.407.5847
Gratis desde México al 01.800.288.2243
Gratis desde España al 900.866.949
Desde otro país al +1.812.671.9757
Fax: 01.812.355.1576
ventas@palibrio.com
712395

ÍNDICE

1

La Apatía un Arte

Diego

Tara y Katla, luego de su intenso encuentro, son tomadas en custodia y marchan hacia el interior del ascensor escoltadas por Enki e Inanna.

—Por suerte son quemaduras menores —afirma Aria echando un vistazo a mi rubicunda piel, que arde como el infierno—. Estarás bien; sanará —asiente y me extiende placas.

«Lo siento. Te amo», son las últimas palabras que Tara mimetiza antes de entrar al ascensor, dibujando una tierna sonrisa en sus labios.

Tanto ella como Katla parecen lastimadas. Aunque la alemana, que cojeaba y presentaba heridas sangrantes por todas partes, parecía menos cansada que Tara, quien todavía jadeaba intensamente. ¿Cómo habían sufrido tantos daños estando dentro del robot?

Debo parecer más confundido de lo que soy capaz de disimular, pues Jessica, que de pronto evanece, viva, intacta y sin haber sufrido ni un rasguño, interpreta mis pensamientos y explica:

—También es cuerpo, ¿recuerdas? —aclara ella—. Por eso sangran. Que permanezcamos dentro de la máquina no implica que estemos exentos del daño. Lo disminuye, vaya que sí, pero no somos dioses para no sangrar —un aire de ironía se cuela entre sus últimas palabras—. Vamos. El frío empieza a calar —sonríe, se levanta con la mirada en el horizonte y se abraza a sí misma. Ella había sobrevivido al impacto abrasador de la pelea entre Tara y Katla y caigo en la cuenta de que el frío sería lo último que le afectaría, pero muerdo el anzuelo: me levanto, la estrecho y nos vamos del lugar, abrazados.

—Yo... lamento todo lo que sucedió. Tal vez debí... —me disculpo; me siento impotente.

—No hace falta que te disculpes. No has hecho nada malo —me interrumpe.

Me cuesta trabajo creer que estuviera viva, y miles de preguntas, que brotan como agua de una fuente, revolotean en mi mente:

—¿Cuánto tiempo llevas aquí? ¿Cómo llegaste? ¿Quién te enseñó a usar el triskel? ¿También puedes transformarte como ellas?

—Es un medio para la generación y la creación, ¿sabes? No es solo para demoler y destruir todo lo que se te ponga en frente, aunque así lo parezca —explica, haciendo alusión a la destrucción que la pelea entre Tara y Katla había dejado.

—Si tú estás aquí, ¿significa que también podría estarlo mi hermana?

Su semblante se ensombrece.

—Yo... me temo que eso no es posible.

—¿Por qué? ¿Qué le ha ocurrido?

En mi interior bulle un sentimiento turbio y poderoso, alimentado por un profundo temor que amenaza con hacerme perder el control.

—Es la razón por la que estoy aquí, por la que sobreviví —declara—. Ella está muerta.

Sus palabras son como un veneno que quiebra mi ser. Siento una fractura despedazar mi corazón que arde y mi mente que se niega a aceptar la verdad.

—No, no claro que no, es imposible... tu no estabas con ella, ¿cómo podrías saberlo?

—Porque yo la maté.

Tara

Me entero que mi madre ha sobrevivido y se encuentra bien. La noticia me alegra y a la vez me infunde un terror inimaginable; las consecuencias serán terribles. Casi podía jurar que, en cuanto se abrieran las puertas del elevador, ella estaría del otro lado, esperándome.

«¿En qué demonios estaba pensando cuando la arrojé al precipicio?», me pregunto.

En mi corazón había quedado grabada la imagen de Katla besando a Diego. Jessica también estaba ahí, muy cerca. «¿También habrá hecho de las suyas? ¿Lo estará haciendo justo ahora?» los celos renacen en mi interior con gran vigor.

—¿Los viste, a Diego y a Jessica? —le pregunto a Katla mirándola por el rabillo del ojo.

—Qué... si así fuera ¿también la atacarás a ella? O mejor dicho, ¿lo harás de nuevo?

—Eso a ti no te importa.

—¿Siempre haces eso? ¿Atacas y después preguntas?

3

—¿¡Qué querías que hiciera!? ¡Ustedes siempre se entrometen en mis asuntos!

—¿¡Entrometernos!? ¡Pero si...!

—¡Sí! ¡Ustedes par de zorras! ¡Desde el principio ustedes...!

—¿¡Y por qué te crees tan importante!? ¿¡Qué te hace pensar que eres tú a quien él eligió!? —sus palabras son como un balde de agua fría—. Porque a mí me aceptó; me devolvió el beso con fervoroso cariño, con una fogosa pasión que ni te imaginas. De haber estado solos yo creo que...

—¡Cállate!

—Quizás lo has tenido por más tiempo, pero no creas que por eso te lo has ganado.

—¡Que te calles! —mis puños cerrados crujen.

—Sabes muy bien con quién está en este momento, ¿no? Quizás están besándose ¡O quizás hasta algo más! —exclama entre carcajadas. Mis impulsos se salen de control: el león emergía de nuevo.

Diego

El ascensor se detiene. Las puertas se abren y su monótono pitido llena el amargo silencio, cuyo eco retumba a lo largo de los pasillos concéntricos desolados. Permanecemos frente a frente sin dirigirnos la palabra. Las puertas se cierran, lo impido con un lento movimiento de mi brazo.

—Lo lamento, en verdad lo lamento —se disculpa ella.

Abandono el elevador y la dejo dentro, apenada. Me dirijo a mi habitación. Quiero estar a solas. No sé si me duele más la muerte de mi hermana, aunque no fuéramos grandes hermanos, o el hecho de que fuera Jessica quien lo hubiera hecho. Mientras avanzo mis ojos se inundan. ¿Por qué lloro? No lo puedo evitar. Es más bien el llanto de unas lágrimas secas que temen expresar la soledad que siento, que se cierne sobre mí en plena oscuridad, oscuridad que domina mi vida desde aquel fatídico día en que el colegio fuera destruido junto con mi país, mi hogar y mi familia.

Pienso y repaso los hechos en mi mente en busca de una respuesta a la pregunta no planteada. Duele, sí, pero el dolor es del tipo ardoroso proveniente de las quemaduras frescas en la piel, no del tipo punzante y opresivo causado por la pérdida de un ser querido. La realidad era que no lamentaba la muerte de mi hermana, que se había convertido en un extraño y lejano ser con el que únicamente compartía apellidos. Mis sentimientos por Jessica eran una encrucijada de emociones discordantes que parecían bloquearse a sí mismas; no fluían, como agua bloqueada por un dique, lo que me hacía sentir distanciado de ella; Jessica ya no era la misma. Yo tampoco. Y Tara, con quien tanto deseaba hablar, estaba probablemente recibiendo un temible castigo por parte de su madre, quien impediría a toda costa que yo me le acercara. Podía describir mi sentir como una perversa indiferencia en medio de una abrupta soledad.

Tara

De un puñetazo que ni Enki ni Inanna intentan evitar, mando a Katla al piso. Las puertas se abren y me encuentro con mi madre. Salgo con violentos tumbos, la empujo y sigo mi camino.

Diciembre 21

6:45am

Diego

El resto de los días previos a la fiesta de Tara transcurren tan rápido como una estrella fugaz. Me la paso tumbado en la cama, a solas. La única persona con quien tengo contacto es con Aria, quien había curado mis quemaduras. Sus visitas habían sido silenciosas interacciones de miradas y gestos, que duran menos de lo debido, pero más de lo necesario. Nunca menciona a Katla ni a Jessica, tampoco a Tara.

Debo estar en el último piso del Lotus antes del amanecer si deseaba ver a la leona. Sin embargo, también me encontraría con Katla y con Jessica, personas con quienes no quería cruzarme. Estarían también los miembros de La Orden y una cantidad incalculable de desconocidos que seguro estarían enterados del altercado en la azotea, probablemente conscientes de que la causa fuera un duelo pasional del que me culparían. Y una tormenta de expresiones variadas me bombardearía al entrar al Gran Salón. Un incómodo bochorno me abruma y me arrebujo más entre las cobijas.

«He soportado cinco días sin poder verla, una noche más no me hará daño —me digo a mí mismo—. La veré mañana temprano»

—¿Significa eso que te quedarás ahí postrado?

Salto con el corazón en la garganta, asustado, y suelto un fuerte grito al escuchar la sorpresiva voz ronca dentro de mi habitación. Me atoro entre las sábanas y me caigo de la cama.

—¡¿Qué demonios!? ¡¿Cómo entró!? —tartamudeo entre jadeos.

Logro erguirme un poco y miro al otro lado de la cama. El viejo hombre canoso de piel oscura se encontraba del otro lado de la habitación.

—Toda acción está precedida por la voluntad de ejecutar dicha acción, chico. Pero tú... tú no muestras ninguna.

—¿Q-qué, qué significa eso? ¿Cómo entró aquí? ¡Casi me mata del susto!

—Quiero decir que es la voluntad lo que nos impulsa a actuar, pero tú tienes la facilidad de no mostrar ninguna. Al contrario, expresas algo que yo llamaría anti-voluntad.

—Querrás decir apatía —corregí.

—Lo que dije es lo que quise decir.

—Está bien, está bien, no tienes por qué molestarte.

—La apatía genera pasividad, inactividad que, aun siendo aparentemente improductivo, dejar fluir las cosas, lo que resulta ser a veces lo más adecuado; es el arte del No-hacer. Eso en tu caso sería un gran logro. Pero por desgracia no, tú provocas retrocesos, descensos, destrucción, desaire, desamor.

—Eso no es cierto —exclamo indignado.

—Usa tu memoria, chico.

Logro recordar una vez en la que fui de ayuda:

—Ayudé con los acertijos. Fui productivo, impulsé nuestro avance.

—Una buena obra no borra una mala. Pero sí concede la oportunidad de continuar obrando por la vía del favor.

No tengo forma de rebatir. Sus palabras son como una cuchillada directo al pecho que acalla mi ánimo y enmudece mi espíritu.

—Lo sé, soy un inútil. Ni siquiera sé que hago aquí. Sólo causo problemas —susurro con un resoplido, consternado, con la autoestima por los suelos. Empiezo a comprender que he sido un completo imbécil, un obstáculo para todos.

—No del todo. A esas tres chicas las has impulsado a ser mejores, a luchar por ser lo que desean, a combatir por lo que aman… literalmente —aclara él con gracia.

—¿Quién eres? —pregunto con una sonrisa en los labios arrobado por una súbita chispa de ánimo que me contagia el hombre.

—Debes volver a ellas. De alguna manera te has ganado lo más valioso que una mujer te puede dar: su amor. Hónralo.

—Lo haré —exclamo lleno de júbilo.

—Apresúrate, tienes menos de un minuto para llegar.

Agarro el pase sobre la mesita de noche y salgo corriendo rumbo a los elevadores.

«¡Corre, corre!» acelero por los pasillos desérticos. La luz del alba empezaba a clarear.

—¡Eso! —grito en un regocijante susurro al ver la puerta del ascensor más cercano abierta. No podía ser coincidencia; Víctor y Enki lo habían hecho.

Entro de prisa y con manos temblorosas inserto la tarjetita, hace un largo pitido y las puertas se cierran. Unos segundos después me detengo en el último piso.

—Te estaba esperando —saluda Víctor con entusiasmo—. Empezaba a creer que no vendrías —sonríe con alegría—. Muchos en realidad así lo creían. ¡Incluso apostamos! —murmura exaltado, con la satisfacción del hombre que ha ganado su recompensa.

El lugar es verdaderamente grande. Una antesala con forma de media luna, de muros y techos altos revestidos de mármol blanco damasquinado, pisos adoquinados, adornada con elegancia y gran gusto. Al final de ambos extremos del medio círculo hay unas amplias escaleras de finas balaustradas de plata. Víctor extiende su brazo para guiarme hacia los escalones de la derecha.

—Gracias, supongo, por creer en mí —agradezco mientras subimos por la curveada escalinata. Al final observo una puerta de madera.

—Yo perdí.

—Oh... lo siento.

—Estoy bromeando —me da una palmadita en la espalda. Nos detenemos ante la enorme puerta. Sujeta la vieja chapa y pregunta—: ¿Estás listo?

—Sí... Ehmm ¿Quién apostó por mí?

Él abre la puerta.

Del otro lado hay una cámara curveada de forma rectangular revestida con cantera. De altura baja, los techos curvos y adoquinados, los muros sólidos y fríos, se sostienen a lo largo de robustas columnas cuyas bazas parecen echar raíces bajo las losetas del piso, húmedo y agrietado. Lo único que parece darle vida a aquella cripta es el moho acumulado en los rebordes de las piedras.

En medio hay una gran lámpara con forma de cono que cuelga desde el techado, cuyo foco herrumbroso ilumina con languidez una exánime mesa de hierro; alrededor de la mesa hay un trío de sillas con el mismo ánimo indiferente. Víctor toma asiento, se acomoda y me invita a ocupar la otra, frente a él, al otro extremo de la mesa.

Al acercarme y sentarme, la iluminación en cono parece tener el efecto de devorarse la enclenque luz de los alrededores, y quedamos dentro de una burbuja rodeada por la penumbra. Dentro de mi rango de visión queda la mesa, Víctor y la silla vacía a su lado; el resto del universo desaparece.

—Debemos hablar —asiente con seriedad.

Su gesto me aterra y recorre por mi nuca aquella extraña sensación de que algo perturbador está por comenzar.

—Al otro lado de estos muros será el festejo —señala el muro convexo —. En unas horas Tara estará ahí, y está muy ansiosa por verte —afirmo con un movimiento nervioso de la cabeza casi imperceptible—. Y quiero que sepas que no estoy en contra de que lo hagas. Pero las cosas están por dar un gran giro y para que puedas acercarte a ella antes debes hablar con ciertos personajes.

—No entiendo. ¿Pasa algo malo? ¿Cuáles personajes? —pregunto tan intrigado como atemorizado.

—El primer personaje soy yo. Y hablaremos del por qué habiendo probado, leído, intentado y aprendido tanto, no eres capaz de progresar —se yergue sobre su silla.

—¿Con el homúnculo?

—Con todo. Eres el mismo niño ingenuo, desorientado y temeroso que conocí en Italia.

—Lo que significa que no soy apto para lo que sea que ustedes hacen aquí. Y que tampoco soy digno de estar cerca de Tara.

—Significa que eres reticente —agita la cabeza—. Tú mismo te crees incapaz, te sientes desadaptado, fuera de lugar, desorientado; puedo verlo en tus ojos ¿Cómo quieres hacer lo que hicieron Tara o Katla, si no te crees capaz?

—Fue genial.

—Has construido una gran muralla como mecanismo de defensa que te aísla del mundo. Y eso te provoca temores, que te impiden progresar, y te vuelves inseguro de ti mismo. La solución es que aprendas a confiar en ti mismo.

Agacho la mirada. Sé de qué habla, pero no entiendo a qué se refiere. Me confundo, estoy avergonzado y me callo para evitar que se de cuenta de que tiene razón.

—Quiero mostrarte algo.

Saca un reproductor de video y lo encende. Las imágenes que veo a continuación me aterran:

—*Una gigantesca ola acaba de tocar tierra… ¡Dios mío…! Está arrasando con todo a su paso.*

Un hombre que respira con fuerza narraba su situación con voz agitada.

—*Casas… autos… incluso algunos edificios caen por la fuerza del agua. Espero que esto resista o sino…*

Se encontraba sobre el techo de un edificio de altura media, apuntando su cámara hacia tantos lados como podía. Al fondo se escucha el sonido del pánico: la alerta de tsunami.

—*Todos mis vecinos… todos huyeron al escuchar la alarma… estoy completamente solo.*

El crujido de las casas arrastradas, los impactos entre autos flotantes, el espeluznante silbido y la respiración temblorosa del hombre me ponen los pelos de punta.

—*El agua avanza muy rápido, se acerca muy, muy rápido. ¡Dios mío! ¡¿Eso es…?¡*

Gritos ahogados de gente a la distancia lo enmudecen. El hombre enfoca la cámara: una multitud es arrastrada por el agua mientras ésta lucha por mantenerse a flote. De pronto una montaña de escombros aparece y, entre aullidos de dolor y desesperación, los engulle:

—*Los escombros… Oh Dios… Esto es inaudito… es tan…*

El agua se acercaba.

—*Yo… tengo que… ya viene… ¿Qué hago, qué hago…? No puedo…*

La imagen se distorsiona; el hombre sacude la cámara y se escucha el golpeteo contra el suelo mientras él trepa desesperadamente los muros para ponerse a salvo. La cámara cae al piso, y su lente queda apuntaso hacia la barda del edificio. La imagen y el sonido comienzan a fallar de pronto con un escándalo cacofónico de interferencia.

—*¡Ayúdam... Dios!... ¡ayúd... me Dios p... fa...or... te lo ruego...!*

Los gritos del hombre son sofocados por un estruendo. El agua lo había alcanzado. La filmadora se desliza por todos lados golpeando con todo lo que encontraba a su paso, mostrando espontaneas imágenes borrosas. De pronto se detiene. El hombre la levanta y graba de nuevo.

—*¡No pued... ser!... ¡el edif...io fue compl...tame...te lev... tado!... ¡Es c...mo una g...an gra... balsa!*

El hombre jadeante viraba la cámara. Se encuentra completamente rodeado de agua. El ambiente se ahoga en un maremágnum de terribles estruendos y crujidos provocados por la colisión entre edificios.

—*¡Oh p...r Dios! ¡Oh... r Dios!*

Grita aterradoramente en voz apagada. Se deja caer al suelo y se arrastra por el suelo hasta llegar a la balaustrada, límite del edificio por la que se filtraban aguas negras con escombros. Levanta la cámara que continuaba grabando con intermitencias. El hombre jadea cada vez más rápido.

—*¿¡Es...o es un... hombre!? ¡Dios m...o! ¡Q...é dem...nios!*

El sujeto bramaba desesperado al ver que de debajo del agua y de entre las ruinas flotantes una figura humana se alzaba. Enorme, aterradora y envuelta por una extraña mucosidad, la figura se irguió lentamente, escurriendo agua, residuos y aquella sustancia viscosa que lo revestía.

El hombre había enmudecido.

2

Almas al Viento

Diciembre 21. El Lotus

Diego

—¿¡Pero, qué fue eso!? —grito abrumado por las imágenes; el eco retumba en las frías paredes de la cámara.

—"Eso" soy yo —declara con voz suave y débil una mujer que aparece de entre la oscuridad y se sienta junto a Víctor. Tiene el rostro invadido por una infinidad de arrugas, de largos cabellos blancos, secos y enredados que tejen intrincadas marañas recubiertas por un grueso manto de tierra. De cuerpo escuálido y aspecto enclenque, ataviada con varias capas de raídos estropajos y pieles harapientas, camina apoyada sobre un increíble báculo largo de color blanco con infinidad de incrustaciones plateadas de runas y jeroglíficos que no reconozco.

—Mi nombre es Ki, y soy, claro está, una más de la raza que ya conoces como An —se presenta con sobriedad.

—Ahora ve, anda, te esperan en la siguiente puerta —ordena Víctor levantándose de la silla con la mano apuntada hacia el otro extremo del lugar.

—Pero, pero…

—Ahora.

Un instante después me encuentro caminando hacia el umbral, lo atravieso y continúo andando sin prestar atención al entorno. Las imágenes reviven una y otra vez en mi mente y me inquieta el poder de aquella mujer. ¿Qué hacía ahí? ¿Por qué estaba cubierta de ese líquido viscoso? ¿De dónde había salido? Delibero unos momentos en mi interior y caigo en la cuenta de que la anciana debía tener su par de placas.

—¿Por qué no usarlas para darse una apariencia más atractiva y vivaz? O por lo menos una que no causara tanta aversión —susurro para mí con la vista al suelo.

—Porque no todos tememos ser quienes somos, Diego —contesta la voz de Varick.

Se encontraba a la mitad de la cámara, sentado tras una mesa, bajo una tenue iluminación; una escena idéntica a la anterior, pero con Varick como mentor.

—¿Eso es de lo que hablaré contigo? —avanzo y tomo asiento en mi correspondiente silla. No sin antes echar un vistazo alrededor en busca de quien ocuparía la tercera silla—. Porque en realidad preferiría hablar sobre…

—El tiempo corre Diego. Es mejor que escuches con atención —interrumpe con frialdad—. Porque apuesto a que no detectaste nada raro en la grabación que acaban de mostrarte.

—Mmm… ¿A qué te refieres?

—Precisamente a eso que no fuiste capaz de sentir. Víctor es demasiado bueno y te permitió avanzar, pero la yincana ya ha comenzado y yo no seré tan benevolente. Aquí tienes una segunda oportunidad...

Me reprende con una frialdad contraria a su forma habitual de ser. Extrae su reproductor de video y miro otro video:

—*"La ciudad es un caos. Se ha recomendado a la población que no salgan a las calles, que permanezcan dentro de sus hogares. La tormenta que inició repentinamente hace casi cinco días tiene a la ciudad sumida en..."* —informaba en el noticiero del televisor un hombre vestido de traje y gesto indiferente.

—*Aunque no lo crean son las... dos en punto de la tarde. Ya son cinco días continuos de lluvia en la ciudad de Nueva York, así es, cinco días sin parar... y no parece que cederá pronto, sino al contrario, por momentos recrudece.*

Un joven de unos veinticinco años paseaba su cámara por un lujoso cuarto de hotel, filmando el televisor y luego a través un ventanal. Afuera se podía distinguir el Central Park sumido en una profunda oscuridad que envolvía a toda la ciudad, lo que creaba la ilusión de ser medianoche. La penumbra era apenas Iluminada por las lejanas luces que titilaban bajo la lluvia tupida acompañada esporádicamente por los destellos causados por relámpagos y truenos que hacían vibrar el vidrio.

—*Llevo una semana aquí encerrado, bueno... con mi chica...* —el joven giró y grabó la cama, donde estaba su novia. Ella, acostada, despertaba con pesadez y al percatarse de que estaba bajo la mira del lente se tapó la cara con una almohada —... *así que no me quejo.*

—*¡No es divertido, apaga eso!* —replicó ella con voz apagada a través del cojín.

El joven vuelve a asomarse por la ventana. Pasan unos momentos en silencio, acompañados por el destello de lejanos relámpagos que azotan la ciudad.

—*Comienzo a aburrirme aquí adentro* —dice el joven a su novia, quien estaba ya sentada al borde de la cama envuelta con las sábanas.

De pronto tocan a la puerta de su habitación con ahínco. Ambos muchachos alzan la mirada. Tocan de nuevo. Cada vez más fuerte, con más desesperación.

—*¿Quién?* —pregunta el joven un tanto molesto. Tocan otra vez, con más firmeza. Empiezo a inquietarme.

Luego, inesperadamente, un grueso zumbido ahoga la bocina de la cámara, que capta imágenes y sonidos entrecortados por repetidos embates de estática. El edificio empieza a tambalearse, las paredes crujen, los objetos caen al suelo. El televisor chispea y los fuertes gritos de la chica estallan en ininterrumpidos ecos acompañados por el estridor provocado por todo tipo de objetos arrastrados por la fuerza del vaivén. La cámara mira por la ventana: se observa una cadena de rayos silenciosos que azotan el estanque frente al hotel. El agua se endurece bajo una extraña capa blanca que rápidamente se sublima y levanta una espesa cortina de niebla que avanza entre las ramas de los árboles hacia los edificios.

Tan rápido como inicia, el caos termina; la espeluznante escena queda ahogada por un penetrante silencio. La lluvia cede espontáneamente y los relámpagos dejan de brillar. La oscuridad se intensifica. La única muestra de vida que dan los jóvenes son sus agitados jadeos acompañados por el repiqueteo de las alarmas de autos distantes. El muchacho enciende la lámpara de la cámara y se acerca a la ventana.

El lejano sonido de un crujir creciente se comienza a escuchar. De pronto una cegadora docena de relámpagos caen simultáneamente sobre el estanque. Tras el estallido provocado por los truenos el hielo se fractura y proyecta gruesos témpanos de hielo que vuelan en todas direcciones.

Los relámpagos azotan los alrededores. La cámara tiembla y los jóvenes lanzan imprecaciones al aire. La neblina comienza a disiparse. El caos es abrumador. El lente lucha por enfocar entre el movimiento y la estática que la invade. Pero se alcanza a ver que entre los nubarrones algo se mueve. Tardo un momento en identificarlo. Es una persona. Un luminoso ser de forma humanoide emergía desde las profundidades del estanque.

Varick detiene la grabación y guarda el aparato.

—¿Qué opinas? —pregunta con la gélida expresión aún impresa en su rostro.

No sé qué decir, mi mente está en blanco.

—No lograrás llegar a la cita con tu chica si continúas en silencio.

—Habías dicho que era mejor si escuchaba.

En su rostro se pinta una amplia sonrisa y asiente con la cabeza.

—Cuéntame Diego, ¿qué expectativas tienes? —pregunta apoyándose sobre la mesa.

—¿De qué hablas?

—De esas cosas que traes en la cabeza. Hasta dónde puedo ver, diría que sólo las traes de adorno. Hacerte lucir genial no es su objetivo —sus palabras son como afiladas agujas que desgarran mi confianza y sacan a flote mi ineptitud.

—No sé, yo... —tartamudeo—, me gustaría hacer lo que Tara hizo el otro día.

—Aspiras alto muchacho, muy alto. Tara es excepcional, es extraordinaria. Con decirte que incluso Enki e Inanna la admiran. Tal vez quieras lograr lo que ella, no dudo que pudieras, pero no veo el coraje en ti.

—¿De verdad crees que yo pueda?

—Te lo diré así: si a un niño lo refrenas repitiéndole una y otra vez que no puede hacer tal o cual cosa, terminará por convencerse de que en verdad no puede hacerlo sin siquiera haberse dado la oportunidad de intentarlo. Si tenía la capacidad o la posibilidad de desarrollarla, no lo sabremos nunca, se irá al olvido. Entonces pierde coraje y confianza, se bloquea y cede ante el eterno "no puedo", que se presentará nuevamente a la siguiente oportunidad, y a la siguiente, y por el resto de su existencia, hundiéndose en la anodina simpleza de la conformidad. Perderá toda inspiración. Andará por su vida eternamente temeroso ante el más mínimo cambio, morirán todos sus deseos, desaparecerán sus aspiraciones y se desvanecerán sus sueños; se convertirá en un espíritu errante por la insipidez de su propia vida. No está de más decir que somos nosotros mismos los principales responsables de bloquear nuestras capacidades.

—Ya entendí —respondo apocado.

—Entonces muestra coraje —escucho una voz profunda, melodiosa, perteneciente a un hombre bien parecido, alto, esbelto, de cabello oscuro, barba desprolija y ataviado con un traje desaliñado color plata.

«Qué hombre tan extraño», pienso luego de cerrar la puerta y entrar a la tercera cámara.

—Su nombre es Dagan —resuena la voz de Hahn a mi lado. Me da un gran susto y respingo con la respiración contenida—. Disculpa si te espanté. Por favor, toma asiento —me invita con la cortesía de un mayordomo señalando una silla. Él permanece de pie, apoyado sobre su viejo bastón.

En silencio saca un aparato que reproduce otro video:

De inmediato reconozco la panorámica. Es la imagen del volcán Popocatépetl tomada por la cámara que lo monitoreaba día y noche. En el borde superior tiene una leyenda que reza: siete de septiembre. El volcán, apacible como cualquier otra montaña, lanza su cotidiana fumarola hacia lo alto de los cielos que lo corona como un gran penacho de gases y vapores ardientes. Era el nublado amanecer del día en que la Ciudad de México sería borrada del mapa.

El video continúa sin cambio alguno por varios minutos. Lanzo un vistazo receloso a Hahn, cuyos ojos permanecen clavados en el video.

—¿Qué es eso? —pregunto al percibir de fondo un espeluznante zumbido proveniente del video.

—El primer aviso —asegura. La fluidez y rapidez de su respuesta me desconciertan.

—¿Aviso de qué?...

El extraño sonido desaparece.

Tras un repentino parpadeo el video avanza hasta cerca del medio día; la hora: 11:49 am.

Recuerdo aquel día. Las imágenes se agolpan en mi mente: el salón en plena clase, la vívida voz de la maestra, el repiqueteo de la lluvia en los cristales, los retumbos de los truenos, la cegadora proyección de la clase; comienzo a revivir el terror.

11:50 am.

—¿Lo sientes? —pregunta él.

—¿Sentir qué?

Después de unos instantes viene a mi memoria otro detalle: Tara, justo en aquellos momentos, había parecido distraída, con la mirada perdida, como buscando algo en el aire ¿Habrá sido eso a lo que se refería Hahn? La respuesta era clara: si había algo que sentir, ella lo había sentido.

11:57 am.

El ensombrecido volcán empieza a emitir un potente tremor. Continúa por unos momentos mientras el panorama se oscurece más y más. Luego el clamor parece lanzar un par de rugidos que suenan como explosiones internas desde las entrañas del volcán enfurecido; a las doce, al medio día exacto, precedida por un estrepitoso estallido, la colosal erupción da inicio. Se eleva una inmensa columna de oscura ceniza que se fusiona con las relampagueantes nubes. Las explosiones rugen con vigor iracundo dentro del volcán. La lluvia de rocas incandescentes atormenta la tierra de los alrededores y levanta enormes nubes de polvo. Los incendios enardecidos se elevan en las laderas de la montaña y se extienden desde las altas cuestas hasta sus faldas hacia los poblados aledaños. La cámara, que nunca deja de grabar, se había salvado una considerable cantidad de rocas que se proyectan a su alrededor.

Los segundos corren rápidamente. De pronto la cima escupe lava ardiente y la cámara se cimbra. La fuerza con que emerge arroja el líquido viscoso varias decenas de metros en el aire. Su brillante y diabólico color naranja rojizo resalta en el lánguido panorama e ilumina la espesa columna de ceniza en un espectáculo macabro.

Un último par de estallidos dan pie a la aparición de una enorme silueta humanoide en los bordes del cráter.

—No entiendo. ¿Esos An emergen de la tierra o caen del cielo? —pregunto.

—El hecho es que estamos siempre aquí, Diego —responde un hombre gallardo, de talante recio, cabello plateado, ojos idénticos a los de Inanna pero garbo y facciones muy similares a las de Enki. Toma asiento frente a mí y entrelaza sus dedos frente a su boca.

—Indra —se presenta con un acento gentil. Su voz es penetrante, potente como un trueno —me apena la forma en que han sucedido los eventos para ti Diego. Las vicisitudes que han subvertido tu realidad escaparon de nuestros designios.

—¿De qué está hablando? ¿A qué se refiere?

—A que no contábamos con que llegarías hasta acá —contesta Hahn.

Su aseveración me impacta con fuerza y me quedo pasmado, desconcertado. Siento que la cámara se oscurece aún más.

—Es decir, pensamos que morirías cuando atacaron a tu país.

Guardo silencio. Mi mente queda en blanco.

—Piénsalo, Diego. Recuerda todos esos momentos en que alguna de esas tres chicas salvó tu vida. Comenzando por Tara en tu colegio, por Jessica en Palenque, por Katla en Italia y Francia. Es esa la razón por la que captaste la atención de Víctor, de Aria, de Inanna y hasta de Enki, y en general la de todos nosotros. Hay algo en ti que nos resulta curioso e inexplicable —explica Indra con entusiasmo; luego, un nuevo silencio cae sobre nosotros.

Mi cabeza da vueltas, comienzo a sentirme mareado. Trago saliva y me recargo sobre la fría mesa. Apenas y siento el frío que hiela mis brazos al contacto.

—La inamovible fuerza de la realidad a todos nos supera.

—Es decir que... cualquiera que sea su plan, ¿yo no estoy en él?

—¿Nuestro plan? —Indra agita la cabeza y se reclina en su silla —los planes se desquebrajan. Tener un plan en tiempos desesperados constituye en sí mismo la contemplación previa de una derrota inminente.

—Nosotros simpatizamos con el inescrutable causa y efecto muchacho. Pensamos al actuar y actuamos al pensar, a veces tan simultáneamente que perdemos de vista la línea divisoria —interviene Hahn—. Nos agradan las sorpresas — por primera vez veo sonreír al hombre.

—Las sorpresas son sólo el impredecible resultado de un causa-efecto que escapan a nuestras percepciones —aclara Indra —, como lo sería un nacimiento, una celebración o una muerte súbita, por ejemplo.

—Soy sólo una sorpresa… como la muerte, para ustedes —suspiro desairado. Ambos encogen los hombros.

—Nos es todavía desconocido el efecto de tu causa aquí Diego. Ni la certeza ni la duda son factores absolutos. Quizá seas la gota que causa un tsunami, la roca que inicia una avalancha o el suave aleteo de una mariposa que genera una tormenta.

—O quizás nada —suelta Hahn con una gracia que contrasta con su semblante y le arranca una carcajada a Indra; yo me permito sonreír con ambigüedad.

—Te han sugerido que confíes en ti y que muestres tu coraje —retoma Indra, aún sonriente —. Nosotros te aconsejamos que aceptes la realidad tal cual se presenta. El tiempo en vida es corto como para desperdiciarlo al realizar estériles juicios contra los sucesos transcurridos, cuyos resultados son invariablemente inalterables: ya han ocurrido. Respetándote a ti mismo y a los demás, con valor y libertad, avanza seguro por el sendero que te ha correspondido andar. Si el viento te lleva al lado izquierdo del Valle, disfruta el lado izquierdo del Valle; si te atrae al suelo, aprovecha la estabilidad del suelo y si te eleva a las alturas, disfruta de la vista. Al final, somos todos almas al viento.

Un instante después me levanto, camino con paso meditabundo y entro a la cuarta cámara. Había perdido el sentido del tiempo. A lo largo del recorrido no había visto una sola ventanilla que permitiera ver hacia fuera o si quiera una rendija por la que se infiltrara algún haz de luz para intentar deducir la hora. Quizá había pasado tan sólo una hora, quizá ya estuviese atardeciendo.

—Qué haces ahí, siéntate de una buena vez —Hela golpea con sus agudas palabras. La veo sentada en su silla, retrepada con los brazos cruzados y con cara de pocos amigos.

Esta mujer, por alguna razón, me odiaba.

3

Ladrillos de la Vida

Diego

Hela movió lentamente uno de sus brazos y colocó el mismo aparatito reproductor de video sobre la mesa; sin decir una sola palabra lo activó:

Una cámara de vigilancia pública graba: "Concepción, Chile. Septiembre 7".

A la izquierda se observa un pequeño edificio departamental de unos seis pisos seguida de una larga serie de casas muy similares entre sí hasta el horizonte donde se alcanzaba a distinguir los rasgos de una pequeña urbe. Al centro, un camino por donde los automóviles andaban en ambos sentidos. Y a la derecha unos cuantos árboles en las costas de un lago casi inmediato. Todo el ambiente luce pacífico bajo la atmósfera de una tarde nublada.

Un buen número de carros recorre la calle mientras un helicóptero no muy grande recorre los cielos. De pronto, la armonía del turbio lago es quebrantada. Inicia con un ligero vaivén del agua cuya fuerza acrecienta a ritmo acelerado; empieza a encresparse y atiza las costas. Las copas de los árboles se tambalean destilando hojas y liberan un gran número de aves negras que se alejan de inmediato. La cámara también presenta un parsimonioso movimiento repetitivo de un lado a otro. Algo andaba mal.

De un momento a otro aparecen en escena un robusto camión de bomberos, una ambulancia y un par de carros de policía; todos destellan con sus luces de emergencia en el enmudecido video. En mi mente imagino el sonoro galimatías que provocan los ecos de los vehículos aunada a las encrespadas aguas que vapuleaban las costas con afanosa displicencia.

Los autos se detienen. Las personas, tambaleantes por el bamboleo del sismo, salen de ellos e indagan en los cielos algo que para la cámara es invisible. El aire se densifica, la atmósfera se oscurece y la estática plaga la cámara de interferencia cuyo balanceo continúa y aumenta.

De pronto, a mitad del asfaltado camino, una gigantesca grieta se abre tan rápido que la gente no logra reaccionar y una multitud cae hacia el abismo acompañada de varios automóviles. Todo desaparece en la penumbra de la fosa; la gente huye, el agua se desborda, los automóviles se deslizan.

Luego de unos instantes, desde aquel precipicio insondable, emerge un brazo gigantesco que se sujeta al borde; un ser andrógino apareció en pantalla, impulsándose poco a poco hacia la superficie. Su cuerpo escurría una sustancia viscosa.

El androide, a diferencia de los anteriores, parece furioso. Al salir la superficie, acompañado de una serie de resplandecientes relámpagos y una fina nube de neblina, toma entre sus manos varios de los carros alrededor y comienza a causar mayores estragos. Arroja los autos contra la gente que huye despavorida y contra las construcciones que se desvanecen como si fueran de arena.

Observa un helicóptero aproximarse. Alza uno de sus y con un lacónico movimiento de su mano, de la cual dimana una especie de campo magnético, desarticula a la aeronave y provoca que caiga en picada hacia los edificios, causando una potente explosión. En ese momento Hela detiene la grabación.

La increíble agresividad con que aquella mujer actuaba siempre en contra mía me asustaba, motivo por el cual había preferido mantenerme de pie, a unos cuantos pasos de la mesa.

Al finalizar el video, la mujer, apoltronada sobre la silla con brazos cruzados y gesto de fastidio reprimido, gruñó:

—Qué esperas, lárgate.

—¿No va usted a decir nada? —pregunté creyendo que vendría otro consejo, advertencia o por lo menos un sermón, como en las anteriores cámaras.

—Fuera de aquí.

—Pero...

—¡Fuera!

Se levanta tan veloz como un rayo con la mirada perdida en el escritorio, azotando la superficie metálica de la mesa con ambas manos. Su grito levanta un estridente eco que retumba en mis tímpanos y cuya vibración provoca el bamboleo de la lámpara, que biseca con luz danzante los pilares de la sala y las facciones de la mujer. Ella, con el contraste de una mirada parsimoniosa, levanta la cara y me mira a los ojos. En ellos observo un grandioso destello que refulge como zafiros ardientes.

Camino en dirección a la puerta tras ella, con sigilo y sumo recelo. De pronto me invade un valor rayano en la temeridad y, al cruzar a su lado, me aproximo y le murmuro con suficiente claridad:

—Sería usted una mujer muy hermosa si tan sólo no estuviera siempre irritada y enfurecida.

Al otro lado de la puerta me recibe la extraordinaria e imponente belleza de Kara. La encuentro postrada frente a la mesa, único ornamento de la cámara, en forma idéntica a todas las anteriores. Mi corazón da un vuelco al verla, tan sorprendido por verla aún con vida, pues la creíamos muerta, como por su mirada penetrante y escrutadora. En mi interior forcejeo entre el deseo de contemplarla y la ansiedad de evadirla. Me excita y a la vez me intimida.

Es magnífica. Luce un cuerpo exquisito vestido con un extravagante atuendo de gala color morado con encajes plateados ceñido en sus curvas, lo que resaltaba sus encantos femeninos.

—Puedes dejar a un lado tus pensamientos panegíricos. Soy sólo una mujer —dijo con voz sedosa, lo que me despierta de mis alucinaciones con un respingo. Ella camina bordeando la mesa con garbo seductor, toma asiento, cruza sus esbeltas piernas y me invita a su vez a tomar asiento en la otra disponible, junto a ella.

Conforme me acerco, amedrentado y estuporoso, ella coloca el aparato sobre el escritorio. Por fin logro sentarme. Ella me dedica una tersa sonrisa y sin añadir palabra activa el video:

La luz convaleciente de un hermoso atardecer destella con lánguido fulgor un espectro rojizo, adornado con cuerpos de nubes opacas. La carretera atraviesa el campo en medio de la nada. Una mujer narra con la cámara apuntada hacia el cielo crepuscular:

—*Detengámonos un momento amor* —solicita ésta.

—*¿De qué hablas? Claro que no, tenemos que llegar a las siete y ya vamos tarde.*

—*Detente… por favor.*

Es ineludible. El hombre que conduce el auto se orilla sobre el acotamiento de la carretera y se detiene. La mujer sale del auto.

—*¡Qué bonito mama!* —grita asombrada una niña rubia que baja corriendo del asiento trasero del auto.

—*Solo son nubes mamá... vámonos ya...*—el joven hijo parece fastidiado y permanece dentro del carro.

La mujer graba el cielo a lo largo y a lo ancho. El viento sopla. De repente la imagen se pierde, interrumpida por un cegador destello.

—*¿Vieron eso? ¿Qué fue?... Guau... ¡es increíble!*

La mujer continúa grabando el cielo, que luego de ese fugaz destello había cambiado completamente.

—*Hace unos momentos... justo sobre nosotros se arremolinaron un montón de nubes tras un gran estallido... se juntaron muy, muy rápido... pero... en realidad... es tan hermoso* —la mujer hace de comentarista.

Maravillada y con voz gradualmente disminuida por la emoción, pasea el lente de la cámara por el cielo encapotado. Las nubes y la luz del atardecer habían formado un panorama muy bello y misterioso. De entre las nubes anaranjadas brotaban relámpagos azules, todos próximos entre sí, revoloteando dentro de la misma zona en la superficie nubosa.

—*¡Mira mamá, ahí!* —suelta la niña un grito temeroso señalando el cielo.

—*¿Qué diablos es eso?* —el joven sale del auto.

—*Se está formando un... un cono. Es... ¡es un...!*

Una impetuosa ráfaga de viento ensordece las palabras del desconcertado hombre. La nube en segundos crece, toma la forma de un hongo y en su base se arremolinan a gran velocidad relámpagos, tierra y hojas arrastradas por el viento; los rayos brotan y serpentean en los alrededores.

—*¡Dios mío! ¡Un gran tornado se acaba de formar justo encima de nosotros a una velocidad impresionante!* —grita la mujer, gritos que apenas son audibles por el vendaval que golpea la bocina de la cámara.

—*¡Aaahh!* —la niña está cada vez más atemorizada; corre, se aferra a las piernas de su padre y esconde la mirada entre la ropa. Él se mantiene postrado en el asfalto con ojos desorbitados hacia el cielo. La nube de la que nace el cono emite intensos retumbos, hacen eco en el horizonte y cimbran la atmósfera, tétrica y oscurecida.

—*¡¿Estás grabando esto madre?!* —el joven se entusiasma— *¡Es asombroso!* —repite una y otra vez.

Comienza a llover. Las nubes lucen pesadas y extremadamente corpulentas, negras y tenebrosas como la noche. La lluvia se intensifica. Las gotas bañan el lente y el estruendo del viento golpea la bocina de la cámara.

Entre aterrados alaridos, órdenes, llanto y a pesar del entorno, peligroso y desconcertante, la mujer no se mueve. La cámara graba el colosal fenómeno. Justo frente a ella la protuberancia cónica crece vertiginosamente a sus anchas, parece sumar fuerzas al absorber las nubes cercanas. Luego, en un repentino momento de aparente sosiego, comienza un descenso lento, discurriendo a lo largo del aire que se arremolina, fluyendo como un río, acortando la distancia entre el cielo y la tierra, dócil y suave, pero sin entrar en contacto con ella.

Los gritos se encrespan, los truenos rugen, el viento enrarece; la mujer no se mueve. Un auto se acerca desde el otro lado de la carretera, aparentemente ignorante del peligro. Un segundo después, el gran cono de súbito desciende e impacta contra el suelo con un atroz estrépito, grave, prolongado, ensordecedor y espeluznante, al mismo tiempo que levanta al auto desprevenido que, tragándoselo, desaparece en la penumbra.

La cámara comienza a vibrar rápidamente. La mujer reacciona, la imagen se acelera perdiéndose un instante. Entra al auto y cierra la puerta.

—*¡¿Qué demonios te sucede?! ¡¿Estás loca?!* —el esposo reprende a la mujer mientras, desesperado, con manos trémulas, intenta encender el auto.

—*¡Qué demonios te sucede madre!* —grita la niña en un ataque de ira y miedo.

—*¡Graba! ¡Graba! ¡Tienes que grabar esto! ¡No dejes de hacerlo!* —el muchacho está cada vez más entusiasmado—, *¡esto es estupendo!*

Entre gritos, regaños y llantos el auto arranca. El motor forzado ruge y las llantas rechinan.

El tornado seguía incrementando su tamaño, envuelto de pies a cabeza por relámpagos azules.

— *¡Miren!* —grita el muchacho; la familia calla al unísono.

La cámara gira con tenebrosa calma, incrédula, hacia un espeluznante panorama: La tormenta se intensifica, la fuerza del viento arrastra y lanza por los aires todo tipo de objetos, los relámpagos atizan con ira la tierra, donde los pastizales comienzan a quemarse e innumerables incendios enardecen azuzados por la imperiosidad del infierno que se desata; de pronto, uno a uno, surgen nuevos tornados alrededor del primero.

De pronto, con un estallido silencioso que ciega la cámara por unos segundos, el automóvil donde viajaba la mujer y su familia se vuelca. Se escucha un intermitente crujido; las voces han enmudecido.

La imagen se pierde en acelerados intervalos de luz y sombra; después de unos instantes se detiene.

La visión regresa lentamente, como indecisa y hastiada, enfocando poco a poco los alrededores. Se escucha el sonido del viento en su roce contra la bocina de la cámara, que comienza a amainar. La imagen se aclara: se encontraba sobre el asfalto, la luz del día había desaparecido completamente y el panorama se encuentra sumergido en la penumbra total; los relámpagos, con fuerza disminuida, iluminan por instantes la atmósfera. A un costado se observa el automóvil con las llantas al aire; al otro lado, en medio del campo, los tornados pierden fuerza y desaparecen lentamente. De entre el vórtice de nubes, viento y relámpagos, emerge una enorme sombra con forma humanoide.

A espaldas de Kara aparece entonces uno más de los An: una niña, a lo sumo de catorce años, de complexión pequeña, delgada, pero pintando ya algunos rasgos femeninos propios de la adultez. Pelirroja, de cabello ondulado, largo y ligeramente desmarañado su tez blanca está moteada en nariz y mejillas por infinidad de pecas diminutas. Su aspecto es adusto, pero no da la impresión de ser una despiadada diosa antigua con increíbles y majestuosos poderes.

—¿Tú hiciste eso? —pregunto incrédulo haciendo referencia a la tormenta.

—Claro que no —sonríe con ternura y voz angelical, enganchando sus manos por delante arrugando un poco su estupendo vestido rojo con encajes amarillos.

—La viste salir en el video anterior —aclara Kara con un resoplido burlón—. Ella es nuestra pequeña Dione.

Me presenta a la chiquilla poniendo su mano sobre la cabellera pelirroja de la niña, como se haría con un tierno cachorro.

Dione entorna sus ojos, entrecerrándolos, con gesto lacónico que descalifica con sarcasmo el apelativo que le había dedicado Kara. Ambas sonríen de pronto cual cómplices de travesuras.

—Estoy al tanto de tu desconcierto, de todo tu desconcierto en realidad. Pero sólo podemos hablarte de uno, Diego —dice Dione retomando su aspecto serio.

—¿Y cuál es? —pregunto tan atemorizado como impaciente.

—"No resaltas", así es como tú lo piensas. Te sientes desorientado, absolutamente inútil y completamente fuera de lugar —declara con increíble seguridad. Una fuerte punzada golpea mi corazón.

—No. No es fácil. Pues ¿Cómo sobresalir en un mundo en el que, desde el instante en que nacemos, se nos restringe, se nos enjaula, se nos desprecia? ¿Cómo respirar de un aire diferente estando en cautiverio? ¿Cómo nadar en aguas verdaderamente libres? ¿¡Cómo!? —declara Kara y golpea con el puño el escritorio, levantando un eco que retumba en las sombras.

Dione toma la palabra:

—Te lo ejemplificaré así: un muro de ladrillos… un muro de ladrillos que simboliza nuestro ser. Cada ladrillo, diferentes entre sí, serán los aspectos que nos formarán y crearán tal cual somos. A lo largo de nuestra vida vamos colocando estos tabiques uno junto a otro; vamos superponiendo las irregulares filas de ladrillos una sobre otra, una sobre otra. El muro se va conformando, se va haciendo más grande, más alto, más fuerte. Pero se ve constantemente flagelado por los inclementes azotes que el vivir, que la experiencia y el crecer implican en sí mismas: las penurias de nuestras vidas, como los problemas, las desgracias, las complejidades, las decepciones, la soledad, los resentimientos, los remordimientos, las culpas, el desamor, el miedo... todo, que hacen mella en nuestro muro.

» Empieza a resquebrajarse. Nuestras vidas pierden su rumbo; nuestras mentes, la cordura; nuestra felicidad, su sentido; nuestros deseos, las ganas; nuestros sueños, sus anhelos. El muro, nuestro ser, tambalea, tambalea, tambalea... suave pero incesante. Y por si acaso nuestra vida no fuera lo suficientemente caótica y desquiciada -nuestro muro desquebrajado-, todavía tenemos a "los medios de comunicación", que nos asedian con la cruel crudeza del resto del planeta a cada segundo, a cada instante, a cada momento. Vapulean nuestro optimismo con una nueva mala; repiquetean nuestra esperanza, la menoscaban y la convierten en un infame espejismo. ¿Serán reales nuestras ilusiones? ¿Será posible en verdad lograr lo que con tanto ahínco anhelamos de niños? Pues nos vamos perdiendo en la vorágine de la inanimada cotidianeidad; el muro bambolea inseguro de sí mismo, sus cimientos fluctúan, sus bloques empiezan a desperdigarse y se dispersan en la corriente del día a día como polvo al viento. Los cimientos parecen frágiles y quizás no lo soporten, quizás cederán pronto, pues, a pesar de que esos ladrillos son los más sólidos y son los que nos dan la familia, amigos y otros seres queridos, muchas veces parecen insuficientes. Entran en juego entonces nuestras virtudes y nuestros defectos; las virtudes mantendrán en pie al muro, los defectos lo despeñarán.

—No es justo. No escogemos los ladrillos iniciales, los más importantes, sobre los que se estructurará quien somos —replico azorado.

Dione contesta con una sonrisa irónica; es Kara quien estalla en exclamaciones:

—¿¡Cierto!? ¡Uno no elige a sus padres! Y son ellos los que harán de nosotros, en gran medida, quienes somos ¡Incluso si un niño pudiese ser el próximo Einstein, el próximo Gandhi, es más, el próximo Jesucristo... unas malas bases, es decir, unos padres inadecuados e insuficientes, despojarán por completo al nuevo ser, indefenso e ingenuo, de su gran capacidad! ... —inhala una profunda bocanada de aire, se tranquiliza y continúa hablando con un gruñido de repulsivo desprecio—... Y la cultura social se vanagloria por preocuparse por "dejar un mejor planeta a nuestros hijos", cuando la realidad es que deberíamos dejar unos mejores hijos a nuestro planeta. Estúpidos humanos ¿Por qué somos tan inconscientes?

—Pero eso significa que...

—Significa que cada uno de nosotros somos la causa y efecto de nuestra propia existencia, y que no por estar aparentemente "mal fundamentados" no podamos reivindicar quienes somos.

Todos, absolutamente todos, somos capaces de superarnos.

—¿Entonces, qué debo hacer...?

—Descubre y explota tus virtudes. Si una reestructuración te es posible, hazla. Ahora largo, tenemos cosas que hacer. La fiesta está comenzar.

Cada una sacó una máscara, enorme e inexpresiva, afanosamente ornamentadas con relucientes piedras como encajes y bordados con brillantes hilos enhebrados entre sí. De inmediato se las colocaron. Kara llevaba un antifaz color morado a juego con su vestido y Dione, de igual forma, relucía una anaranjada. Disfrazadas así, eran prácticamente irreconocibles.

Una inquietante premura acució en mi pecho.

4

La Moneda Profética

Diego

Avanzo a la siguiente cámara con la sensación de que será la última. Encuentro la lámpara, la mesa y las sillas en idéntica posición a las anteriores, como si fuesen un espejo infinito. Ante mí aparece Aria, aquella mujer de extravagante belleza que me erizaba la piel, que me causaba escalofríos a lo largo de la columna vertebral y que deleitaba mis pupilas dilatadas. Su dulce y armónica voz, sus caderas ladeadas con sensualidad, sus fulgurantes ojos marrones, sus carnosos labios que pintaban siempre una sonrisa que por lacónica que fuera resultaba peligrosamente atractiva y su sedoso cabello oscuro era una combinación de rasgos femeninos maravillosos.

—Finalmente, querido —exclama con brazos abiertos—, ¿cómo te han tratado los demás?

¿Qué podía contestar?, todos me habían tomado por un idiota, un inútil endeble, fastidioso y estorboso. Respondo con una mueca que ella interpreta al instante.

—Para desgracia tuya Diego, aquí será igual —retumba una potente y profunda voz tras de ella. Un hombre esbelto, alto, muy fornido de cabello lacio y rubio cual príncipe de cuentos se hizo presente—... probablemente

—¿Probablemente? —pregunto desconcertado.

—Aria es muy condescendiente —aclara pasando su poderoso brazo por la torneada cintura de la mujer.

—Por cierto... me conocen como Mitra —dice lanzando un saludo distante, y caigo en cuenta de que ninguno de los An se me había acercado, exceptuando, evidentemente, a Enki e Inanna. Todos ellos emanaban esa sensación de tranquilidad y plenitud cuyo efecto sin embargo en mí empezaba a parecer distante y menguante.

—Chico —dice ella—, no temas. Estamos todos juntos en esto y aunque esto suene trillado, somos todos una sola familia.

La timidez de un parsimonioso silencio abate el espacio entre ellos y yo. Ninguna palabra en respuesta a su aseveración asoma a mis labios.

—Ven, acércate muchacho —me pide Mitra y, cual orden divina, me acerco y tomo asiento. Ellos permanecen de pie. Aria saca entonces, de su ceñido vestido, una larga cadena que le cuelga al cuello. La cadena sostiene un fino aro de platino muy reluciente en el que viene incrustada una moneda. Meses habían pasado desde la última vez que viera una moneda, un vestigio de la cultura moderna, un emblema de manipulación y corrupción, un grito desesperado por libertad, como lo era ese.

—Soy consciente de lo que mi esposo dijo sobre ti — habla Aria colocando la reluciente moneda sobre la mesa; un firme eco metálico recorre la estancia. Ella, a su vez, posa su mano sobre mi hombro.

—Sin embargo, a pesar de las probabilidades, ya estás aquí —dice Mitra.

—Y te mostraremos, tan sencillo como lo es esta moneda, el futuro de la humanidad —agrega Aria.

Sujetó la moneda entre sus manos con un suave toque entre sus dedos. La colocó verticalmente sobre el escritorio durante unos breves instantes y después, con el firme y súbito giro de sus dedos, puso a la moneda a merced de las fuerzas físicas que la obligaron a girar con velocidad presurosa.

—Es esa la suerte que hemos echado. Es esa ella la que define nuestro rumbo. Es esa tan certera como el destino de nuestros días. Es tan probable que perezcamos como el que subsistamos. El lado de la moneda que apunte hacia el cielo es tan definido como el porvenir de la humanidad —acompaña a Aria el rítmico sonido emitido por la moneda en su girar que se tornaba en una infinita continuidad, tan veloz y exacta que formaba ilusoriamente una esfera perfecta. Sin embargo, la fuerza impresa en la moneda pronto comienza a menguar.

—Por desgracia, nuestras oportunidades se reducen, se ensombrecen y esquivan nuestra visión. Cada vez nos vemos más sumidos en una oscuridad tan abismal que nos priva del sueño de la subsistencia.

Sin más rodeos, la moneda cesa en su girar.

—Nuestras oportunidades se reducen Diego. Luchamos por una causa que por largo tiempo pospusimos, por largo tiempo mantuvimos suspendida en el aire y ahora es tiempo de que aterrice. La buena fortuna nos da la espalda —hablan los labios de Aria, tan hermosos como el resplandor de un magnífico amanecer.

El siguiente en hablar es Mitra, que sucede a Aria, quien parece callar en el afligido silencio perpetuo de las lágrimas que anegan sus ojos.

—Incuantificables legiones se dirigen impasibles en este momento hacia nosotros. Legiones implacables de demonios cuyo fin último converge en nuestro desvanecimiento — nuestra última esperanza está echada, nuestra última fe reposa sobre aquellas tres jóvenes mujeres...

—Es aquí donde yace tu importancia Diego —interviene Aria con voz entrecortada por las lágrimas —. Quizás no seas un maestro en el manejo del homúnculo, pero tu esencia modifica radicalmente la fuerza y el poder de esa trinidad de mujeres que desarrolló sentimientos por ti. Esa es tu fortaleza, esa es tu esencia impregnada sobre otros, ese es tu legado.

Adviene entonces otro silencio. Las sombras de la oscurecida cámara se ciernen sobre nosotros.

—Debo entonces... ¿prepararme para el futuro? —pregunto temeroso y apocado por la imponente presencia de ambos.

—Por supuesto que no. Debes estar listo para el presente —contesta Aria.

—¿Y el resto de las personas?

—Deja que ellos sean quienes deben ser. Preocúpate de ti mismo.

—¿Pero qué hay de aquellos que mueren por las invasiones fuera de esta región?

—Muchacho, la humanidad, por definición, contrasta con la del hombre actual, éste descalifica en la mayoría de sus acepciones.

—¿Cómo que des...?

—No confundas. "Ser Humano" y "Hombre" son términos distintos. Y, actualmente, diría yo que son inclusive antónimos —dice Aria.

—¿Entonces...? —pregunto al aire, confundido, a la espera de una respuesta concisa.

—Encontraras que "humanidad" significa sensibilidad, compasión, bondad hacia los semejantes —ella, luego de una corta pausa, continúa hablando con su tersa voz:

—Antes de venir aquí, ¿qué era lo que veías a diario en las noticias?: Guerra, enfermedad, miseria, conflictos, destrucción; angustia, impotencia, desesperanza, muerte... miedo. No provocada por un extraño ser fuera del planeta, no generada por algún organismo desconocido, no causado si quiera por bacterias, parásitos o virus; no, no... todo causado por exactamente el mismo ser que vemos andando por las calles todas las mañanas; ese ser que se amotina en contra de sí mismo en las congregaciones, ese ser que es capaz de sujetar cualquier objeto a la mano como si fuera un arma asesina, ese ser que inclusive tiene la ineptitud de suicidarse, ese ser que tiene la incapacidad de convivir con lo que le rodea, ese ser que destruye lo que le obstruye el paso o tritura aquello que tuvo la desgracia de acomodarse en donde a éste ser se le ocurriría construir su imperio. Un Humano no hace eso, un hombre sí.

—Está diciendo que somos nosotros los causantes de...

—Así es. Todo ese caos sobre sí mismo es lo que ha quebrantado el equilibrio natural. Los hombres han perdido el rumbo —suelta Mitra con voz recia.

Entonces, en el silencio, en mí una duda acucia:

—¿Qué es lo que nos espera?

—Nadie puede preverlo.

—Debes irte Diego —solloza Aria, irónicamente sonriente, mientras una lágrima perlada reluce a lo largo de su mejilla.

¿Debía espantarme? ¿Inspirarme? O resignarme. Camino con total desfallecimiento hacia la puerta que daba apertura a una subsecuente cámara, que ya imaginaba idéntica. Antes de girar la perilla, miro atrás. Ambos, Mitra y Aria me sonríen.

—Bienvenido Diego. Has llegado antes de lo que esperábamos —me recibe Enki.

—Por favor. ¿Podría tener un momento a solas? —le ruego, pues necesitaba reflexionar. Tengo la mente atiborrada de por una infinidad de sensaciones y pensamientos que me impiden concentrarme. Me siento débil, mareado y con nauseas.

—El tiempo es corto —refiere Inanna, que aparece junto a Enki. Ambos visten con gran elegancia.

—Por suerte para ti, estamos aquí con la única intensión de encaminarte, no para sermonearte —accede Enki, quien permite unos breves instantes de silencio.

—Te guiaré hacia "El Piélago" —anuncia al fin.

—Por favor... ¿podría estar solo un instante? —ruego de nuevo.

Inanna entonces se acerca, coloca una de sus manos por encima de mi cabeza y, cual sacerdote que exime los pecados de su fiel rebaño, profiere una ininteligible frase en latín para mis oídos. Pero gracias a mis placas distingo entre sus palabras: *"Requiescat in pace[1]"*. Un segundo después, Enki continúa:

—Sígueme, por favor.

Sin oponer resistencia guio mis pasos tras él. Atravesamos la acostumbrada puerta que dividía las cámaras y entramos a una sala diferente a las anteriores. Para mí esto significa un alivio y respiro profundamente. Me siento reanimado.

---

[1] Descanse en paz

—Estamos de pie ante El Piélago. Pocos son quienes se han atrevido a entrar.

El lugar es extraordinariamente diferente. El techo se disipaba en los confines de un cielo nebuloso de extensiones incalculables y las formas se habían desdoblado hacia infinito, donde allende, en el horizonte, se levantaba entre la bruma un castillo de aspecto arcaico, abandonado; imponente y solitario. Con sus enormes torres, almenas y fortificaciones en la muralla, el castillo infundía terror y respeto.

—¿Qué hay dentro? —me atrevo a preguntar.

—Ningún dios sería capaz de saberlo. A modo de Oráculo, sólo aquel que entre será conocedor de lo que dentro le espera —contesta Enki.

—¿Tú has entrado alguna vez?

—Yo erigí la fortaleza.

—¿Qué hay dentro? —vuelvo a preguntar.

—Lo que solamente tu podrás saber, cuando entres.

—¿Debo entrar ahora?

—Por supuesto —afirmó enérgico.

Por mi espalda corre un escalofrío incontenible.

—¿Algún consejo? —pregunto a sabiendas de que la única forma de continuar sería ingresando en aquella imponente fortaleza que me provocaba un temor insospechado.

—¿Saldré vivo? —brota de mis labios aquella pregunta sin pensarla.

—Depende totalmente de ti —contesta con indiferencia.

—Qué consolador —agrego mirando la tétrica fortaleza.

—Estarás bien Diego. Estaré aquí para cuando vuelvas.

Las portentosas puertas de sólida madera entonces ceden, abriendo paso hacia su interior.

Atravieso el umbral. Dentro, una extensa planicie yerma de tierra muerta y negra se extendía a lo largo y ancho del limitado espacio, bordeado por corpulentas murallas. Observo hacia el frente. Un gigantesco hueco se hundía hacía un pozo abismal. Dentro de éste se alzaba una magnífica torre circular compuesta por una serie de espirales rocosas que parecen llegar al mismísimo infierno. Me aproximo y me estremezco al asomarme hacia las profundidades: no logro divisar el fondo del pozo.

El lugar emite un aura siniestra, gélida y atemorizante, ensombrecida por una fina capa de neblina que se esparce por todo el lugar. Al acercarme unos pasos más, noto un puente colgante que da hacia lo que parece ser el techo de la Torre. Lo atravieso y siento el vértigo producido por la inmensidad del abismo; debajo de mí la penumbra se mostraba amenazadora, con intenciones de devorarme.

Ya una vez sobre la firme estructura, ubico una portezuela que guiaba hacia dentro de la Torre. Avanzo y entro. Mi vista se adapta a la falta de luz mientras bajo por unas escaleras estrechas y húmedas en forma de espiral. El descenso es más largo de lo que espero, pero al final de la escalinata encuentro una vieja portezuela de madera roída y desgajada. Sin embargo, parece mantener su lozanía. Ésta se abre de golpe y, de la misma manera, se cierra con un robusto y seco golpe en cuanto doy un paso dentro.

Comienzo a despedir vaho y una luz mortecina comienza a iluminar lentamente el lugar, onírico e impresionante, no tiene principio ni fin: me percato de que estoy flotando en el aire. Más allá de la atmósfera, bajo mis pies se alza la curvatura de la Tierra y diviso allende el impasible piélago, donde se mezcla el planeta con el espacio entre la bruma, ensombrecido por la noche, resplandeciente por el estrellado firmamento, moteado por infinitas estrellas relucientes.

—Has osado venir, finalmente... Te estaba esperando —escucho proveniente de ningún lugar una voz rasposa, femenina, firme y seductor.

—¿Quién eres? —pregunto con mayor valor propio del que esperaba demostrar.

—Con tus aletargados ojos no podrás nunca verme — responde aquel eco.

—Muéstrate —me atrevo a demandar.

De pronto, con un gruñido penetrante, la atmósfera se transforma rápidamente y se desvanece, dando pie a un nuevo entorno: una habitación estrecha de aspecto gótico similar a la de un monasterio, de muros lisos y curveados arcos que soportan con estoicismo el abovedado techo. Tan pequeña es la habitación que una irrefrenable sensación de claustrofobia me oprime en el pecho.

Lo único que capta mi vista es una mesa rolliza a un costado del cuarto, que surge como una prominencia del muro al que está adosada, un recoveco liso al fondo a modo de cama y un diminuto rayo de luz que se filtra diáfano desde lo más alto del techo, alumbrando el centro con timidez y apatía.

De pronto, allá al fondo, sentado en el suelo, retrepado contra un muro, aparece algo similar a un hombre. Un viejo enjuto; de cabellos largos, grises, ralos, raquíticos, turbios y desmarañados; pobladas y largas cejas del mismo aspecto agostado; con un infinito número de arrugas en su rostro, donde la mugre se había acumulado durante años; de piel morena pálida, grasa, ennegrecida por la inmundicia y con uñas de un inquietante aspecto cobrizo, largas, desquebrajadas y despostilladas llenas de suciedad. Su esqueleto era movilizado por magros y extenuados músculos.

Pero sus ojos, brillantes como el sol, apenas asomados entre sus marchitos párpados, destellaban con un intenso fulgor dorado. Era su mirada lo único que en él mostraba ciertos rescoldos vitalidad. Por lo demás, el aspecto tanto de su jaula como el suyo propio, podría decirse que estaban largamente muertos.

Esa mirada, intensa y penetrante, emanaba una infinita ira contenida. Algo me decía que el verdadero habitante del castillo continuaba escondiéndose tras aquella falaz apariencia; el por qué, no podía explicármelo.

—¿No me dejarás verte tal y como eres? —suelto la pregunta con voz ronca y recia.

Su respuesta es un inusitado parpadeo, tan parsimonioso y lánguido que parece eterno.

—¿Por qué querrías verme? —pregunta con voz apocada de tonalidad desquiciada. Tratando de no perder los estribos ante aquella tenebrosa voz, contesto:

—Quisiera hablar contigo, cara a cara.

Reacciona entonces y dibuja una macabra sonrisa en sus descarnados labios, exhibiendo sus petrificados y quemados dientes que fungen como la bocina de una funesta, resonante, escalofriante, poderosa y sin embargo enardecedora risa cuya vibración resuena en los firmes muros del monástico recinto. El rictus aumenta de intensidad al ritmo que lo hace el rayo de luz, que se desdobla y desliza a lo ancho de la habitación formando una cegadora cortina luminosa.

Cuando su intensidad mengua pasados unos instantes aparece ante mí una gigantesca roca emergida del suelo, que se me figura a una antigua piedra de sacrificios. Y tras ella observo a una fenomenal belleza. Aquella hermosa mujer vestía nada más y nada menos que su viva, reluciente, desnuda y sensual piel. Cruzada de piernas posa con extremo atractivo sus manos empalmadas sobre su rodilla. Sentada sobre un cubo de piedra igualmente adosado al suelo, me lanza un petrificante gesto de ira, de rencor. Mis ojos desorbitados se desvían hacia sus labios que en contraste sonríen con lascivia manifiesta:

—¿Satisfecho?

5

Una Beldad Demencial

Diego

La apariencia de la joven mujer frente a mí muestra enormes similitudes con los de Kara. Es igualmente hermosa de cabellera rubia y sensualidad apenas comparable; pero refulge en sus ojos una impactante mirada siniestra que emana una inquietante aura de beldad mezcla de una vigorosa sensualidad y locura en su expresión.

—Te estaba esperando. Toma asiento —me indica con un gesto de su mano otro cubo de piedra, utilizando una voz áspera ahora aderezada con un sutil tono impúdico—. Cuando decidas dejar de mirar mis pechos hablaremos cara a cara, como deseabas.

Trago saliva y doy un respingo, profundamente avergonzado.

—Descuida cariño, no eres el primero —asevera mientras cambia de posición, cruzando la otra pierna y girando su torso, mirándome de perfil con la espalda seductoramente recta mientras lanza un vistazo hacia mi entrepierna.

Entiendo de pronto a lo que se refiere. Me aclaro la garganta y me cubro con ambas manos en un intento por recomponerme y no perder el control.

—¿Quién eres?

—Podría ser todo lo que tu quisieras que fuera.

—Pregunté quién eres, no quién podrías ser —hablo sin pensar. Mi respuesta la sorprende, creo.

—Ahora veo por qué a todas les gustas.

—¿Tú incluida? —sonrió con lacónica espontaneidad.

—Ya veremos —contesta después de unos momentos de reflexivo silencio.

—Entonces, ¿me dirás cómo te llamas? —insisto.

No sin hacerse del rogar en silencio por unos cuantos minutos más, revela cortante y de mala gana:

—Anat.

Poco a poco empiezo a recobrar mi semblante, sereno y firme. Sin embargo, un inusitado silencio ahoga la estancia: de repente mi mente queda en blanco y no se me ocurre nada más qué decir.

—¿Se te hace tarde para llegar a la dichosa fiesta y te quedas ahí sentado, sin decir nada? —pregunta ella de pronto—. ¿Para eso has bajado hasta acá?

—En realidad no sé a lo que vengo.

—A mí se me ocurre una buena forma de aprovechar nuestro tiempo juntos —comenta, y de un súbito movimiento atraviesa el espacio entre nosotros, brinca el escritorio que nos separaba y se sienta en el reborde, a unos centímetros de mí. Me acaricia con sus robustas piernas y roza con sus pies entre mis muslos mientras muerde sus atractivos labios con mohín seductor.

Hechizado bajo la fuerza de su hipnotizante esencia, mis manos parecen actuar por cuenta propia. La acaricio; mis dedos danzan, mi palma arde al tacto con su piel y avanzamos lentamente, ella con sus piernas, yo con mis extremidades, hacia nuestro lascivo objetivo. Nadie opone resistencia.

—Lo siento —interrumpo de pronto, prácticamente de manera inconsciente con un hilo de voz, a centímetros de alcanzar su candente entrepierna.

Ella reacciona y al instante regresa a su lado del escritorio con la misma agilidad de antes.

—Yo también lo siento —se burla—. Lo habríamos disfrutado tanto...

—No seré otra de tus víctimas.

—¡Esa es la parte divertida! —brama en un desquiciado grito cuya agudeza retumba en las paredes con gran resonancia—. ¡Eres ya el juguete de alguien más!

—¿De qué hablas... a que te refieres? —confuso ante su estrepitosa afirmación vienen a mi mente imágenes de las personas a las que podría referirse, aquellas de las que podría ser un "juguete". De inmediato pienso en Jessica o Katla, quizá Tara, pero ella era mi novia, no podía ser...

—¡No! ¡No! —grita desquiciada, levantándose, golpeando la enorme roca que se cuartea al primer impacto—. ¡Ellas no! Pequeño idiota ¡¿A caso eres estúpido?! —comenzó a proferir sus injurias de manera tan agraviante que resultaban realmente ofensivas. En mis adentros todo se encogía, indefenso y endeble a cada palabra suya—. ¡Ustedes humanos son tan imbéciles, tan desquiciantes y tan detestables! No, son más repugnantes que las moscas que se regocijan sobre la mierda.

—¿De qué hablas? —tartamudeo.

—Ustedes siempre tan lentos. Retardados. Tan imbéciles como ególatras. Inclusive nosotros no logramos semejante repugnancia —gruñe iracunda.

Hace una pausa, e instantáneamente comienza a reír; una risa tétrica, demente, fuera de este mundo. Agachando la mirada hacia el escritorio, el semblante de Anat se pierde tras la cortina de su dorada cabellera.

—Entiendo por qué mi hermano los aborrece... lo entiendo, lo entiendo; y me compadezco de el por haberlos tenido que soportar por tanto tiempo. Y juro que en cuanto salga de aquí acabaré con tantos de ustedes como mis fuerzas me lo permitan. Los despedazaré, los aplastaré, los haré sufrir como nunca se han imaginado que podría ser posible. Los haré arder en la llama de las hambrientas hogueras mientras sus últimos respiros, fútiles y sollozantes, causan el desgarro de sus pulmones al aspirar el tóxico humo proveniente del hedor de su propia carne calcinada, obligándolos a mirar la tortura implacable a la que someteré las personas a las que profesan amar; rogarán por la muerte que con placer les conferiré una vez que los reconozca devastados física y mentalmente... Están condenados, predestinados, a padecer el más agónico y tormentoso final.

Lanza su terrorífica diatriba con voz gutural y enloquecida, dejando caer su cabeza hacia un lado de manera fantasmagórica. Su hermosura contrastaba con su perversidad y su demencia.

En mí se desencadena un acuciante horror; percibo en sus ojos diabólicos, asomados entre los mechones caídos en jirones que encubrían su rostro desarticulado, un atroz destello rojo carmesí proveniente de la profundidad de su alma. Un fino temblor retuerce mi cuerpo, estático e inmóvil.

—En verdad no sabes nada, ¿cierto Diego? —pregunta mientras toma asiento con lentitud; infinitamente más relajada que hacía unos instantes. Me doy cuenta de las bruscas mutaciones en su ánimo y me inquieto. —¿No?... ¿Nada? ¿En serio nada? ¿No?

Mi reacción es una escueta sacudida de mi cuello.

Ella sonríe extasiada asintiendo como loca, jadeando y con órbitas oculares desencajadas de sus cuencas.

—Sí, sí, sí... —sisea cual serpiente apoyando los brazos sobre roca desquebrajada—. Verás mi pequeño humano, mi apuesto Diego, si tan sólo abrieras tus ojos un poco a la realidad te darías cuenta del engaño en que has vivido los últimos meses, esos que te han conducido hasta aquí, hasta mí, ante mí, para mí... conmigo... precioso...

Guardo silencio. Su demente sensualidad era ineludible, y en mi cabeza se imprime su espectacular figura, atraído sin remedio; tan hipnotizado que apenas había escuchado lo que había parloteado.

—En verdad me deseas, muchacho —dice, relamiendo mis oídos con aquel tono lascivo—. Me deseas tanto como yo a ti —canturrea levantándose sobre la mesa, bamboleando su cuerpo entero con infinita sensualidad—. El tiempo es elástico, decía aquel imbécil de Einstein... ¿por qué no aprovechamos que estamos solos? Nadie vendrá, lo prometo —se recuesta sobre la enorme piedra; con el gesto descompuesto en una mueca libidinosa empieza a acariciarse, a tocarse en zonas donde mis manos anhelaban con demencia deslizarse. En mi entrepierna percibo la reacción inevitable, mi garganta reseca se siente como lija, incapaz de tragar saliva, mis ojos trataban de engullir de pies a cabeza su colosal beldad y, sumido en un repentino estado de inconsciencia, tras un parpadeo, una de mis manos se aventura y entra en contacto con la vulva de Anat. Ella comienza a gemir.

—Habla—le ordeno en un destello de conciencia en medio del delirio, sin dejar de tocarla —. Dime, ¿cuál es esa verdad que dices no soy capaz de ver?

—Tienes tus dudas, tienes todavía tus dudas, esas dudas tuyas que te carcomen incluso en este instante —jadeaba entre palabras, retorciéndose sobre la sólida mesa.

—Cuál duda ¡Cuál! —apremio con un grito.

—Muy dentro de ti lo sabes, lo intuyes, pero no has querido aceptarlo...—se interrumpe por un arranque de gemidos rijosos.

De pronto, una de sus manos aprisiona mi entrepierna. Me sobresalto. Y un vigoroso escalofrío me recorre por todo el cuerpo.

—¡Habla! —ordeno con firmeza, introduciendo más mis dedos en ella. Su lujuria retumba en las paredes.

—¡La Orden! ¡La Orden! ¡No es lo que piensas!

Como un robusto golpe a la mandíbula, sus palabras me entorpecen.

Anat tiene razón.

Siento en mi corazón que la verdad, largamente negada, surge desde lo más profundo: La Orden miente; Inanna y Enki trataban de derrocar al Héroe, planificaban un golpe de estado contra ese monarca que intuyo es el hermano de Anat. Ella, capturada mediante algún engaño, sabía la verdad, pero era incapaz de prevenir a su familia.

Mis amigos y yo habíamos estado trabajando para el bando equivocado.

De pronto mis fuerzas amainan y el suelo parece esfumarse. Mi mente languidece.

—Tienes razón —murmuro con la vista perdida.

—Lo sé, lo sé cariño. Descuida, todo estará bien, todo estará bien. Ahora estás conmigo —se aproxima, me rodea en un consolador abrazo con una suavidad y cariño maternal que parecían improbables en ella, que ahora vestía unas telas a modo de taparrabos —. Te prometo que no dejaré que te hagan daño —me susurra al oído—. Recuerda que soy quien puede ayudarte.

Una chispa brota en mi mente, en mis recuerdos, en mi memoria, y aparece la imagen de Meci.

—¿Cómo sabes...?

—Mi trabajo es saber.

Entonces un repentino crujido, como el que emite una pieza al encajar dentro de un gran rompecabezas, genera un gran eco en mis entrañas.

—Tú... tú eres Meci —susurro estupefacto, separándome de ella.

La miro directo a los ojos. Ella lanza un vistazo instantáneo hacia el escritorio, indicándome hacia donde debía mirar. Retira su mano con parsimonia y queda al descubierto una imagen debajo de ella, tallada en la roca. Un símbolo: un ojo; un ojo de serpiente dentro de una pirámide resplandeciente, aquel afamado símbolo en el reverso del dólar antiguo, bordeada por dos frases en latín: Deo Favente y Novus Ordo Universi[2].

En mis ojos brotan lágrimas que nublan mi vista: había encontrado a la persona que buscaba salvar a la humanidad.

—¿Cómo? ¿Cómo es que te comunicabas con nosotros desde aquí? —pregunto conmocionado, atiborrado por infinidad de dudas.

—Shh... shhh... calma querido, todo a su debido tiempo —posa su índice sobre mis labios—. Tenemos ahora muchas, muchas cosas por hacer. Ahora que sabes la verdad es necesario que hagas lo que te pediré.

—Haré lo que digas.

Entonces explica:

---

[2]   Con el Favor de Dios, El Nuevo Orden del Universo

—Enki, Inanna, los otros como ellos y La Orden pronto acabarán con toda la humanidad, que se interpone en su camino para la obtención del poder. Mi hermano y yo edificamos todo este complejo para combatirlos, ideamos planes y estrategias de batalla para defendernos de su amenaza con el Lotus como cuartel general, ya que aquí mismo reunimos todas nuestras fuerzas. La gente que vive en este lugar es el rescoldo de una raza que se opone a su tiranía. Pero los han doblegado. Los que viven todavía fuera de las cordilleras son las que corren mayor peligro y, aunque quizá es ya demasiado tarde para auxiliarlos, decidimos actuar por ellos. Nos expusimos; nuestra fortaleza quedó endeble. La Orden se enteró y se aprovechó la delicada situación. Se infiltraron y se resguardaron dentro de nuestros propios dominios. Hicieron creer a todos que son ellos quienes comandan la resistencia. Nos usurparon, con inteligencia, e hicieron de nuestras fuerzas las suyas. Cuando volví de mis misiones los desenmascaré; fui yo quien los sorprendiera. Pero antes de lograr dar aviso a nadie, me capturaron, me hicieron prisionera y me encerraron aquí, hace un año. Fue entonces que pusieron en marcha sus planes en contra de nosotros, desde nuestro núcleo. Mi hermano no ha podido ser advertido aún y se dirige en estos instantes hacia acá. En cuanto llegue, será su fin, y el de todos —habló con gran locuacidad y serenidad, con esa voz sensual, que llegó a mis oídos como una revelación divina.

—Pero... ¿Tara, Jessica y Katla? ¿Ellas también son...? —pregunto decepcionado, temiendo lo peor y con el corazón rebosante de rencor. Anat, sin embargo, se muestra súbitamente desconcertada, y gesticula con disgusto:

—Ellas... ellas tres han sido reclutadas por La Orden —dubita.

Su atención parece dispersa, como cavilando sobre otros aspectos.

—¿Estas bien? —pregunto al notarla tan repentinamente ausente.

—Sí... sí, sí—sisea de nuevo—. Es respecto a ellas tres el cometido que tengo para ti.

—¿Y qué es? ¿Qué tengo que hacer? —el temor se filtra por mis entrañas.

—Debes acabar con ellas.

Calla un momento, mientras sonríe con paradójico cariño al expresar su malévolo encargo. La sangre en mis venas se hiela y me derrumbo sobre el banco a mis espaldas. Siento mis fuerzas desvanecerse. Me quedo en silencio.

—Has visto de lo que son capaces —continúa ella, acuclillándose y acariciando mis mejillas con tersura y sedante cariño—. Ellas son un verdadero peligro para nosotros.

—Pero, pero no, no puedo —titubeo con la cabeza gacha.

—Por favor cariño —levanta mi barbilla con sus dedos—. Por favor. Sólo tú puedes, amor mío, sólo tú... ¿Sí? Hazlo por mí —se aproxima, suave, seductora, cosquillea sus labios contra los míos y me hechiza con un beso, de esos que cautivan y por su suavidad y tenacidad intempestiva—. Por favor, ¿quieres? —murmura con suma armonía.

Permanecemos perdidos en la mirada del otro por largos momentos. Estando tan cerca, puedo sentir el angelical candor de mujer que emana. Su inmensa hermosura, su impasible demencia, su infinita sensualidad y su extática mirada eran algo de otro universo. De pronto noto en el medio de sus refulgentes y dorados ojos un inverosímil rasgo reptiliano: en sus oscuras pupilas atisbo una ligera elongación vertical.

—Bien —accedo.

—¡Bien! Sí ¡Eso! ¡Sabía que podía contar contigo! —estalla en jubiloso festejo— ¡Te amo! ¡Te amo tanto! —me besaba una y otra vez. Me sentí repentinamente enamorado con locura de aquella extravagante mujer.

—¿Cómo... cómo...? —no podía completar la pregunta interrumpida por sus besos, pero ella comprendió a la perfección mi duda.

—Ellas te aman... harán lo que tú les indiques. Pero manipularlas no será necesario. Suficiente será con que las seduzcas y cuando más vulnerables estén... ¡Zas! ¡Torna su amor en muerte! —gritó golpeando con fiereza sus puños sobre la roca que al instante cedió, quebrándose en miles de pedazos.

—¿Crees que funcione?

—¡Por supuesto! Desde luego ¡Claro, claro! ¡Sí, sí, sí!

—¿Hay... hay algo, algún modo específico en que deba hacerlo?... Digo, para evitar que fracase el plan.

—Tienes razón, mi amor. Tienes mucha... —con su característica sensualidad posó su rollizo muslo izquierdo sobre mi pierna, dejando a la vista sus genitales.

—Con esto —se arranca del tobillo una terciopelada tobillera que no había notado. En ella venía enfundada una diminuta daga dorada reluciente cuyo pequeño asidero era un frasquito de cristal que contenía un oscuro y viscoso líquido —. Este letal veneno baña los bordes microscópicos entre las afiladas hojas de la daga. Una gota es suficiente para acabar con el humano en cuestión de segundos, segundos en los que implorará la muerte a gritos.

—En un humano, ¿eh? ¿y qué tal funciona en los An? —mi pregunta la desconcierta de pronto y retrocede con un espasmo. Intranquila, desvía su cabeza manteniendo la mirada fija en mí con ojos desconfiados. Despedía un odio inmenso en su gesto.

—¡No! ¡No me malinterpretes! —me apresuro a explicarle—: tal vez pueda usarla también sobre Inanna.

Libera el aire aprisionado en sus pulmones con relajante parsimonia, como si le hubiera liberado de un gran peso, y su semblante da un nuevo giro, ahora alegre y complacida:

—Querido mío, amo tu manera de pensar.

6

Una Verdad a Medias

21 de Diciembre. El Lotus

Diego

—Nos volveremos a ver, amor, muy pronto —afirma refocilante, dejándome ver una vez más su escultural cuerpo como en señal de despedida. Empleaba el máximo de su atractivo en su actitud para motivarme a volver. Yo, obviamente, volvería.

Giro sobre mis talones y vuelvo por donde había venido. Amarro a la muñequera la letal daga junto a la piedra incrustada de los Iniefin. Se camuflaba tan bien que nadie se percataría del arma.

Salgo del Piélago con la firme convicción de lo que debía hacer: entraría a la fiesta, las buscaría y una por una las guiaría fuera del Gran Salón; luego volvería por la siguiente y así hasta acabar con ellas. De pronto todo el cariño que en algún momento había proferido por las tres musas se había tornado en una nube negra, se había opacado y desvanecido; una ignominiosa ira lo suplantaba ahora.

Luego de cumplir, volvería por Anat y la librería de su encarcelamiento. Después daríamos aviso a su hermano sobre los An infiltrados y entonces todo terminaría; Enki, Inanna y el resto serían capturados y las cosas volverían a la normalidad. En mis manos estaba el porvenir del mundo, una inmensa emoción me extasiaba; no me sentía más como un advenedizo, por el contrario, un Diego avezado surgía de lo más profundo de mi ser. Y por si fuera poco, el amor de Anat me pertenecía, me inspiraba e impulsaba. Debía volver por ella.

Abro la puerta que da hacia la antecámara del Gran Salón. Las elegantes escaleras balaustradas flanqueaban la entrada: una colosal puerta doble, de madera fina cuyas portentosas jambas sostienen en lo alto un magnífico dintel con la flor de loto moldeada sobre una enorme placa de plata reluciente. Se escucha el batiburrillo propio de los gentíos.

Camuflo mis placas, algo que me costaba trabajo hacer todavía, pero esta vez lo había logrado sin grandes escollos. El momento había llegado.

Empujo la puerta con decidida convicción; ésta cede e ilumina la gigantesca estancia de forma circular, de dos plantas con balcones semicirculares. El jolgorio estaba en pleno apogeo. Un ejército de personas ataviadas con sus más lujosas prendas iba y venía, charlando, canturreando, bebiendo y comiendo; otras disfrutaban de la compañía y aprovechaban para conocerse; otros conformaban nuevas parejas y otros danzaban en la pista de baile al centro de la sala.

Una sofocante angustia de pronto golpea mi ánimo: todos los presentes portaban máscaras. No logro reconocer ni a mi propia sombra en medio de tanta gente. Además, algo en mi interior me dicta que todos ahí podrían ser portadores de su propio triskel y podrían estar camuflados. Encontrar a alguien de los que yo conocía se antojaba repentinamente imposible. Mis ánimos van a dar al suelo, sobre la finura terciopelada de la blanca alfombra.

Temeroso por dentro, echo a andar con un porte fingido de seguridad propia hacia la multitud, que bebía y comía alegremente entre risotadas.

—¡Muchacho! ¿Y tu máscara? —pregunta un joven con jovialidad a un costado.

—Yo no tengo, no sabía...

—¡No hay problema! Mira, ten esta —me extiende una máscara de media cara, negra como el azabache, fabricada con arcilla, lo que le confería un peso extraordinario, en la que habían tallado un grito lacónico y silencioso con órbitas oculares corrugadas que anunciaban un dolor eterno e insospechado—. ¡Póntela, póntela! ¿No ves que es obligatoria? —me apremia. Me la coloco, haciendo especulaciones sobre la razón que tendrían Víctor y los demás para exigir semejante estupidez—. Eso es hermano ¡Te vez genial! No será muy cómoda, pero debemos de esperar a media noche para poder quitárnoslas —explicaba a gritos para superar el escándalo alrededor.

—¿Y eso por qué? ¿Por qué traen todos...?

—Yo que sé hermano —interrumpe—. Dicen que es por seguridad ¡¿Puedes creerlo?! ¡Seguridad! Pero deja de preocuparte tanto. Disfruta, que esta noche es especial

Y se alejó dando tumbos, tropezando con algunas personas en su camino que reían con él en vez de molestarse.

«¿Por seguridad?».

La sangre se me hiela y el corazón se desboca:

«¿Están enterados de lo que vengo a hacer?»

Apesadumbrado, trago saliva para deshacer el nudo en mi garganta. Fuerzo la imagen y ánimos que Anat influía en mí para darme valor y avanzo adentrándome en la multitud con renovada confianza.

«Debería reconocer sus ojos —razono—, debería...»

Miro hacia los lados, centro mi vista en los ojos de cuanta persona se cruza en mi camino. Intento reconocerlas. Por largo rato marcho con pasos perdidos entre las pistas, las mesas, por las escaleras y pasillos; incluso me detengo al pie del baño de mujeres con los sentidos aguzados en un intento por percibir alguna voz conocida, sin éxito.

Nadie de La Orden se aparecía.

Miro el llamativo reloj analógico en lo alto del majestuoso ventanal con vistas hacia la oscura noche, que era iluminada por los potentes faros del edificio. La hora: diez más un minuto.

«Esperar a media noche —repito en mi mente—. Pues esperaré».

Ubicar a los usurpadores sin sus máscaras resultaría muy sencillo. Seguramente se pavonearían y se exhibirían sobre la tarima al pie del gran ventanal para anunciar la media noche.

Me pierdo en mis pensamientos y caigo en cuenta de que no tengo idea de qué hacía tan especial aquella noche. Me estaba perdiendo de algo.

Me aproximo a la larga mesa que ofrecía una buena variedad de alimentos expuestos en relucientes charolas de plata superpuestas una sobre otra. Me dispongo a probar mi primer bocado, que lucía en verdad apetitoso, cuando, detrás de mí, alguien dice:

—Hola Diego. Me alegra que llegaras.

Tara

—Esto es tan aburrido —se queja Katla ocultando su cara entre sus brazos cruzados, posados sobre la superficie de la mesa—. Y esta maldita máscara me pica la nariz...

—¡Miren, ahí está! —la interrumpe Jessica con un grito susurrado, señalando hacia la mesa de comida en la planta baja.

Con el corazón súbitamente agitado miro al instante; escudriño entre la multitud que lo camuflaba, y entonces lo veo: era él, el único que vestía ropa deportiva, que abarrotaba su plato con el contenido de varias bandejas.

En mi pecho nace una placentera sensación.

Me levanto como un resorte y avanzo escaleras abajo conforme al plan; Katla y Jessica siguen su propio camino.

Diego

La máscara anaranjada y el vestido como de princesa era inconfundible. Dione me saludaba con profunda amabilidad detrás de aquel disfraz. Sostenía en su mano un tenedor, en el que tenía encajado un enorme pedazo de alguna carne exótica, lo que contrastaba con su femenina galanura.

—¿Qué sucede? —pregunta con gracia.

—No nada, nada —río titubeante.

—¿Me buscabas? —atiza de súbito con aquella pregunta que me salpicaba de temor y me devuelve a la realidad. No era precisamente a ella a quien buscaba, pero tampoco me venía mal su repentina aparición.

—¿Has visto a Tara?

—Tengo entendido que deseaba hablar contigo. Pero te has demorado, y ahora ella te ha encontrado antes —señala hacia mis espaldas.

Antes de girar mi cabeza, un par de brazos me rodearon por el cuello con cariño.

—Te extrañé —susurra Katla a mi oído—. ¡Te extrañé tanto...! Vayamos afuera, por favor.

Me había facilitado las cosas: se había anunciado, desenmascarado y aislado... Las cosas parecían remontar con una facilidad indecible.

Con refocilo sonrío para mis adentros.

Avanzamos unos pasos cuando a sus espaldas aparece una preciosa mujer vestida con una estola griega color perla, cabello largo castaño y ondulado. La divina sonrisa que trazaban sus tiernos labios asomados entre los espacios de su máscara era inconfundible.

—Espérame en la antecámara —le pido a Katla con descaro.

—Te espero —accede ella sin oponer resistencia alguna. Me besa en la mejilla torpemente, con la suavidad que su estorbosa máscara le permitía, y se aleja.

Me acerco a Jessica extendiendo mis brazos. Ella saltó sobre mí.

—¡Qué bueno que viniste!

Con mis brazos contorneando su esbelta cintura cruza por mi mente la malévola intensión de estrujarla con todas mis fuerzas, empleando el androide, para destrozarle la columna.

—Qué bueno que te veo, yo...

—Vamos afuera —me interrumpe.

Segunda que se ofrecía en bandeja de plata, ¡mi suerte había cambiado por completo!

—Espérame en el ascensor.

Asintiendo, ella desaparece entre la multitud. Un instante después alguien roza mi hombro. La mujer se escondía tras una magnífica máscara que tapaba casi el total de su precioso rostro. Vestía un grandioso compuesto de color rojo que le lucía y relucía todos y cada uno de sus esbeltos atributos femeninos.

—Me alegra que hayas logrado llegar, querido —me saluda, se acerca, y me abraza.

Su piel despide un delicioso perfume con olor a jazmín. Me recuerda a Anat. Sin mediar media palabra más, y antes de que pudiera decir algo, parte en sentido contrario al que había llegado. Giro, y a media vuelta me encuentro con un hombre enorme, canoso, recargado sobre un bastón; reconozco al esposo de aquella mujer de jazmín, que de inmediato recula y se aleja. Avanzo un paso. Se cruza una rubia alta de fulgurantes ojos azulados que, guiñándome el ojo izquierdo, hace un ademán con la cabeza señalando hacia un costado, donde observo a un hombre bien vestido al que, a pesar de su exuberante máscara puntiaguda como de cabeza de buitre, logra identificarlo de inmediato.

Una ardorosa ira comienza a hervir mi sangre mientras me encuentro con los miembros de La Orden, autores de las invasiones. Este hombre, quien asiente una vez, comienza a andar entre la multitud para perderse de vista tras una chica ataviada con un espectacular vestido negro emperifollado con seductores escotes que poco dejaban a la imaginación. Los refulgentes y singulares ojos verdiazules tras la máscara, de consonante color plata y blanco, me miraban con profunda alegría: había encontrado a la reina de la fiesta.

Empiezo mi marcha hacia ella con avidez. El tiempo se había ralentizado, y la gente alrededor se desvanecía con cada paso que daba. Mi corazón retumba con furor, mis músculos se tensan y mis entrañas arden. Mi mano, en un reflejo súbito, se dirige con disimulada diligencia hacia la daga en la muñequera; la desenfundó y la ocultó entre los dedos. Un instante después, fundidos en un cariñoso abrazo, musitó:

—Te amo.

Un par de palabras que, pronunciadas por sus labios, habrían de funcionar como una panacea que me relajara, que me causara una ternura tan intensa que me provocara un delirio demencial de emoción en la boca del estómago. Pero eso había sido en el pasado.

Tenso la daga entre mis dedos, ocultos entre su espesa cabellera. Comienzo a imaginar su cara mientras el veneno surte efecto y la sucesión de eventos que ocurrirían mientras ella caía al suelo, moribunda; el caos que reinaría sería alucinante, el silencio, total.

Deslizo la daga suavemente hacia su cuello... precioso, embelesadoramente seductor. Sólo debía rosar con la afilada hoja su preciosa piel morena, suficiente para suministrar el insuflo de la muerte. Quizás no lo percibiría, hasta que fuera demasiado tarde.

—Diego, ¿te encuentras bien? —contrae los músculos de su espalda con intensión de retroceder, gesto que no me esperaba.

Tenso todo mi cuerpo.

¿Había ocurrido? ¿La daga había perforado su piel luego de su inesperada reacción? Mis ojos exceden sus órbitas ¿Se había inoculado el tósigo? ¿Había cometido el peor movimiento de su vida?

Había retrocedido unos centímetros, suficientes para que el filo del arma la rozara, y yo no había tenido tiempo de evitarlo. A caso, ¿quería impedirlo? Por una fracción de segundo el nerviosismo y el miedo me invaden. La sujeto con todas mis fuerzas; le impido moverse. La oprimo más contra mi pecho y espero percibir la tensión de sus músculos relajarse poco a poco; imagino sus gemidos producidos por el dolor, oteo en su mirada a la expectativa: pronto comenzarían a brotarle lágrimas.

—¿Diego qué es lo que te pasa? —puja, súbitamente abrumada.

—Sólo abrázame —murmuro—. Sólo abrázame.

Transcurren unos momentos en silencio.

Luego, aprecio entre mis brazos la relajación de sus músculos. Sus brazos, que antes me repelían con fuerza, vuelven a rodearme con cariño... no, no es cariño. Sus manos están rígidas, como en garra, tensas, aferrándose a mi espalda. Escudriño entre los mechones de su cabello en busca de sus ojos. Me encuentro con una mirada penetrante, perdida; extraviada en el horizonte. Pierden el brillo y sus pupilas se dilatan mientras la tensión de sus dedos crece al punto de generar un temblor escalofriante. Aquellos luceros verdiazules, antes diáfanos, parecen vibrar y su anterior fulgor se empaña. Leo en ellos un profundo terror.

El filo de la daga aún flotaba a escasos milímetros de su piel tostada. Un roce, un suave desliz, un inesperado error fue todo lo que había necesitado para insuflar el aliento de la muerte, y en segundos caería exangüe al piso. Era suficiente tiempo para desaparecer e ir por las siguientes, que aguardaban su muerte. Me separo de ella.

No cabía en mí mismo de gozo por la suerte que había tenido; la misión que se antojaba tan descabellada para liberar a Anat había resultado un rotundo éxito, y lo único que había requerido había sido tan sólo un poco de paciencia.

Las cosas parecían ocurrir por sí solas.

Un eterno instante enmudeció la batalla entre quedarme a verla morir o continuar con la letal faena que aún tenía por delante.

Aún ahora su suave aroma oprimía mi olfato, su tacto enternecía mi alma. De pronto, alzó la cabeza y me miró fijamente:

—Diego, me encantaría seguir contigo aquí. Pero ¡se me está haciendo tarde! —se gira y echa a andar con gran ánimo en sentido contrario en un repentino vuelco en la situación—. Olvidé algo y tengo que ir a mi habitación. ¡Allá te veo en unos minutos! —dijo, y desapareció.

Un súbito acobardamiento enmaraña mis sentidos, y permanezco de pie, confundido. ¿Por qué no había surtido efecto?

Miro la daga con extrañeza, en la que no encuentro ningún signo de que hubiera alcanzado a Tara. Quizás no había llegado a tocarla cuando había retrocedido, y su expresión fue un reflejo ante el retraso por el que había huido tan repentinamente, y me había engañado yo mismo pensando que estaba muriendo.

Acobardado y con gran desánimo bajo el arma.

Con la frente perlada en sudor me escabullo entre la gente. Ingreso al sanitario de hombres y propino un seco golpe a la puerta, levantando un abrumador escándalo, como el que se agolpaba en mi mente.

Levanto la mirada y me encuentro en el espejo con el joven que me había obsequiado la máscara. Ambos permanecemos desorientados, observándonos mutuamente. Su máscara estaba sobre el lavamanos.

—Qué hay viejo —dice, rompiendo el silencio— ¿Cómo va la fiesta?

Noto en él señales claras de serenidad, a pesar de haber estado muy ebrio hacía tan sólo unos minutos. Permanezco en silencio. Lo examino mientras se coloca su máscara y dice:

—Espero estés listo. Pronto comenzará la verdadera fiesta.

En el momento en que se despide, capto un destello familiar en su gesto. Pasa sus dedos entre su cabello castaño claro con vanidad y afina los últimos detalles al colocarse y su pomposa máscara.

—Suerte hermano, aunque no la necesitarás —y desaparece tras la puerta.

Pasados unos instantes recupero el semblante, y con renovada confianza salgo con rumbo hacia mis objetivos; la primera víctima de los Iniefin: Katla.

Al salir por el gran portón observo y ahí estaba ella, al principio de las escaleras, recargada sobre la reluciente baranda, de espaldas a mí. Bajando con la diligencia y el sigilo de una serpiente el largo de las escaleras, me aproximo a ella, que permanece ensimismada con los brazos cruzados. Me detengo un escalón antes de aquel en el que se encontraba ella. Desenfundo la cuchilla y la levanto en el aire con suavidad, unos centímetros por encima de la altura de su cintura.

Súbitamente me paralizo al escuchar el rechinido de las bisagras generado por la apertura de la puerta del gran salón. Guardo el arma y aprovecho la distracción provocada por el par de jóvenes que habían entrado causando gran algazara para escabullirme fuera de la antecámara. Ella no había movido un solo músculo.

«Será mejor que empiece con la más lejana», razono de pronto; si mi plan era volver por Anat, en ese mismo piso, sería preferible que la última víctima fuera la más cercana al Piélago.

Cruzo a toda prisa con la mente aún despedazada. Atisbo a Jéssica que luce ansiosa. Trato de evitar su mirada, entro en uno de los ascensores y oprimo el botón para cerrar la puerta con intermitencia. Ella, que había logrado verme, corre para darme alcance, entra conmigo y pregunta:

—Diego ¿A dónde vas?

Con gran fastidio por mi fracaso en evitarla, surge en mí una gran ira que explota con una fuerte retahíla de reproches e insultos:

—¡Maldita, nos dejaste; tú nos abandonaste! Te fuiste sin decir media palabra ¡¿Y ahora regresas pidiendo perdón?! ¿Quién chingados te has creído? ¡¿Pensaste que sería tan fácil?! "Hola, he vuelto, acéptenme de nuevo..." ¡Pues no!

—Tenía que...

—¡Me engañaste y me abandonaste...! Creía que éramos amigos, o incluso nov... —me interrumpo, lamentándome con un hilo de voz a punto de sucumbir a un llanto más real del que habría esperado, un llanto inspirado por el dolor, el odio y el rencor.

—Perdóname, en verdad lo lamento. Pero era importante que fuera a...

—Púdrete —interfiero con acritud, gimoteando.

Impulsado por la ira que gobernaba mi mente, lanzo con saña todo mi rencor.

Mi corazón se inflama y arde con un inmenso desprecio que silencia el ruego de mi más cercana amiga. La miro de reojo. Ella, vaguida y confundida, liada en un vago vórtice de desilusión, desesperanza y vergüenza, comienza a llorar. Ella, sin pensarlo mucho se deja llevar por los recuerdos que se agolparon en su mente, cuya fuerza le revuelve el alma, y suelta, en medio de su tormento, un lastimoso quejido:

—Te amo —confiesa—. Siempre te he amado.

Una tormenta de emociones y pensamientos encontrados se mezclan en mi mente. Taladran hasta lo más profundo de mi espíritu. Imágenes en mi cabeza brotan y revivo los momentos en que había esperado y deseado con inmenso vigor escucharla decir aquellas palabras; pero éste no era uno de ellos.

—Sabes... —giro hacia ella con torva lentitud; escojo con cuidado mis palabras y penetro con zafiedad los ojos de Jessica— ... era más fácil cuando te creíamos muerta.

Tan desconsolada y solitaria como un náufrago a la deriva, una lágrima lánguida atraviesa su mejilla.

Abatida por la declaración, dividiéndose entre el sufrimiento y el desconsuelo, se aleja con paso decidido, con aquella hiriente amargura en su corazón.

Avanzo por los pasillos y entro a mi habitación con sigilo.

Dentro la atmósfera es penumbrosa, alumbrada con el tenue titilar de una serie de velas dispersas por la habitación. Percibo una llama que encrespa mis sentidos. Entro con cautela y me detengo a la mitad de la alcoba. La puerta se cierra detrás de mí con parsimonia mientras, de entre la oscuridad, emana una melodiosa voz que comienza a entonar:

Desde el principio hasta el final,
mi cuerpo al tuyo pretendió,
mi mente a la tuya anheló,
y mi espíritu al tuyo se armonizó.
Desde el principio hasta el final,
mi esencia a la tuya se entregó,
mi corazón al tuyo persiguió,
y mi vida a la tuya se consagró.
Desde el principio hasta el final,
mi destino al tuyo se encadenó,
mi naturaleza a la tuya se afanó,

y mi amor al tuyo se ofrendó.
Ab in principium ascendit in finalis,
Ab imo pectore, vos amo[3]

Tara evanesce. Su figura es bisecada por la llameante luz de las velas. Su elegante máscara descubre su angelical rostro, su grandioso vestido se va deslizando con suavidad a lo largo de sus pechos, su cintura, sus caderas y sus muslos con indescriptible armonía, a la par de su dulce voz mientras entonaba su melodía, hasta quedar aquella reluciente tela hecha un bulto a la altura de sus pies. Ella, su escultural figura desnuda y hechizante esencia, camina hacia mí. Avanza con paso parsimonioso al ritmo de su cadencioso cantar, endulzando cada paso con el bamboleo de su pelvis.

Se deshace de mis ropas y caemos desnudos sobre la cama, que se antojaba idílica para el momento: una yerma planicie en calma alistándose para el porvenir de la tormenta. Su voz da paso al silencio, silencio que no dura mucho, pues comienza una romántica batalla de besos y caricias tersas que alza un excitante alborozo. Nos batimos en apasionada refriega que poco a poco crece. El calor enardece y enloquece nuestros instintos.

Tara, sentada a horcajadas sobre mí, yergue su espalda con impetuosa sensualidad, recoge sobre su nuca sus peinados cabellos, y libera su imponente busto. A continuación, balancea sus gráciles caderas incitándome, desquiciándome, y se despoja su última prenda: las placas.

Un instante después, con un firme, continuo y profundo deslizar de sexos, nos unimos. El tiempo se desvanece, el mundo deja de ser, el universo deja de existir y esa noche, durante una eternidad, Tara y yo somos uno solo.

---

[3] Desde el principio hasta el final,
con todo mi corazón, te amo

7

Un Nuevo Ciclo

21 de Diciembre. El Lotus
11:30pm

Tara

Abro los ojos. La profundidad de la penumbra golpea mis pupilas con inclemencia.

Busco a Diego con las manos, pero en lugar de su cuerpo, encuentro el candor residual y el aroma de su esencia.

Diego

De camino al Piélago, una gran barahúnda emanaba desde el interior del Gran Salón.

—¡Todos atrás! —logro discernir un grito.

Decido, por curiosidad, entrar a echar un rápido vistazo.

—¡Muéstrate!¡Sal de donde estés o ella morirá! —bramaba el muchacho que me había encontrado en el sanitario; portaba una espada enorme y reluciente, de idéntico brillo dorado al de la daga que Anat me había dado. Él la empuñaba con la afilada cuchilla encajada en el cuello de una joven, aterrada y con un hilo de sangre corriendo a lo largo de su pecho, en lo alto de la tarima frente al ventanal.

La gente del Gran Salón retrocedió con gran temor en sus ojos. De pronto, la mirada del muchacho se fija en alguien de la multitud. Con un diligente vuelo se aproxima a ella y un instante después la tenía sujetada por el cuello, igual que a la anterior, y le remueve la máscara. La cara de Aria aparece tras aquella. Doy un respingo.

De pronto, luego de observar con mayor detenimiento, observo que el vestido no es el mismo con el que la había visto horas antes, su complexión y estatura no eran las mismas, pues aquella mujer extraña era regordeta y pequeña.

—¿A quién buscas? —pregunta la multitud al unísono quitándose máscara al mismo tiempo. Por todas partes, hombres y mujeres, lucen el aspecto de Aria. Luego de unos instantes se vuelven a colocar las máscaras, para, transcurridos un par de segundos, retirárselas de nueva cuenta; todos con la apariencia de Víctor. Repiten el ritual en varias ocasiones, cada vez revelando la cara de un miembro diferente de La Orden, de los An y de los Iniefin; el último aspecto emulado por la multitud es el de Tara.

Mi corazón brinca. De pronto la mirada de del joven castaño se fija en mí. Una demoniaca sonrisa revela sus dientes, alargados y filosos. Con agilidad inusitada se abalanza sobre mí. Por reflejo alzo los brazos para cubrirme del embiste, tenso mis músculos y me quedo a oscuras con los ojos apretados.

—Tú eres la verdadera —escucho su tenue susurrar a un costado.

Abro los ojos: a un paso detrás de mí Tara yace sobre la alfombra. El sujeto, encima de ella la somete con gran violencia colocando la hoja de la espada sobre su abdomen. Y en un pausado, eterno e inconcebible movimiento lacónico de tortura, profiriendo el mayor dolor posible, perfora el vientre de Tara, girando la cuchilla mientras la atraviesa. Un mar rojo, líquido y viscoso se expande incontenible por su vestido y baña la blanca alfombra.

El semblante de Tara languidece con gran rapidez. La sangre brota por su boca y la ahogan. La expulsa en accesos de tos, reflejo de los pulmones inundados. Sus ojos se tornan vidriosos. Me quedo pasmado. Emito lágrimas enmudecidas, causadas por el impacto de las imágenes de Tara muriendo. Mis fuerzas se desvanecen y caigo de rodillas junto a ella.

Katla

—¿Estarás bien muchacho? —pregunta Enki a Diego, que está tendido sobre una de las mesas.

—¿Qué pasa? Tara… ¿¡Dónde está Tara? —el desconcierto en la mirada de Diego es real.

—Estará bien —afirma Inanna—. Ki es una excelente sanadora.

Diego mira hacia la mesa de junto donde Tara recibía las atenciones de los mejores médicos del Lotus. Sus miradas se cruzan y esbozan una lacónica sonrisa, dedicada al amor que se proferían mutuamente; ese gesto atraviesa mi corazón, que late compungido.

—¿De dónde la sacaste? —le pregunto—. La daga, ¿cómo la conseguiste?

—Anat me la dio —afirma sin cortar el contacto visual con Tara.

—Debes entrar otra vez con ella —dicta Aria.

—¿Y el muchacho que la atacó, dónde...? ¿Qué hora es? —dice el muchacho, ignorando la indicación.

—Él se ha ido. Escapó. En cuanto a la hora, estamos cerca de la media noche. Faltan dos minutos —contesta Jessica.

Su voz llama la atención de Diego, quien finalmente desvía la mirada y anuncia:

—Iré con Anat después de la media noche. No quiero que su fiesta, ritual, o lo que sea que estén ustedes haciendo con esas máscaras, se arruine.

Diego

Reincorporados todos en menos de un minuto la fiesta se había retomado. La gente había permanecido con su máscara puesta, o por lo menos con su identidad no expuesta; todos excepto Tara y yo. Luego, comienza el conteo regresivo en multitud:

—Diez... Nueve... Ocho... —la gente alza con renovada confianza su espíritu, la mirada puesta en el reloj en lo alto del Gran Salón. A través del ventanal, observo una zona de Erek que resplandece a la luz nocturna que la iluminaba con refulgente esplendor, dotándola de una majestuosa hermosura.

—Siete... Seis... Cinco... —la congoja, paradójicamente jubilosa y afligida, me invade. ¿Por qué celebrar específicamente aquella media noche del veintiuno de diciembre?

—Te amo —leo en los labios de Tara.

—¡Cuatro... Tres... Dos! —me aproximo a ella.

La gente sostiene en su mano derecha una copa de vino tinto y con la otra se preparan para desenmascararse. La multitud eufórica clama los últimos momentos del día con discordante parsimonia; oraba los números, no los cantaba. Expulsaba los segundos, no los despedía; anhelaba el final, para dar bienvenida al principio. Los labios de Tara y los míos se funden en un nuevo beso de profundo amor.

—Uno…

Aquel típico *"¡felicidades!"* que se exclama con intensa alegría en año nuevo era el que esperaba escuchar. Sin embargo, emana un contundente silencio de abismal sosiego y solemnidad que irrumpe en el espíritu de todo ser humano. El único sonido latente en la atmósfera proviene del carillón distante de las campanas que anunciaban, con el armónico repique de igual cariz solemne, el inicio de un nuevo día, de una nueva era.

La multitud, que parece batirse entre la tristeza y la alegría, se despoja de sus máscaras con profundo respeto. Lágrimas brotan como el caudal de los ríos después de una larga lluvia. Se abrazan unos a otros. Sentimientos encontrados devienen como la sangre de una profunda herida, se dedicaban frases de mutuo soporte y esperanza, más inspiradoras de las que se pudieran pronunciar en cualquier religión. Se comparten alegrías tan contagiosas como una infección; se dilucidaban dudas, y así como el viento al esclarecer el cielo, se despojaban cargas físicas y emocionales del peso del mundo con la sencillez con que un niño sonreía al ver a su padre a la distancia. Se armonizaban en una verdadera hermandad con la suavidad con la que una pluma se alza en el aire; una ecuménica energía rezumaba en el ambiente que brotaba de la aglomerada humanidad al engrandecerse sus espíritus y expandirse sus conciencias.

Aquel evento se dolía apesadumbradamente como un funeral, a la vez que se celebraba con la alegría de un nacimiento.

—Aquí estaré para cuando vuelvas —me besa Tara, muy recuperada, despidiéndome a la entrada del Piélago.

Avanzo, abro la puerta y me encamino por la ruta que antes había tomado hacia Anat.

—¡Amor mío has vuelto, finalmente has vuelto! —exclama al verme y salta sobre mí, intentando besarme. La esquivo con semblante impertérrito.

—¿Qué sucede? —repela con extrañeza.

Desenfundo la daga y le lanzo una torva mirada amenazante: esta vez estaba dispuesto a usarla contra ella. De inmediato comprende el mensaje.

—Entonces... ya me has descubierto —confiesa, irguiéndose y tomando distancia.

—He descubierto que todos me han mentido. Y serás tú quien me explique en este instante...

—Bien, bien, muy bien.

—Quiénes son ustedes, por qué quieren matarnos —pregunto con voz recia y tosca.

—Somos quienes hacen lucir a tus pesadillas como un dulce sueño; hacemos lucir a tu infierno como el más placentero de los paraísos. Somos quienes corrompemos, tentamos, arruinamos, desgraciamos, mutilamos y utilizamos a la humanidad... Tal vez tú nos conozcas como ángeles negros o ángeles caídos, o más bien, quizá, cómo demonios... ¿Matar a quién? Nosotros no queremos matarlos —gruñe con gozo y rostro desencajado por el placer exótico que le produce revelar aquellos datos.

—Sabes a lo que me refiero. Me mentiste. Todas esas invasiones fueron obra tuya y de tu hermano.

—Oh, querido ¿Quién te dijo que queríamos matarlos? ¿Quién te dijo esa estupidez? —se burla.

—Entonces, explícame esas crueles invasiones.

—Estás verdaderamente enredado cariño, muy enredado...

—Habla —ordeno con asiduidad, acercándome a ella con la daga en ristre.

—¡Oh, oh, tranquilo! Está bien —retrocede un poco—. De acuerdo, calma.

—¿¡Por qué destruirnos de esa manera!? —la apremio. Anat, agachando la cabeza para esconder su rostro entre su melena, comienza a reír con tono ascendente, cada vez más torvo, emitiendo una potente risa que restalla como un latigazo sobre las lisas paredes de su jaula, una diabólica risa que me eriza la piel.

—Nosotros, nosotros no queremos destruirlos... —su risa la hace tartamudear—. No, no mentía cuando dije que yo, que yo estaba detrás de la pirámide... —una nueva risa la interrumpe —Nosotros buscábamos, por irónico que parezca, protegerlos de ellas.

—Imposible, los demonios sólo buscan...

—¡Hostigarlos! ¡Joderlos! Chingarlos hasta que no puedan más. Y ustedes hijos de puta se piensan importantes... bueno pues lo son, lo son, pero no en el sentido que ustedes, pobres cabrones, piensan. Se creen la punta más elevada de la escala evolutiva: ¡ "A imagen y semejanza de Dios"! ¡Ja, ja, ja! —despotrica y se contorsiona entre carcajadas—. Esa mierda que solo ustedes son lo suficientemente pendejos para creérselo. Es hora de que se percaten de la mierda que en realidad son.

—Significa...

—Significa que sus almas son alimento para nosotros. Sus terrores, sus angustias, sus tormentos, sus miedos… son todos nuestros deleites. ¡La pasamos de maravilla en este mundo! ¡¿Por qué habríamos de acabar con nuestro regocijo, con nuestros juguetes?!

—Entonces Enki e Inanna…

—Ellos urdieron su destrucción. Guiaron a los estúpidos líderes del mundo hacia su autodestrucción. La Orden… ¡Ja, ja, ja¡ La orden, fueron ellos quienes por largo tiempo idearon su final.

En mi mente empieza a armarse el abominable rompecabezas.

—Ellos…

—Ellos, sí, ellos… ellos, ellos, ellos… esos malditos cabrones buscaban deshacerse de nuestra fuente de poder, de esa infecciosa plaga que enferma al planeta y lo consume como el cáncer a su podrida carne. ¡Nosotros los necesitamos! ¡Entiende imbécil, entiende! Que ellos acabaran con ustedes equivalía a que acabaran con nosotros. No es un golpe de estado, no es una revolución como estúpidamente piensas; es una nueva guerra entre dioses.

—Una guerra entre los An y ustedes. El Heroe, tu hermano, no es un héroe, es un tirano.

—¡Tú ya escuchaste la leyenda! ¡El hombre fue hecho a partir de uno de nosotros! ¡De la sangre de Kingu ustedes nacieron!

—Eso…

—¡Eso lo explica! ¡Eso, eso, eso!… pues todo el proceso que has recorrido junto con tus estúpidos amiguitos significa la guerra entre dioses dentro de tú alma para sobreponerse, pues también hay esencia An ahí dentro. Kingu es la sangre del hombre extraída de esta temprana guerra. En tus venas encontrarás la fuerza de la herencia demoniaca. ¡Dentro de tus venas fluye el poder del demonio![4] —proclama desquiciada, agitando los brazos en el aire como furiosos látigos emberrinchados. Pateaba y golpeaba los muros en un arranque de desmesurada excitación, desmoronándolos uno tras otro, una y otra vez, los cuales soportaban la constante devastación recomponiéndose de inmediato como por arte de magia.

—Nos manipulaste para tus…

—¡No! No, no, no, no, ¡No! ¡No! ¡Ellos los manipularon, aún lo hacen!

—¡No, tú nos manipulaste! —susurro en un iracundo bramido. Avanzo hacia ella hasta acorralarla, presiono su cuello en el muro y sujeto con firmeza la daga contra su piel—. Tus mentiras están despertando ese demonio dentro de mí.

Anat, con inquietante severidad, transfigura su asustado semblante a uno de refocilante orgullo. Con una mueca descompuesta dice:

—Al igual que a Andrés, al que encontraste en el baño. El muy idiota que mató a Tara durante su fiestecita.

—¿Qué es lo que sigue? ¡Contesta!

—Ah, qué pobre idiota resultaste ser.

—¡Contesta!

Estrujo más su cuello.

—No tiene sentido que me amenaces. Y si te atrevieras a matarme, lo cual dudo de un pequeño marica como tú, desatarías un caos más perturbador del que cualquiera,

---

[4] Fragmento tomado, traducido y modificado de "The Blood of Kingu", Sirius B, Therion. Letra por Thomas Karlsson; Música por Christofer Johnsson.

incluidos los An, pudieran imaginar. ¿Por qué crees tú que me tienen encerrada y no me asesinan?

—Por la misma razón por la que tú no me has matado a mí. Este "pequeño marica" resulta ser tan importante como lo puedas ser tú, perra.

Giro sobre mis talones, doy media vuelta y me dispongo a salir.

—Así que tu noviecita sigue con vida.

La ignoro; sigo mi camino.

—Tú en verdad no recuerdas nada. ¿Sabías que no fue aquí la primera vez que nos vimos?

—Eso es irrelevante.

—Lo sé, lo sé, pero realmente me agradas... no quiero que te vayas.

—Seguro es otro de tus trucos. No pienso caer de nuevo —tomo del picaporte y lo giro.

De pronto, como un terremoto agita un edificio, la mazmorra entera comienza a vibrar.

—No te puedo dejar ir —gruñe con estrépito, cuya desquiciada voz jamás perdió sensualidad.

—Muy tarde.

Abro rápidamente la gruesa puerta y la cruzo, asustado. La cierro tras de mí y de inmediato escucho sendos golpes secos que hacen crujir la madera.

—¡Morirás idiota! ¡¿Me escuchas?! ¡Antes de lo que se imaginan, todos ustedes suplicarán la muerte! —se calla por unos segundos— ¡No! ¡No, no, no! ¡Lo lamento cariño! ¡Amor mío, yo te protegeré! —otro corto periodo de silencio sobreviene, pero al instante los sólidos porrazos se reavivan tras el umbral— ¡La primera Bestia ya viene! ¡Fenrir, Fenrir se aproxima! Los Demonios vienen ya. ¡El Señor de las Penumbras ha llegado! Legiones y legiones de hermanos pulverizan ya la tierra bajo sus pies a las puertas de esta pocilga. ¡Ja, ja, ja, ja! ¡Seré finalmente libre! ¡Ja, ja, ja!

Su diabólica, efusiva, atronadora y descompuesta risa aguda carcajeaba con gran energía demencial desde el otro lado.

8

Encrucijadas y Memorias

Regreso a toda prisa, subo las escaleras y atravieso el desértico campo. Corro tan rápido como mis piernas me lo permiten. Salgo de la prisión, invadido por un súbito sopor. Las cosas me daban vueltas, el aire se torna espeso, la atmósfera, mi entorno entero, se enrarece rápidamente. Me succionaba la vida y no hay nada que pueda hacer para evitarlo. Apenas abro la puerta de salida la veo; ella estaba ahí. Me había esperado todo ese tiempo. Con los últimos rescoldos de energía que me quedaban avanzo bamboleante, tropiezo y caigo una vez más en brazos de Tara.

—Eres tan hermosa…

Un año antes.

Alterno

La hija del Keter cumplía 16 años. El mandatario había invitado a la célebre familia de su piloto particular, la familia Haro, entre muchas otras, a esta ceremonia que indicaba ser muy especial, puesto que se daría a conocer a la chica que hasta entonces había permanecido encubierta. Las razones sólo eran conocidas por sus padres. Había sido organizada con gran esmero y cuidado, envuelta por una enigmática aura de secreto y misterio.

Jessica Haro, quien era muy amiga de Diego, había decidido invitarlo. Él, titubeante y temeroso, aceptó. Él no lo sabía todavía: la festejada era la chica de sus sueños, una preciosa chiquilla con quien un tiempo atrás había compartido cariño en un juego de miradas y sonrisas en el colegio; pero como muchos adolescentes, temía enfrentarse de cara al amor. Jamás había conversado con ella, pero ésta era su gran oportunidad. La esperanza de un acercamiento lo había motivado, y después de arreglarse para el festejo, el chico partió hacia la casa de su acompañante, que vivía a unas calles.

Tocó el timbre y esperó unos segundos:

—*¡Hola Diego!... ¡Qué guapo te vez, como siempre! Llegas temprano.*

Lo saluda enérgica la madre de Jessica, abrazándolo con fuerza. Él se limita a sonreír con cortesía.

—*Pasa, pasa... adelante.*

La bella mujer, ya arreglada y lista, muy parecida en lo físico a su hija, esposa del piloto, lo acompaña a la sala donde estaba el señor Haro. El chico conocía bien a la familia y a la casa, a la que ya consideraba como su segundo hogar.

—*Siéntete cómo en casa* —*concede la señora Haro, como siempre hacía.*

—*¡Jess, Diego está aquí!* —*anuncia a su hija desde el pie de las escaleras.*

—*¡Voy!* —*contesta ella a la distancia.*

El piloto, quien usualmente se mostraba muy reservado en público, sirve al instante un vaso con güisqui y se lo aproxima con un movimiento firme, típico de los militares, a Diego.

—*Gracias señor... pero sabe que no bebo* —*responde el chico.*

—Esta noche deberías —le sonríe el piloto. Diego, intrigado, toma el vaso y bebe un par de sorbos.

—¿A qué se refiere? —curiosea, ronco por el alcohol quemando su garganta. Diego devuelve el vaso, colocándolo sobre el portavaso en la mesita. El piloto se limita a mirarlo con gesto que, descrito en palabras, expresaría: "Ya lo verás".

En las escaleras resuenan los tacones de la chica que baja apresurada.

—¡Hola Diego! —lo saluda Jessica con un fuerte abrazo de oso. A Diego, al verla, se le dilatan las pupilas, se le agita el corazón y la garganta se le anuda por la impresión que le provoca la visión de su amiga. Nadie podía negar que la chica fuese de una hermosura extraordinaria y que ese vestido de noche exaltaba su figura más de lo que él habría pensado, deseado o incluso imaginado.

—Ho... hola. Te vez tan... ¡guau! —contesta Diego deslumbrado, observándola con los ojos desorbitados y escudriñándola de pies a cabeza mientras ella giraba, vanagloriándose de sí misma: con peinado de salón; maquillada con el contorno de sus brillantes ojos delineados y en sus párpados con una sombra de un sobrio tinte de combinación azul y plata, que se extendía más de lo ordinario, lo que le confería un halo misterioso, como un antifaz, tan perfecto y tan real que le costaba reconocerla; ataviada con un rozagante vestido negro escotado que ajustaba en cada curva de su adolescente y bien formada figura.

—¡Gracias! Tú también te ves muy guapo querido —dice ella, acariciando el pecho de su invitado.

Ambos jóvenes se gustaban entre sí, se proferían un gran amor silencioso jamás confesado por temor a una pérdida mutua, por ellos alucinada: haberse dicho la verdad los habría llevado a generar una relación tan fuerte y firme como envidiable.

—¿Nos vamos? —replica el piloto levantándose con alegría, irrumpiendo el solemne momento de cariño entre ellos.

No existía molestia alguna entre la familia Haro y
Diego, pues todos los Haro creían, daban por sentado,
que tarde o temprano los apellidos Haro y Ku se
unirían en matrimonio. Era cuestión de tiempo.
Sin embargo, Diego no era miembro de la familia, tenía otras
intenciones, y las cosas estaban por cambiar drásticamente.

Salieron de la casa, subieron al lujoso auto eléctrico y aceleraron a través de calles y avenidas con dirección al festejo de Tara en el centro de la metrópoli. Diego percibe cierto desconcierto en la mirada del piloto que se mantiene con la mirada abstraída a lo largo de todo el recorrido, mientras que su mujer e hija no paraban de charlar.

—¿Y cómo has estado hijo? ¿Cómo están tus padres? Cuéntame —pregunta la madre de Jessica.

—Muy bien señora, gracias —contesta él con cortesía, aún incapaz de alejar su mirada de Jessica, quien aquella noche en especial lo atraía como un potente imán. Ella se acicalaba con sensualidad ante él, probablemente apropósito.

La charla continuó por largo rato hasta que, por fin, tras librar el acostumbrado tránsito urbano, llegaron a uno de los más altos edificios en el centro de la Ciudad de México, donde se celebraría aquella ceremonia que, por alguna razón que el joven aún no entendía, era muy especial.

Bajan del auto. La noche es fresca y despejada, acariciada por el resplandor de la luz de una hermosa luna creciente que alumbraba con placidez la atmósfera festiva.

El lugar aún se encontraba en calma; habían llegado temprano. Entraron al edificio y subieron a uno de los últimos pisos, destinado como salón de fiestas.

El elegante salón estaba conformado por dos plantas: la superior, adosada a lo largo de la pared posterior, por donde ingresaban los invitados, bordeaba en semicírculo sobre la inferior, y ésta era una amplia planicie. Al fondo se alzaba una enorme plataforma, a la que se accedía por una doble escalera en ambos lados; adornado todo con tanta elegancia que a Diego le incomodó el cariz portentoso del ambiente, y se sintió de pronto tan fuera de lugar como un oso polar en el desierto. Pocas eran las ventanas de que el lugar disponía, sólo había unas cuantas puertas hechas de vidrio que daban a los balcones, desde los que se podían apreciar magníficas vistas de la ciudad.

—En seguida volvemos —declara la madre de Jessica y al instante desaparece junto con su esposo por una gran puerta empotrada en el gran balcón. El lugar estaba desértico.

Jessica y Diego se sentaron en su mesa. Charlaron de asuntos de la nueva clase en la escuela, de Conocimiento y Desarrollo Mental, que casi nadie la apreciaba, mientras esperaban a que la gente llegara.

Conforme los minutos corrían, la sala se fue llenando en sus dos plazas.

Andrés fue de los primeros en llegar, acompañado de su preciosa novia, cuyo padre era un reconocido ingeniero que había elaborado algunos de los proyectos nacionales más ambiciosos junto al gobernante mexicano, así como para grandes corporaciones extranjeras. Saludaron a Diego y a Jessica, platicaron un rato y luego se apartaron; Jessica no soportaba la presencia de Andrés.

El tiempo corría. Diego luchaba por no separarse de Jessica, quien era su único enlace con aquel mundo glamoroso al que él no pertenecía. Se sumergió en una eterna batalla contra los innumerables pretendientes de su hermosa acompañante quien atraía a los hombres como la sangre a los tiburones; a pesar de que él no estaba del todo interesado en ella, por egoísmo, no tenía la más mínima intención de perderla.

A esa guerra se le sumó la desesperada y angustiante búsqueda de la razón por la que acudiera al evento: la misteriosa festejada, quien se rumoraba en el colegio era "la chica más bella del mundo".

Habían pasado casi dos horas desde que la celebración iniciara. El Keter y su familia no habían aparecido aún. Tampoco los padres de Jessica.

Diego se dio por vencido: todas las chicas iban arregladas de la misma forma que Jessica; la combinación de delineado y sombreado en sus ojos evitaba que las reconociera con facilidad. Esto le provocó pasar momentos incómodos con las aquellas que se estaban interesadas en él y que se aproximaban para platicar. Esos encuentros fueron cortos, pues ellas se veían intimidadas por la encantadora acompañante de Diego.

El tiempo pasó. Diego estaba aburrido. La única persona con la que había entablado conversación aparte de Jessica había sido con una joven que hablaba alemán y había correspondido sus atenciones.

Bailó y charló con su acompañante por largo tiempo hasta que por fin Víctor, su esposa y el hijo prodigo de la pareja y futuro Keter, aparecieron por la puerta de la gran plataforma; la chica no estaba con ellos.

No hizo falta presentación. Al aparecer entre la multitud todo mundo miró, interrumpiendo sus conversaciones y quehaceres, y aplaudieron su presencia.

—Gracias por venir... gracias —saludó la familia a cada grupo de personas con las que entraba en contacto. Diego buscaba con esmero a su objetivo, pero no lograba dar con ella.

Diego, y el resto de la gente que abarrotaba el salón, había sido abstraída por la aparición de la familia gobernante sin notar que por una de las puertas laterales entró una chica *vestida y maquillada como el resto de las presentes, quien se mezcló entre la multitud que la dejó pasar desapercibida.*

—¿*Qué pasa, a quién buscas?* —*pregunta Jessica a Diego luego de notar su repentina conducta distraída. Sin embargo, ella sabía la respuesta; la pregunta había sido lanzada como una afrenta.*

—*No, no... a nadie* —*contesta el chico con gesto inquisitivo, estirando el cuello y alzándose sobre las puntas de los pies mirando alrededor. Una gran multitud de chicos a lo largo y ancho del salón hacían lo mismo.*

—*Ay por favor... no tienes que mentir* —*ella se sentó fastidiada, se bebió de un trago el vino de su copa y se cruzó de piernas*—. *Todos vinieron por eso... Sólo por eso aceptaste venir conmigo, ¿verdad?* —*encajó sus ojos como dos cuchillas en los de Diego, descifrando la verdad.*

—*Tú de qué te quejas, a ti no te va nada mal* —*le enjaretó Diego con brusquedad y recelo, esquivando la pregunta.*

—¡*Ah!* ¡*Así que tú crees que me gusta llamar la atención y que...!* —*se disgustó y soltó la copa, pero Diego la interrumpió:*

—¡*Por supuesto que sí...!* *A todas ustedes les fascina ser el punto central* ¡*Y tú no eres la excepción!* *Sólo mírate, mira a tu alrededor, todos están babeando por ti y se ha vuelto insoportable estar contigo.*

La mirada de Jessica se transfiguró y reflejó un atemorizante enfado. Se puso de pie con un súbito movimiento, encaró a Diego con el ceño fruncido y le espetó en un irascible susurro:

—*Pues si tanto te molesto, deberías ir con la alemancita que tanto te gustó...*

—¡*Eso haré!* —*reprendió él con saña, dándole la espalda a la chica.*

—*Idiota...* —*alcanzó a escuchar la voz de Jessica.*

Furioso, Diego atravesó la multitud a empujones y trompicones.

Con el pensamiento perdido en la vorágine de la ira que combatía con el arrepentimiento, que a su vez era retenido por el orgullo, pisó el vestido de una de las presentes que se atravesó en su camino. Tropezó con una joven solitaria y desprendió una parte de su larga falda que cedió con un diáfano y retumbante sonido al desgarrarse la tela, lo que dejó al descubierto gran parte de los muslos de la desconocida, rollizos como dos pilares. Ambos reaccionaron al instante: ella, sujetándose del cuello de su agresor con ambos brazos; él, apoyando un pie a espaldas de la chica y sujetándola por la cintura. Quedaron suspendidos en el aire, cuales danzarines de tango, en una posición que generó un aura más romántica que patética.

Atrancado el tiempo por un momento en aquella sugestiva situación, Diego admiró la majestuosa belleza de la chica, de cabello castaño y facciones perfectas, y distinguió entre el antifaz los más brillantes y hermosos ojos verdiazules que jamás en su vida hubiera visto, ¿o no?

—Cof, cof... —se anunció Jessica, que aparecía de entre la multitud.

La gente se había arremolinado y había creado un perímetro alrededor de la escena. La pareja recién ensamblada por accidente volteó hacia la chica, que tenía la peor cara que Diego jamás le había visto. La mezcla de celos, ira, desconcierto y desaire empezaba a inundar los ojos de Jessica.

Diego se incorporó. Liberó con suavidad, como quien no quiere la separación, a la misteriosa chica. Jessica echó a correr perdiéndose entre el gentío, y para cuando Diego volvió la mirada hacia el lugar donde hacía unos instantes se encontraba su acompañante, ésta había desaparecido.

Intrigado, apenado, desesperado e impotente, Diego se abrió camino a toda prisa hacia una de las puertas bajo los elegantes vitrales que daba hacia los balcones. Junto a los portales observó con extrañeza a una mujer vestida con ropas maltrechas y tan oscuras como la noche;

encubierta con la misma máscara que todas las demás, pero ella mezclaba brillantes colores dorado y verde intensos que delineaban unos inexpresivos ojos áureos de irreal magnificencia. Al verla, sintió su tormento incrementándose en su interior. Empujó la puerta de vidrio y liberó un fuerte ventarrón que ensordeció sus oídos y agitó su cabello, llenando rápidamente sus pulmones con una gélida inspiración del aire indiferente. Agarrado del barandal, se inclinó y se asomó por el abismo que daba hacia la entrada del edificio. Le pareció ver el negro vestido de Jessica subir a un auto que se alejó con prontitud en la desértica penumbra de la noche.

Incorporándose, Diego golpeó con fiereza el sólido balaustrado. Miró hacia las estrellas y apretó la mandíbula profiriendo diatribas mentales en contra de sí mismo.

—¡No puedo creerlo, soy un idiota! —se desahogó recargándose sobre la baranda y llevándose las manos a la cara.

—¿Estás bien? —preguntó una sensual voz femenina.

Abrió los ojos detrás de sus dedos y bajó la mirada quitando sus manos de su rostro. Frente a él estaba una joven, oculta entre las sombras, sosteniendo una copa de vino. Sin contestar, Diego se volvió hacia el paisaje urbano.

—Te perdonará —aseguró ella, aproximándose a Diego.

—¿Qué te hace pensar eso? —preguntó.

Al no recibir respuesta sintió curiosidad de mirarla. Giró la cabeza y entonces se sorprendió al ver a su amiga más reciente: la "alemancita". Hablaba un español tan perfecto como su alemán. Ella le concedió una linda sonrisa que desapareció tras el vidrio de su vaso para darle un largo trago al vino.

—Gracias.

El agradecimiento fue momentáneamente iluminado por un cegador destello en la distancia, seguido por un sordo y potente golpe que llegó desde su costado. El fulgor provocó una fuerte sacudida que cimbró el lugar, la pareja cayó al piso y despertó un griterío de terror dentro del salón.

Transcurridos unos segundos de confusión, Diego se incorporó. Miró hacia el lugar del que había provenido el estruendo. El grueso muro presentaba un gran hueco y se levantaba una gruesa polvareda. Diego pudo observar a dos personas: un hombre y a la mujer del maquillaje dorado y verde que se acercándose hacia la perforación.

Ante los ojos del chico ocurrió un asombroso e inexplicable suceso, el hombre se transformó en uno de aspecto totalmente diferente, de cabello rubio lacio y ojos verdes. Su complexión se había transfigurado sin razón aparente, sin sentido, sin explicación.

Asombrado y sin dar crédito a lo que veía, Diego se quedó pasmado, tumbado pecho tierra, mientras aquel sujeto desaparecía en el interior del salón.

Después de unos eternos instantes, aún aturdida, la alemana reaccionó y se levantó, agitó la cabeza para espabilarse del trauma y corrió dentro del edificio sin mediar palabra con Diego. Él reaccionó al verla y, levantándose tan rápido como pudo, corrió tras ella.

Dentro, en medio de la confusión provocada por la lluvia causada por los sistemas contra incendios, Diego miró el fuego que se extendía por los cortinajes del gran ventanal mientras era combatido por dos hombres. La escena pintaba un lugar vacío, con más gente de la que podía contar tendida en el suelo, inmóviles, entre los que se encontraba el hijo de Víctor. Había sido alcanzado por una de las rocas y era auxiliado por el hombre que se había transformado.

—Lo tengo, ve tras ella— ordenó éste al ver a la alemana, señalando a la mujer de negro que ya subía por una de las escaleras laterales hacia la gran plataforma.

La joven corrió tras ella y cruzó la puerta.

Crujidos y estruendos resonaron apagados desde dentro, provocando un gran alboroto que inundó el silencioso salón. Un segundo después la mujer salió despedida a través de las puertas, que abanicaron luego de romperse, y provocó un fuerte estallido al golpear y quebrar con su cuerpo la gruesa baranda, como si ésta fuera de papel. *Luego surgió un poderoso rayo plateado a través del umbral e impactó directamente en la mujer que, tras una cegadora y ensordecedora explosión, fue arrojada por los aires.* Cayó, rebotó y rodó varios metros a lo largo de la sala. Quedó finalmente inmóvil en medio del lugar. Pasado unos segundos, se incorporó sobre sus manos alzando la mirada hacia la plataforma, donde ya se amotinaba toda la fuerza de Víctor y su sequito, conformado por mucha gente que Diego, consumido por un choque emocional y psicológico, no reconoció de momento; gente que atravesó la sala y apresó a la derrotada mujer. Ella entornó sus ojos lanzando una mirada prístina de malicia hacia el atónito muchacho.

Víctor y su esposa corrieron presurosos hacia el lugar donde su abatido hijo yacía a manos del transformado hombre que, con fingida cara de pesar, indicó a los afligidos padres:

—Está muerto.

9

El Infierno Surge

Diego

Abro los ojos; me cuesta mucho esfuerzo despertar. Me resulta difícil reconocer dónde me encuentro, con quién estoy, en qué día existo. Lo vívido del sueño todavía aturde la sensibilidad de mis sentidos. Batallo mentalmente por discernir la realidad; no encuentro mucha diferencia.

Pronto, tras parpadear y percibir los alrededores, empiezo a reconocer mi entorno: es la alcoba de Tara.

Revivo en mi cabeza la conversación que tuve con Anat.

—¿Cuánto tiempo estuve...?

—Una hora, casi exacta —contesta Tara, con la cabeza y torso asomados por la ventana entre las cortinas corridas. Los márgenes de la tela resplandecen por una luz proveniente del exterior. Aquella luminosidad diáfana es acompañada por un inquietante alarido distante que quebranta la tranquilidad de la habitación.

—Está por comenzar. ¿Vamos a la azotea? De ahí podremos ver un poco mejor —sugiere. Me levanto con torpeza, tomo el cuaderno de los Quirarte y subimos al último piso. El tañido de las campanas a todo galope se acrecienta conforme nos aproximamos.

Avanzamos hasta el borde, nos colocamos junto a Jessica, y observamos hacia el siniestro horizonte. A través de la única vía que conectaba el valle de Erek con el exterior, por entre las afiladas cordilleras, resplandece la fortaleza; la defensa externa del gran Valle.

En la lejanía llamea el panorama. Percibo el ritmo de un eco remoto. Una inmensa hueste irascible se aproximaba, se abría paso a través de la frenética atmósfera. Los truenos crujen, trituran la tierra y arden en el cielo recubierto por una corpulenta nube teñida por matices violáceos; las aguas, turbias y encrespadas, alzan una fina briza que se esparce por las planicies; el aire, pesado y agitado, se descompone en hedores de podredumbre y agonía; la vida, frágil y misteriosa, se eclipsa tras los recovecos más oscuros.

Mi piel, aterida de miedo, se eriza por la intensidad del agitado compás de mi pulso. El terror, un terror profundo, embriaga mi espíritu inconsolable: el infierno se cernía a las puertas del paraíso.

Siento de pronto la cálida mano de Tara sujetando la mía y un rayo de esperanza se aviva en mi corazón.

Katla

Ante a nosotros, allá, más abajo del altiplano, a las faldas de las montañas nevadas que nos protegían, las primeras legiones del terror se aproximaban con paso solemne. Firmes, pero sin prisa ni urgencia, incrementaban el miedo latente en el horizonte.

No puedo evitar sentirlo: un implacable temor me atenaza cada músculo y el latido de mi corazón se desboca al observar la sombra de las gigantescas criaturas que escoltan al primer demonio, que arremetía con toda su potencia. Su presencia infernal, así como la del resto de los Seis Grandes Demonios, se percibía en la macabra atmósfera.

La tétrica luz de las flamas ondula en el suelo, arenoso y yermo, absorbidas por la impenetrable oscuridad que se cernía.

En el oído retumbaba, en los ojos titilaba y en la imaginación escocía la inminente confrontación con las tinieblas, cuyas hordas emergían desde las grietas del inframundo.

—¡Luces! —ordena Víctor quien, junto a Ki, se encontraba al mando de nuestras fuerzas en la primer defensa.

Una serie de potentes reflectores perforan la penumbra apelmazada frente a nosotros y ésta retrocede varios cientos de metros.

La luz se abre paso como un velo divino que provoca espantosos bramidos en los repugnantes seres humanoides de piel dorada. Tenían ojos brillantes como rubís que resplandecían nefastos desde las profundidades de sus yelmos ennegrecidos, desde donde escurría un líquido viscoso que a modo de combustible hacía llamear su cabeza, y cada gota que chorreaba encharcaba el suelo enfangado. Entecos del cuello, su torso y abdomen se observaban descarnados en algunas zonas, por donde sus entrañas manaban putrefactas como tejidos roídos. Empuñaban cadenas enmohecidas y hoces oxidadas entre sus esqueléticas garras incrustadas en su carne magra. Como un pesado fardo cargaban a sus espaldas un par de alas andrajosas y despellejadas, con apenas algunas plumas enclenques y mugrientas, cuyas articulaciones crepitaban al menor de los movimientos. Vestían apenas con telas rasgadas, oscuras, que cubrían las piernas, debajo de las cuales sobresalían pies enormes y escamosos con grandes garras como de dragón.

Entre las siniestras hordas de demonios distingo de inmediato lobos colosales de pelo grisáceo y aceitoso, renegrido por la muerte; su aspecto atemorizaba al primer atisbo. Hilos de espuma cobriza exudaban de entre sus colmillos. Las bestias bufaban con potente ira. Destilaban una azafranada sustancia de entre sus ralas crines que bañaba el largo de sus fornidas extremidades.

Avanzaban en dirección nuestra, moliendo la tierra a cada paso seco y firme que daban. De sus hocicos, refulgentes de rabia y con el fragor del viento atravesando sus ensangrentados colmillos, emanaba un vaho que levantaba poco a poco una bruma polvosa sobre sus diabólicas cabezas.

Sus bramidos aumentaban de intensidad con cada segundo; la vibración perforaba mis entrañas.

Bajo sus pies la tierra se cimbraba. En un súbito arrebato de bestias enloquecidas comenzaron a proferir agudos alaridos, cuyo poder provocó la incipiente oscilación de la tierra. Pronto la intensidad alcanzó magnitudes incalculables: los muros comenzaron a bambolearse.

A pesar de que la estructura formidable de la fortaleza donde nos encontrábamos nunca cedería, los hombres y mujeres nos tambaleamos sin control. El pánico corrió entre la multitud atemorizada. El terrorífico clamor de guerra, lo cambiante del entorno, la tormenta de relámpagos que atronaban a nuestro alrededor y el retumbar del sismo anunciaba el inminente embiste del primero de los demonios, Belial, y de sus cincuenta legiones.

Nuestras limitadas tropas en la base de la muralla, a pie de enfrentar su destino, empezaron a retroceder. Su confianza y esperanza cedió al impasible miedo en el instante en que desde las profundidades de las penumbras fue exhalado un escalofriante aullido: Fenrir clamaba su presencia. A su lamento, con los hocicos alzados hacia el oscuro cielo, contestaron el resto de los lobos bajo sus órdenes con un infinito eco de aullidos que estalló en el aire. Los semidioses se amedrentaron inevitablemente.

Diego

—¿No deberíamos nosotros de estar allá? —pregunto a mis acompañantes.

—No sería muy inteligente mandar todas nuestras fuerzas en el primer asalto —contesta Tara con voz apacible—. No temas, al mando está la poderosa Diosa Ki, maestra dadora de vida. Del muro no cruzarán… hoy no.

De pronto un escalofriante alarido arreció desde el horizonte; una infinidad de bramidos atronaron en la aterradora atmósfera. Mi mano encontró a la de Tara una vez más.

—Dios nos ayude —murmura.

Katla

—¡En pie! ¡En pie todos! ¡Mantengan sus posiciones! —clama Víctor.

El miedo prevalecía. Sin detenerme a pensarlo dos veces, me lanzo por el borde de la muralla y aterrizo frente a las tropas.

—¡Hermanos! ¡Mírenos, mírense a ustedes mismos: el momento llegó! ¡Es ahora! ¡Ahora estamos respirando; respiramos como uno! ¡No hablamos, pero compartimos un pensamiento; compartimos un hambre; compartimos un odio, y al final, compartiremos la muerte![5] —bramo con vehemencia.

Armo mi *triskel*. Un instante después la horda de semidioses hace lo mismo.

Giro sobre mis talones y encaro a las legiones de las penumbras. El aullido de los lobos sobreviene una vez más, pero esta vez, desde las robustas murallas tambaleantes, lanzamos nuestra respuesta: el largo, fino y ascendente bufido generado por el soplo de nuestro cuerno de guerra dimana con todo su esplendor y atraviesa los cielos ennegrecidos.

Con una última sacudida espabilo mi temor y avanzo beligerante hacia las filas enemigas.

Diego

—¿Qué pasa allá? —pregunto.

—Ha comenzado, el Armagedón ha comenzado —contesta Enki, aproximándose desde los ascensores, a la

---

[5] Fragmento tomado y modificado de "The Queen of Blades", Avatar.

cabeza del resto de los miembros de La Orden e Inanna, quien pronunciaba con solemnidad una oración:

— *Pater noster qui es in cælis, sanctificetur nomen tuum...* —el resto de los presentes se unen al cántico y alzan un ceremonial eco—. *Adveniat regnum tuum. Fiat voluntas tua, sicut in cælo et in terra. Panem nostrum quotidianum da nobis hodie. Et dimitte nobis debita nostra, sicut et nos dimittimus debitoribus nostris. Et ne nos inducas in tentationem: sed libera nos a malo. Amen*[6].

Katla

Marchamos a toda velocidad hacia el encuentro final.

Ambos ejércitos recortan distancias y se abocan entre sí con profunda determinación en medio de bramidos y alaridos. Los demonios se abalanzan escoltados por los gigantescos lobos cargados de furor irascible en sus siniestros ojos negros. La promesa de sufrimiento, dolor y muerte los azuza a embestir como bestias rabiosas.

Las líneas frontales de ambos bandos llegan finalmente a su encuentro y colisionan con un bestial estruendo. Atacan con odio satánico y arremeten con avidez perversa. Cascos vuelan por los aires, sangre negra y escarlata baña el arenoso terreno que comienza a enfangarse, el fuego se esparce con furiosas llamaradas a través del campo de batalla, pedazos de carne descuartizados son arrancados por colosales colmillos y garras.

Las afiladas hoces e infinidad de huesos crujen al ser cruelmente pulverizados. Bramidos y rechinidos; gemidos y

---

[6] Oración del "Padre Nuestro" en latín.

aullidos; truenos y estallidos se mezclan y crean una barahúnda funesta, eco tempestuoso lleno de energía, vida y muerte.

Arremetiendo contra ellas al frente de la formación, doy un largo salto y golpeo el piso con fuerza. La tierra a mis alrededores se levanta en una ola enorme bajo la cual desaparecen varios demonios y lobos. Un instante después millares de figuras humanoides de aspecto moribundo emergen desde el subsuelo, sujetan entre sus garras a mis enemigos y los arrastran de vuelta al infierno.

El fragor de la guerra incrementa a cada instante; nuestras entrañas se cimbran. El ruido de la batalla restalla en el viento, los hedores a muerte y destrucción fustigan el olfato y la fuerza y el vigor son potenciados por un derroche de furor que discurre tajante por nuestras venas.

Desde el muro, Ki, poderosa Diosa de la tierra, empieza a hacer gala de sus grandes dotes. Controlaba magistralmente desde las alturas el subsuelo evocando entes humanoides de barro, entes que luchaban, forcejeaban, desarmaban, distraían o enterraban vivas a las fuerzas enemigas que disminuían con rapidez. Ki, por sí sola, constituía la fuerza total de un gran ejército.

Víctor desde el muro se observaba concentrado, dirigiendo la estratagema.

En cuanto a mí, en medio de la caótica atmósfera de la batalla, aplastaba cráneos de lobo, degollaba cabezas demoniacas, exprimía sus putrefactas entrañas, los estrangulaba con sus propias cadenas y los ahogaba en su propia sangre.

Mi triskel sufría constantes daños por los filos de las hoces, que escindían la coraza del androide como un cuchillo corta la piel. La atmósfera siniestra de la batalla me inundaba los sentidos, nublaba mi juicio y dominaba mi voluntad.

Mataba, mataba a una tras otra criatura sin control. La sed de sangre me acuciaba desde el interior ardiendo con pavoroso ímpetu, llevándome a la pérdida de la noción del tiempo y del espacio, de la realidad y de la fantasía.

De pronto, un vertiginoso sonido me despierta del infernal ensueño inducido por la batalla. El lejano repique de tambor proveniente de las profundidades ruge como una fiera onerosa; rotundo, trepidante. Propagó el temido anuncio:

—¡Fenrir! ¡Fenrir se alza! ¡Se aproxima la bes...! —la voz lejana en la oscuridad del anunciante se ahoga abruptamente.

Siento bajo mis pies el estallido agigantado de sus pasos acercándose.

—¡Reagrúpense! ¡Reagrúpense! —gritamos al unísono Víctor y yo al resto de los hombres que continuaban la desgarradora lucha.

Unos instantes después, bajo la intensidad del rayo de los faros en la muralla, evanece Fenrir, un colosal lobo de monstruoso color negro reluciente, equipado con gruesas corazas de algún material cobrizo extraordinariamente moldeado a su corpulencia anclado a su piel entre su pelo, sujetadas con robustas cadenas que repiqueteaban con cada movimiento. La bestia infundía el terror con su potente mirada torva, y, montado sobre él, se mostró el primer Demonio: Belial, una de las cuatro coronas infernales montado al lomo del animal sobre un carro de fuego. Su apariencia: una hermosura angelical, equipado con ostentosas armaduras del color del oro, pregonando unas magníficas alas doradas en tres capas de plumas, robustas, encarnadas desde sus espaldas.

El diabólico dúo viene acompañado por una aterrorizante guardia de esfinges cuya cabeza era como la de un cordero, de aspecto satánico y feroz. Un nudo se tensa en mi garganta al escuchar el cuerno de guerra de Belial. Sus últimas legiones, acompañadas por el imponente aullido de los lobos y el fragoroso rugir de las quimeras, arremeten con renovada brutalidad.

Al instante Victor y Ki descienden de las murallas y se colocan a lado mío. Ambos, con el androide preparado, se disponen a combatir.

La trompeta de guerra aliada resuena a la distancia, realzando nuestro espíritu, inspirando nuevas fuerzas en nuestra lucha.

La vigorosa colisión da lugar a una nueva ola de destrucción y muerte.

El tiempo que paso inmersa en la batalla me desorienta y pierdo de vista al resto de los campeones. Me he adentrado en la penumbra; estoy sola. Oteo los alrededores. Víctor, Ki y los demás se encuentran enzarzados en cruentas batallas allá donde la luz diáfana iluminaba el campo de batalla.

La abismal vibración de un profundo gruñido proveniente de entre las sombras me alerta. Soy consciente del peligro en el que me encuentro incluso antes de mirar: Fenrir está a un costado.

—¿Dónde dejaste a tu titiritero? —pregunto con animosidad a la fiera cuya colosal corporalidad se cernía con furia.

El ambiente se enrarece. Su jadeo perfora la oscuridad. Sin perder un segundo más transmuto en un lobo blanco y comienza la batalla. Fenrir se abalanza sobre mí antes de que la transformación se complete, interrumpiéndola. Con mi triskel, que cabía a la perfección entre sus fauces y podía ser devorada de un solo bocado, sujeto entre mis manos sus titánicos colmillos para evitar ser engullida y me aferro a ellos con todas mis fuerzas.

Mi corazón palpita desbocado y en el visor despotrican señales de toda índole. Las poderosas mandíbulas de Fenrir forcejean y crujen. Contrabalanceo la fuerza que imprime en mis extremidades y tras varios intentos logro vencerlo: por un instante afloja sus fauces. En apenas un respiro escapo y me transformo.

Nos encontramos frente a frente. Las fuerzas desgastadas de mi lobo blanco encaran al enorme lobo negro. Mi tamaño es apenas la mitad del suyo.

Cual enfrentamiento cruel y sangriento entre lobos por la supremacía de la jauría, Fenrir y yo embestimos; encajamos nuestros colmillos en el torso y nuca del oponente rasgando la carne fragmentada en colgajos de piel que se abre en profundas laceraciones. Sus armaduras caen una a una y pronto su fragilidad debajo queda al descubierto.

La batalla se prolonga por un tiempo que parece eterno.

Con un diligente engaño logro hacer que el coloso desproteja su garganta y ataco a toda velocidad con la mandíbula sanguinolenta. Encajo cada colmillo con todo el vigor de mi espíritu y me anclo a su cuello. Fenrir comienza a convulsionarse dando alaridos desesperados de dolor. Revolotea y se sacude en un vano intento por desprenderse. Momentos después su fuerza comienza a decaer y pronto cede, quedándose finalmente inmóvil.

Victoriosa, me alzo sobre el cadáver de mi víctima con la mirada puesta en el campo de batalla. Visualizo a Víctor y al resto de los campeones fulminando a las hordas de esfinges, lobos y legiones de Belial, quien se enfrentaba cara a cara contra Ki.

Enzarzados en una enérgica batalla, dejo atrás el cuerpo del lobo y me dirijo hacia la franja de terreno de batalla iluminado bajo el brillo de los faros en apoyo de Víctor. Pero al aproximarme percibo que Fenrir no ha sido el único en cometer un error grave: Ki había perdido su báculo.

Está gravemente herida. Hincada en el piso vomita sangre a merced de Belial. El demonio, con el báculo de Ki entre sus manos, lo sujeta desde un extremo y en una pasmosa escena comienza a atizar a la diosa con ecuménica fuerza. Me paralizo. Sus huesos crujen con estrépito y su carne desgarrada salpica sangre y fragmentos de tejido por todas partes. Belial comienza a golpear la cabeza de Ki, quien, en la desesperante adversidad, pierde sus placas. La forma de su cuerpo desencajado, convertida en un saco de huesos quebrados y alma fracturada, mira a Belial a los ojos. Él gira el báculo y, utilizándola como una lanza, apuñala irascible una y otra vez a la diosa tendida en el suelo incapaz de moverse, carcajeándose diabólicamente con desdén y refocilo.

La visión de la muerte de la diosa parece sacada de una pesadilla.

Belial me mira por encima del hombro; me lanza una descarriada sonrisa mientras lame y relame la sangre de Ki que escurre por el báculo en una incisiva señal de soberbia. Aquella expresión ínfima me encrespa y me abalanzo sobre él con ira incontenible.

Arremeto como un relámpago. Incrusto mis colmillos en el demonio y siento su diabólica sangre dimanar. Lo revuelco con desdén. Sacudo su cuerpo aprisionado entre mis sanguinarias fauces sedientas de venganza. Emite bramidos de auxilio y los demonios acuden al instante. Me veo súbitamente rodeada por una multitud de alebrestados engendros que empiezan a atacarme con sus hoces. Mi cólera es mayor que mi dolor e incremento el castigo sobre Belial, quien continúa revolcándose entre la espuma de mi hocico que se mezcla con su sangre.

En un inesperado golpe, encaja el báculo de Ki en mi hocico, provocándome un dolor lancinante que no logro soportar y lo libero en medio de un aullido de dolor; una de sus alas se queda atorada entre mis colmillos.

Emprende la huida, seguido por Fenrir que se alzaba del mundo de los muertos, y desaparece ensangrentado entre las profundidades de la penumbra, montado sobre su carro de fuego, bramando como energúmeno con su satánica voz como de mil demonios:

—¡Volveré por ti maldita puta!

10

Ruego de Muerte

Diego

Pasa una eternidad antes de que tenga noticia alguna del desarrollo de la batalla.

Katla regresa. Presenta heridas severas y su semblante hundido y desencajado denota un agotamiento profundo. Pero regresa viva y por su propio pie, lo que me llena de una infinita alegría. A su lado Víctor luce prácticamente ileso. Vuelven entre los sobrevivientes apenas unos cuantos hombres y mujeres con rostros apagados. Ki no se encuentra entre ellos, y su muerte implica un duro golpe al poder de los An, La Orden y las Iniefin. Todos ellos descienden a la divina ciudad de Keor para enterrar sus restos; yo aún no tengo permitido entrar a tan sagrado recinto.

Me doy un momento para revisar el cuaderno. Sujeto entre mis dedos un pequeño grupo de hojas y las estiro al contra luz. El caos de los garabatos se une bajo la luminosidad de la lámpara y forman un orden: observo un círculo dentro de un rombo, dentro hay dibujaba una mujer de aspecto estrafalario cuyo rostro anegado en colérica expresión, semejante al de una ominosa arpía, se desgañita en un mudo bramido. La mujer, de melena alopécica hecha una maraña, estruja con furia entre sus flacas manos un par de personas que se retuercen, ensangrentadas, exangües. Debajo de la simbólica imagen se lee en elegantes letras góticas: *"IRA"*.

—La batalla será más compleja. Vendrán nuevas legiones impulsadas por el viento —dice Víctor mientras se acerca.

—¿Y los demás?

—Ya vienen. Prométeme que, si vez que las fuerzas de Kisín atraviesan el muro o por encima de las cordilleras, te refugiarás dentro del Lotus.

—No dejarás que eso suceda, ¿cierto?... Pero en dado caso, así lo haré —contesto con desánimo.

Katla, al salir de Keor, expresa abiertamente al grupo su ferviente deseo de volver al frente de la batalla y dirigir al ejército. Nadie se opone luego de que Inanna curara sus heridas casi por completo. Ella, Katla, poseía una enorme capacidad para sanar.

En medio de la discusión, un putrefacto hedor sobreviene en la oscura atmósfera. Ya no se podía distinguir el día de la noche; en los cielos, la espesa nube negra relampagueante cubría el firmamento en todo momento. El sol y su calor se hacían extrañar.

—Tiempo de irnos —anuncia Tara a su padre, comenzando a subir por las escaleras. Sus palabras son como un golpe sólido a mi estómago.

—¿También vas a ir tú? ¿Te irás...?

—No, no físicamente —contesta Tara, lo que me quita un gran pesar del pecho.

Abraza a su padre, despidiéndolo y bendiciéndolo. Esta vez Víctor no va solo: su esposa, Kara, Varick e Indra van con él. Katla, sin dirigirme una sola palabra, pasa a mi lado para volver al campo de batalla.

Afuera una intensa tormenta arrecia con vigorosos vientos, tan potentes que el Lotus se inclinaba por momentos poniendo a prueba su magnífica cimentación a base de electromagnetismo.

Katla

El cuerno enemigo retumba, abriéndose paso a través de la penumbra, más allá de donde los faros alumbran.

—¿Lista? —pregunta Kara, a mi lado.

—¿Y tú?

Al instante, con nuestra trompeta resonando en el agitado viento, enzarzando el alma de los guerreros a mi alrededor y bajo una enloquecida tormenta que enloda el suelo y repiquetea en las corazas de nuestros homúnculos, la tierra comienza a trepidar; se cimbra bajo la marcha de las poderosas legiones que, aproximándose, proferían rugidos iracundos.

—¡Preparados!— brama Indra desde la muralla— ¡Respiramos como uno, morimos como uno!

Y entonces aparecen: cuarenta legiones demoniacas de Kisín acompañadas por unos gigantescos seres de aspecto macabro, inmensa fisonomía humana ceñuda y robusta, con tres pares de fornidos brazos y cabellos plateados largos y grasientos. De tono morado pálido que parecía caerse por pedazos llevan tatuadas líneas tribales que recorren toda su piel. Con el torso descubierto, la única vestimenta que llevan son unas pierneras de oro atadas en sus muslos con telas gruesas de color blanco que se agitan con el viento. La contraparte femenina de estos demonios porta en cambio relucientes armaduras ceñidas a su torso hechas de plata reluciente. Visten largos ropajes blancos que dejan al descubierto sus rollizos muslos. Largos listones rojos sujetan sus extensas cabelleras que caen como una cascada. Su aspecto, de una agresividad disimulada, se ve rematada con un par de temibles y enormes sables. Estos seres, de díscolo temperamento, dimanaban una ominosa cólera a través de sus fieros ojos de dorado fulgor que enervaba al primer atisbo: eran los Asuras.

Arriba, a través de las nubes en el cielo, brotan infinidad de repugnantes arpías de gesto depravado. Entre sus líneas observo a las gárgolas, terroríficos seres cubiertos por melenas hirsutas, de piel tan gruesa y férrea como la roca con salientes óseas en hombros, codos, talones y articulaciones de sus alas agujereadas. De sus cabezas surgen un par de cuernos curvos y de sus manos y pies largas y filosas garras.

La batalla estalla en medio de un gran alborozo y en un instante recrudece, pues los irascibles asuras, aunque eran pocos, con su inmenso poder aniquilaban todo a su paso. Los semidioses no tienen oportunidad contra ellos y comienzan a huir. Los demonios se abren paso y se aproximan a gran velocidad. Si llegan al muro lo derribarán sin mucho esfuerzo y la capital quedará vulnerable.

—¡Ahora! —ordeno a gritos esquivando la estocada de una colosal asura.

Las compuertas del muro se abren y, comandados por Indra, liberan a los Devas, rivales en tamaño, fuerza y poder de los asuras de un color caqui y refulgentes ojos plateados. Alzo la mirada: por encima del muro aparece la infinidad de naves que conforman la flota de La Orden.

El combate se acentúa. La tormenta teñida de muerte no hace más que intensificarse. Asuras y devas se enfrentan en abominables batallas encarnizadas en medio de rugidos que hacen retemblar la tierra, estrangulando el oscuro aire con sus gritos de guerra.

Las naves, controladas desde el Lotus, tienen dificultades para rivalizar contra las ágiles gárgolas y arpías. Las mortales parvadas se ciernen sobre los guerreros, desgarran nuestras armaduras y entorpecen nuestro combate. Forcejeamos por esquivar los embates aéreos mientras en tierra los asuras arremeten con impasible vigor contra nuestras líneas, que empiezan a replegarse. La situación es desfavorable.

Diego

—¿No pueden dispararle algo a esas bestias que vuelan? —pregunto temeroso al ver que las arpías y gárgolas dominan el campo de batalla y algunas entraban al espacio aéreo del Valle.

—Por supuesto —contesta Tara —las arponeamos con un material especial. Sólo eso es capaz de atravesarlas, como a los triskel.

—¿Qué material?

—¿Has odio hablar de la *"Longinus Spear[7]"*?

—La lanza con la que atravesaron a Jesús en la cruz.

—Un arma capaz de matar a un dios —asiente—, cuyo material, al que llamamos *LONGINO*, fue forjado hace milenios por los dioses. Existen pocas armas con esa capacidad,

---

[7] La lanza Sagrada, también conocida como lanza del Destino, lanza de Longino o lanza de Cristo. Es el nombre que se dio a la lanza con la que un soldado romano, llamado Longino según un texto bíblico apócrifo, atravesó el cuerpo de Jesús cuando estaba en la cruz.

como la daga que te dio Anat, la espada que Andrés traía en la última fiesta o el báculo de Ki. Los demás objetos pueden ser ungidos por un bálsamo que semeja las propiedades, como si fuera agua bendita, y funciona en cierta medida, aunque no iguala el efecto. Por ejemplo, se puede disparar con un arma de fuego una munición ungida, pero se evapora parte del bálsamo y provoca menos daño.

Katla

Mis enfrentamientos con los asuras consume gran parte de mi energía. Puedo sentir el rápido desgaste de mi triskel y temo que pueda desactivarse en cualquier momento. Con la noción del tiempo distorsionado, no he comido ni dormido en lo que me parece una eternidad.

La intensidad y dimensiones de la batalla continúa a pesar de que la fuerza de las legiones demoniacas de Kisín había mermado, pues cada asura cuenta por un ejército por sí solo. Los devas, que centelleaban su propia luz divina, son igualmente de eficientes que sus contrapartes. En sus escaramuzas irradiaban una colosal infusión de poder que desintegraba a aquellos que se interponían en su camino. Su fervor combativo era inspirador.

Tras la muerte de una asura a manos de un deva, que había utilizado sus propios sables para atravesarla de parte a parte, observo que éstos quedan entre los restos del demonio. Consigo hacerme de esas terroríficas espadas y mi ánimo combativo se aviva.

Las molestas gárgolas y arpías son un intermitente desgaste de energía, sangre y vida. Sus afiladas garras mutilaban la carne de los devas, magullaban las corazas de los triskels y amedrentaban las almas de todos nosotros cuando las percibíamos aproximarse en organizadas parvadas. Se arremolinaban en el cielo anunciando su inminente ataque y en un súbito destello se arrojaban al vacío, se agolpaban sobre las tropas y dejaban a su paso nada más que aniquilación. Si no hacíamos algo, pronto todos seríamos desintegrados entre sus temibles garras.

Kara se aproximó entonces y propuso atacar: al momento ella se transfiguró en un extraordinario dragón dorado; cogió al asura con el que combatía entre sus poderosas mandíbulas, despedazándolo como a una muñeca, y levantó el vuelo en un batir de alas. Me transformé en un grifo y me apresuré a darle alcance.

La radiante gobernante norteamericana, con movimientos intrépidos, surcaba el cielo como un águila al acecho que escupía ventiscas de afilados carámbanos de hielo, cuya fuerza perforaba los cuerpos de miles de bestias, que comenzaron a caer como la lluvia. Mi trabajo consistió en defender al dragón de cuantas gárgolas lograban aproximársele, tarea ardua que se complicaba más a cada minuto.

Avanzó el curso de la batalla por un tiempo prolongado, casi indeterminado, hasta que el hedor a muerte anunció la llegada del siguiente demonio. La terrorífica trompeta de Kisín perforó la atmósfera, y como Belial, llegó acompañado por una colosal bestia: la monstruosa ave *Ziz*, así como de un avivado contingente de asuras.

La gigantesca ave en su forma de serpiente alada, con la cabeza alzada en el aire y con numerosos ojos negros en la parte superior de su cabeza y largos cuernos curveados emergiendo por ambos lados de su cráneo, se abrió paso entre sus tropas zigzagueando y siseando. El sonido desgarrador generado por el chirrido de sus dientes interfería con la conexión con el triskel, lo que distorsionaba las señales que percibía en mi visor. Su lengua bifurcada emergía de entre sus venenosos colmillos dejando ver sus renegridas fauces mientras agitaba sus oscuras alas en el aire. La sola visión de la bestia me provocó un temor casi incontrolable; me paralicé y perdí de vista a Kara.

Ziz, apenas hubo aparecido, emitió aquel diáfano aullido de terror que infundía a sus tropas con un vigor renovado. Los soldados comenzaron a huir de ella en desbandada y nuestras tropas se replegaron.

Fue el sorpresivo embiste del colosal dragón dorado de Kara el que detuvo el tronido de la serpiente y me devolvió a la realidad. Entraron en un feroz combate que dejaba tras de sí un rastro de plumas de plata y oro y escamas de dragón. Los bramidos de ambas bestias atronaban en el aire y su batalla se extendió más allá del perímetro luminoso del campo de batalla, hacia las profundidades de donde provenían los diabólicos monstruos.

Indra se incorporó a la batalla con su guardia personal: una horda de robustos y enormes jaguares. Éstas feroces creaturas que emitían su característico rugido se precipitaron a toda velocidad entre las líneas enemigas. Con Indra a la cabeza, embistieron a la gran guardia de asuras que había arribado con Kisín, dando inicio a una intensa, reavivada y estrambótica contienda. Los poderosos jaguares despedazaban con sus fieras mandíbulas y garras a los asuras haciendo sus cuerpos añicos dispersos en el lodo; la pila de cadáveres se incrementó rápidamente y pronto se vio teñida por una viscosa pasta de color negro carmesí; el campo de batalla se vio transformado en una encrespada cascada bajo la tormenta cuya intensidad no mitigaba.

Kisín engullía jaguares enteros, destrozaba las corazas de los triskels e infundía su veneno en los devas, para después levantar el vuelo sobre el terreno de batalla y acompañar a las últimas gárgolas que perduraban. Comenzó a descender en oleadas, planeando a ras del suelo con nuevos contingentes de las robustas bestias, arrasando con todo a su paso cual plaga de langostas aniquilando un sembradío.

El tiempo infinito transcurrió entre la destrucción y el caos, siempre en la búsqueda de la esperanza largamente perdida y un desesperado anhelo de sobrevivencia que a cada instante se desvanecía en la proximidad de la muerte, contabilizando el fin con cada nuevo latido. Tras innumerables contiendas de violencia indescriptible, los devas, los asuras, los jaguares, las arpías y las gárgolas comenzaron a ceder terreno, lo que dio paso a un lapso de la guerra que pareció amainar poco a poco.

Kisín volvió a tierra y tomó bajo sus órdenes los últimos de sus asuras para enfrentar a Indra, Varick y a mí, que había descendido a la superficie tras eliminar a las últimas gárgolas y arpías. El horrendo demonio, con su ronca y diabólica voz siseante retumbando por todo el terreno, marchó en dirección nuestra.

—¡Tiempo de volver! —bramó.

Sus enfurecidos asuras se lanzaron al ataque como una estampida de fúricos rinocerontes.

Indra mantuvo la calma, su inexpresión y ausencia de dirección empezó a inquietarme. A los sobrevivientes se les había ordenado retirarse y estábamos en compañía de tan solo un puñado de jaguares y devas. Nuestro número, agotado y herido, era muy inferior al de los demonios.

De pronto, en un inesperado espasmo de poder, Indra invocó una lluvia de relámpagos que impactó a las irascibles tropas que convulsionaron bajo el potente rayo divino; rápidamente mermaron y la situación se equilibraba; luego, con un grito de guerra, infundió renovado vigor en nuestras almas y, en medio de la tormenta eléctrica, embestimos a los demonios dando pie a un salvaje encuentro entre luz y oscuridad.

En medio del caos y la confusión, entre los bramidos y gemidos, con el ruido de la tormenta ahogando mis sentidos y la angustiosa sensación de peligro constante fluyendo por mis venas, en un momento de repentino sosiego y abrupto desconcierto, un asura me tomó por sorpresa desde el costado. Sentí el brutal golpe: tres de sus robustos puños habían acertado de lleno. Un inclemente dolor sordo se acrecentó de inmediato por todo el hemisferio izquierdo de mi cuerpo. Al instante el triskel se desconectó, perdí la transformación, perdí la conciencia, perdí la noción de la batalla y me estrellé contra una montaña de cadáveres.

Diego

—Algo no va bien, Tara, algo no va bien y no sé qué es —me levanto de un brinco, consumido repentinamente por un mal presentimiento —tengo que ir a ayudar, tengo que salir de aquí…

—Calma. Esperemos unos momentos —enmudece por unos segundos, y entonces dice—. Tienes razón, acaban… acaban de…

Tara se quedó petrificada.

Víctor

La contienda aumentaba de tono. Indra y Kisín se batían en cruenta batalla; las bestias encarnizadas entre sí despotricaban entre corpulentos embates que hacían estremecer la tierra.

Hela, Varick y yo formamos una triple entente para despejar a Indra de las distracciones, centrando nuestras fuerzas en emboscar a los asuras.

Kisín, que al poco tiempo encuentra sus fuerzas muy reducidas, en un desesperado intento por recuperar terreno, empleando su arma más mortífera, lanza una lluvia de sus afilados colmillos que al roce más leve provocaban una herida lacerante y quemante como la que produce el ácido al contacto con la piel y que impregnaba su veneno, aterradoramente lancinante, paralizante y que producía en la víctima un dolor indescriptible, inextinguible, pero incapaz de provocarle la muerte. Los últimos devas, jaguares y asuras perecen en el mortal ataque. Y en medio de sus bramidos, entre la tormenta eléctrica y la niebla de muerte percibo el quejido de una voz que reconozco al instante: Hela, que yacía en el piso con un rictus de dolor, había sido atravesada por uno de los proyectiles.

—¡Mátame! ¡Mátame! ¡Te lo suplico, ya mátame! — bramaba entre atormentados sollozos y agónicos gemidos —¡Confió en ella! ¡Confío en ella! ¡Termina! ¡Termina ya! ¡Te digo que me termines! ¡Mátame! —. Dentro de mí sabía que debía hacerlo, era la única forma de liberarla de su martirizante tortura. —¡Que me mates! —gimoteaba retorciéndose en su tormento con los ojos anegados en fúricas y dolorosas lágrimas contorsionándose bajo la granizada, en el inhóspito fango.

—Dios, perdóname —murmuré escrutando con impávida mirada los torvos ojos de Hela. Luego, con un sonoro crujido, determiné su muerte.

Un poderoso trueno me devolvió a la realidad. Varick había sido engullido por la enorme serpiente, pero Indra la había alcanzado con uno de sus relámpagos y la bestia se contorsionaba entre los cadáveres de sus exánimes legiones cual gusano de tierra bajo el ardor del sol. Me aproximé a ella en el momento en que Indra se disponía a asestarle el golpe final y lo detuve:

—Es mía... —gruñí con ira contenida.

Con la mirada puesta en sus oscuros ojos la sujeté por la base de la mandíbula y apreté entre mis manos su escamada garganta; convulsionaba y poco a poco cedía al estrangulamiento, prolongando su agonía todo el tiempo que me fue posible; finalmente, con un último dejo de ira, mi mano se incrustó en su carne emitiendo crujido. Su sangre brotó en un estallido que salpicó los alrededores; seguí oprimiendo hasta que sentí su gruesa columna vertebral entre mis dedos. Con un despiadado y fuerte movimiento de latigueo que provocó un crepitar sordo desprendí la totalidad de su médula, extirpándola del resto de su cuerpo, que cayó inerte.

Alterno

Los últimos sobrevivientes de la segunda contienda, Indra y Víctor, regresaron al Lotus, a Keor, para enterrar los restos de Hela y conmemorar el fallecimiento de Varick y Kara.

En cuanto a Katla: continuaba inconsciente con la clavícula, omóplato, húmero, cúbito y radio, tres costillas, cadera y fémur izquierdos con múltiples fracturas, destrozados, algunas regiones de esos huesos completamente pulverizados. Los músculos de aquellos sectores del cuerpo habían sufrido graves rupturas y las articulaciones se encontraban despedazadas. Se le inició un doloroso y exhaustivo proceso de reconstrucción y restitución de los tejidos. Tubos y cables le fueron conectados por todas partes para aliviarle el dolor, apoyarla en su respiración descompuesta e inspirarle al corazón en su abatido palpitar.

Diego, acongojado, velando a su amiga, miró el próximo símbolo velado entre páginas del cuaderno: En el círculo, dentro del rombo, se visualizaba la imagen de un hermoso hombre y una preciosa mujer completamente desnudos, enfrascados en eróticos roces y movimientos lascivos tendidos sobre una sábana de víboras enroscadas y entrelazadas aleatoriamente entre sí. La pornográfica compenetración era circundada por una penumbra de la que emergían monstruosas serpientes de mil cabezas, observados desde los extremos del rombo por los expresivos rostros rencorosos de otros hombres y mujeres. Bajo el artístico boceto decía en elegantes palabras: *"LUXUS"* - *"INVIDIA"*.

A la distancia, un nuevo retumbar reverbero.

11

El Dios del Agua

Alterno

Jessica entró en la lúgubre sala médica. Diego respingó al sentir su suave mano rozar su hombro.

—Creí que... yo estaba... lo siento —resopló el chico, confuso. Jessica lo tranquilizó con una de esas sonrisas mágicas que sus labios solían esbozar con infinita calidez y solemnidad.

El ánimo de Diego, amainado por la vergüenza que sentía al recordar su comportamiento impertinente contra ella luego de desearle la muerte, susurró con la mirada gacha:

—Te debo una disculpa, yo no quería...

—Lo dicho, dicho está.

—Estaba influido por Anat, tú sabes...

—A como fuese, aquellos sentimientos se encuentran en tus adentros. Y los respeto. Consciente o inconscientemente, ese resquemor es lo que inexorablemente tu corazón siente hacia mí.

La verdad inapelable de las palabras de su... ¿amiga? recayó sobre su alma, que resintió la incomodidad en el compungido hálito de su pecho.

—Vengo a despedirme —dijo la hermosa chica tajando el largo silencio—. Es hora de que valla al frente, el próximo ataque se avecina.

La congoja del muchacho se acentuó; percibió el vuelco de su corazón como cuando se recibe la noticia de la muerte de un ser amado.

—Lo siento, lo siento... —repitió una y otra vez, incapaz de contenerse, incapaz de decir algo diferente.

—No te preocupes por mí. Hazlo por ella —dijo haciendo un gesto con la cabeza señalando a Katla.

—¿A qué te refieres...?

—No le has dado la oportunidad de hablar, de opinar... de expresarse contigo. Cuando despierte, háblale y ruega porque te escuche, porque te hable. El silencio de una mujer puede ser más abominable, hosco, insufrible e ignominioso que sus palabras —sentenció, y desapareció.

Diego

—¿Te volveré a ver? —le pregunte en voz alta cuando vi el último doblez de su largo vestido doblar el marco de la puerta.

No hubo respuesta.

—Te aseguro que la volverás a ver —dijo Enki entrando a la cámara, acompañado por Tara—. Vamos muchacho.

No repliqué. Me levanté y, lanzando un último vistazo acongojado al cuerpo inerte de Katla, avancé junto al mayor de los An.

—El mundo cambia, cambia a cada instante y nunca volverá a ser lo que alguna vez fue —comenzó su perorata mientras subíamos nuevamente hacia la azotea—. Los árboles, la tierra, el cielo, el agua y el fuego... la energía y la materia; el cuerpo y el alma... todo perece, todo muere. Lo único que prevalece es el espíritu. Pero tú, mi querido Diego, vas desplazando al tuyo hacia los confines de tu inconsciente, de donde no podrás recuperarlo fácilmente.

—¿Y si no deseo recobrarlo?

—Las consecuencias de tus actos van más lejos de lo que tus sentidos, emociones, pensamientos, razonamientos, de lo que tu consciencia en esencia, son capaces de vislumbrar. Has de descender a ese mundo subterráneo por tu propia cuenta, vencer tus miedos, tus temores, tus vergüenzas, tus secretos y acceder a esa chispa divina. Luego entonces serás capaz nuevamente de apreciar el dios que yace dentro de ti, dentro de todos.

Las puertas del ascensor se abrieron. Un gélido ventarrón golpeó mi cuerpo al instante en que la helada brisa del diluvio, que parecía no tener fin, latigueó mi rostro con sus diminutas gotas de agua, afiladas como agujas, calando hasta los huesos. En mis oídos reverberaba el carillón descompuesto de las campanas que, atizadas por los fuertes y cambiantes vientos, entonaban una turbulenta sinfonía de caos. La fuerza con que las corrientes de aire soplaban me empujaba hacia atrás, con tanta fuerza que me impulsaban hacia dentro del ascensor.

Enki y Tara salieron sin problema alguno con sus cabellos y ropas ondeando con brío. Al lograr impulsarme fuera, vislumbré lo blanco del entorno que refulgía en la atmósfera. Un blanco infernal que parecía venir de todos y ningún lugar. Las nubes se desvanecieron por encima de tal blancura y sólo alcanzaba a atisbar las cumbres afiladas de las cordilleras nevadas allende, bordeando el valle. Un sórdido sonido, un eco macabro, retumbaba desde más allá de la cadena montañosa. Algo enorme se aproximaba.

Mirando a los alrededores los An restantes, acompañados por los miembros sobrevivientes de La Orden, por Tara, y una docena más de personas que no reconocía se hallaban de pie en el borde del precipicio circular de la azotea. Un movimiento en falso, un leve empujón del viento, un paso inseguro sobre las resbaladizas losetas o un milisegundo de distracción, sólo eso faltaba para hacerlos caer. Pero todos miraban hacia la lejanía, con miradas tórridas hacia el horizonte aterido, firmes e inamovibles, impertérritos ante la tempestad.

De pronto Enki, acomodado junto a Inanna, mirando hacia la serpenteante calzada donde se alzaba la amurallada entrada, movió sus brazos con parsimonia y elegancia hacia enfrente y lentamente abriéndolos, dibujando una media parábola horizontal. Los demás hicieron el mismo ademán a la voz de Enki, quien dirigía al resto profiriendo palabras en un lenguaje desconocido.

Aquel mágico ritual bajo el helado y tormentoso raudal, ahogado por el repique del chozo martillando la azotea en medio de la tenebrosa atmósfera blancuzca y nebulosa, con el retemblar del angustiante eco aproximándose bajo las desbocadas tonadas del campaneo, sentí en mi pecho brotar una mística sensación que se acrecentaba al rítmico palpitar de mi mente, maravillada por el magnánimo poder que expedían todos aquellos seres cuyos poderes parecían no conocer límite. Cálidas lágrimas brotaron de mis ojos, con el alma extasiada, sin aliento, sin fuerza para mantenerme en pie, sin capacidad suficiente para apreciar aquel rito en su totalidad, sin palabras para describir mi sentir o mi pensar. Mi cuerpo, mi mente y mi espíritu parecieron estallar al unísono.

—Ponte de pie, pequeño, de pie —acarició una dulce voz a mi lado: una hermosa dama vestida de azul cielo, pelirroja y ojos del mismo tono que su atuendo, cuya piel brillaba como la de un ángel, me tendió su mano y me regaló una sonrisa. De un tirón me levantó, justo en el momento en que una colosal montaña, más alta que las cordilleras, se aproximó. Sí, era una montaña en movimiento; no, era otro monstruo colosal; no, era una enorme máquina; no, era... era una monstruosa montaña de agua cerniéndose sobre el valle.

—No tengas miedo —dijo aquella bella dama pasando su brazo sobre mis hombros —Mi nombre es Nimune, por cierto —aclaró, quizá al ver mi gesto inquisitivo.

—Y está aquí para ayudarnos —resonó la voz, aquella voz sonora, profunda y poderosa que ya antes había escuchado. El hombre de piel oscura, canoso y ojos lechosos se había materializado.

—¿Ayudar-nos? —mi mente era una maraña de agolpados pensamientos.

—Él es, mi querido Diego, la esencia tuya que te niegas a aceptar.

En aquel preciso instante, el magno tsunami golpeó la cordillera, lo que produjo tal estruendo que ensordeció mis oídos durante largos momentos de incertidumbre. El agua se agrietaba, se doblaba, se agolpaba; y encrespada azotaba las nevadas cumbres, pero sus fieras aguas no caían dentro del valle. La cortina de agua turbia recubría los cielos y avanzando rápidamente se deslizó entre convulsiones por sobre nuestras cabezas, por sobre lo que parecía una cúpula invisible que le impedía barrernos con su incontenible brutalidad. La lluvia cesó, el viento amainó y la calma se sobrevino sumergida bajo la tempestad.

Katla

«¿Dónde estoy?» abro lentamente los ojos, amusgados y escocidos bajo una luz cálida.

«¿Hay alguien ahí?» busco con la mirada en los alrededores: veo tubos, cables, máquinas y una cápsula de cristal cortada por la mitad me cobija. Un pitido resuena a la par de mis latidos y un resoplido exhala al unísono movimiento de mi pecho.

«¿Cuánto tiempo ha pasado?» estoy enmudecida, algo sujeto a mi garganta me causa un incómodo escozor. Uno de los tubos entra por mi boca, otro por mi nariz. El aire es insuflado directo en mis pulmones, un acuciante calor irradia mi abdomen, un ardor gotea en cada uno de mis brazos pinchados y fluye por ellos, adormecidos por el dolor, y un tórrido electrochoque repiquetea en mi pecho con la concomitancia del latido de mi corazón. La realidad me golpea, conforme me doy cuenta de mis circunstancias percibo un vacío crecer en mi interior. De pronto, una lágrima rueda por mi mejilla: todo el costado izquierdo de mi cuerpo está tapizado, recubierto por una maya blanca, ensartado con miles de largas y finas agujas en diversos ángulos y con decenas de cánulas y alambres encajados. Un mortal dolor rompe mi alma.

Miro, una y otra vez, los alrededores de la habitación, en vano; estoy sola. Trato de moverme, pero de inmediato un somnífero paraliza mis músculos que apenas me responden.

Logro ver, finalmente, en la mesita de noche, a un lado de la cápsula donde estoy contenida, mi reluciente par de placas. Me toma un segundo y me decido. Lanzo mi brazo bueno por sobre la cortina de cristal con todo el ímpetu que me resta.

Jessica

—¡Listos!… ¡Listos! —exclamo desde lo alto del muro, aguardando el embate de la colosal muralla de agua que se avecina —¡Preparados! —los semidioses a lo largo del muro arman sus poderosos androides con rítmica armonía en sus movimientos y transmutaciones —¡Firmes! —el piso se cimbra, el cielo se oscurece, el frío cala; mi corazón anhela. De pronto, una ecuménica sombra de silueta reptiliana en los confines destella bajo un relámpago, tras la gran cortina de agua, e ilumina a la bestia con la que nos enfrentábamos. Sabíamos de quién, o de qué, se trata —¡Vivimos como uno, luchamos como uno, morimos como uno!…

Diego

El miedo y la preocupación debía notárseme en el rostro.

—Despreocúpate chico. Jessica no está sola. El poderoso ejército de Dios la acompaña —brama el hombre canoso cuya voz se sobrepone al ruido del océano en el cielo.

—¿¡Qué significa eso!? —grito para hacerme escuchar.

—Significa que estará bien —dice Nimune con una inquietante pasividad en su expresión

—tienes ahora asuntos más importantes de los cuales ocuparte.

Un campo silencioso fue engullendo lentamente los fragorosos ecos del entorno, las conturbadas imágenes del firmamento, los destellos del caos, los tamborileos del inframundo. De pronto, me hallo en un vacío inerte de tiempo y espacio, dentro de una esfera luminosa con resplandecientes matices de azul claro y fosforescencias blancas que esclarecen el entorno y serpentean en un constante vaivén cual viento al galope.

Jessica

El infinito océano cobija y sumerge a Erek bajo la cúpula. Las majestuosas luces del Lotus se encienden de inmediato y alumbran el gran valle. La vista sobre la bóveda es un mágico panorama de aguas irritadas; se retuercen al compás de una infinidad de corrientes marinas que destellan a intervalos aleatorios por los relámpagos que desde el cielo vapulean la superficie.

Desde los confines de la vidriosa marea aparecen infinidad de sombras larguiruchas serpenteando raudas y azuzadas. Un terrorífico zumbido que punza en los oídos trompetea allende, penetrando la penumbra. Mi corazón se dispara al sentir las gigantescas serpientes marinas aproximarse.

Nuestro cuerno resuena dentro en la burbuja de aire y un segundo después decenas de las monstruosas anacondas penetra el velo del domo. Miles se estrellan contra el escudo invisible y son repelidas. Se levanta una algazara de secos y resonantes ecos que liberan cada vez más energía, provocando que el aire empiece a calentarse.

La cúpula empieza a grietarse, como un ventanal de cristal, con cada uno de los embates.

Enki permite a algunas atravesar su bóveda. Tocan tierra sobre la enorme calzada, donde miles de semidioses se alzaban en ristre contra las enormes bestias de color índigo, con cabeza de dragón cuyas cuencas oculares estaban recubiertas con escamas que superpuestas como una armadura recubrían su crin. Tres pares de robustos cuernos emergían desde su hosco cráneo y una atemorizante sustancia plásmica refulgente de color azul azafranado brotaba de su hocico, de entre un millar de aguzados colmillos como los de una serpiente, de unos huecos en la base posterior de su retorcida cornamenta, del cuarteto de branquias y de sus afiladas narinas, con un hipnótico zigzagueo que les proporcionaba un macabro halo resplandeciente a cada uno de sus movimientos.

Impulsados con la rítmica contracción de infinidad de músculos los seres avanzaron reptando, ágiles y potentes, con sus cráneos alzados al aire. Una esquelética parrilla costal de acerados huesos prominentes dejaban ver repugnantes hebras carnosas pulsantes que dejaban tras de sí un rastro de muerte negra. Sus aullidos mortuorios perforaban nuestras entrañas.

Diego

—¿Dónde estamos? ¿He muerto?

—No digas escaparates muchacho —gruñe aquel hombre.

—Estamos donde has de comenzar la búsqueda si lo que deseas es cambiar al mundo. Estamos dentro de un universo infinito; donde sentimientos, emociones y razones predominan. Estamos donde los efectos surten sus causas y las causas generan sus efectos. Estamos dentro de ti; dentro de un lugar muy especial al que rehúyes.

—¿Cómo diablos podría huir de mí mismo?

—Todos somos, inconscientemente, una perfidiosa amenaza para nosotros mismos. Nuestra integridad psíquica, espiritual y corporal dependen de aquellos secretos que se ocultan tras los férreos barrotes de nuestro inframundo, en los recovecos más recónditos, que suponen nuestros temores, nuestras vergüenzas. Un desliz o un ultraje, un atraco o una evocación, una simple eclosión o un desdoblamiento truculento de aquellas eclipsadas memorias y nuestras mentes podrían colapsarse, chamuscarse cuales conexiones eléctricas tras una súbita descarga de energía. La locura y la demencia son los pormenores de los efectos adversos. Sin embargo, quienes logran armonizarse y equilibrar sus energías, acceden a un mágico arsenal. Por desgracia, como sabes, pocos son los que están lo suficientemente aptos para ello.

—Entonces "estamos aquí" con la intención de volverme loco…

—Lo que tratamos es darte un acicate. Recurriremos a tu ánima a modo de…

—¿O sea que me vas a torturar…?

—Si te duele, te sobas.

No era la respuesta que esperaba. No sabía qué respuesta esperaba.

—No seas bujarrón —acusa el hombre.

Entorno la mirada, fulminándolo.

—Como dijo Platón: No hay ser humano, por cobarde que sea, que no pueda convertirse en héroe por amor —canturreó Nimune.

Katla

Luego de mi inmenso esfuerzo la habitación desaparece succionada por el blanco intenso de la bombilla incrustada en el techo, siento cómo la cama se convierte en una suave nube que se desliza plácida con la brisa y mis párpados adquieren el peso de una tonelada. El medicamento se potencia en mi torrente sanguíneo, viaja impulsado con cada latido hasta llegar a cada célula y una arrebujada lágrima de impotencia anega mis ojos. Visión doble, borrosa, con intermitentes parpadeos húmedos, y luego, la oscuridad me devora.

Jessica

—¿Necesitas una mano? —pregunta Tara, aproximándose por un costado del muro.

—Por supuesto —la recibo al pie del domo, en la cima de la muralla, cuya firmeza poco a poco menguaba.

Abajo, sobre la gran calzada, las grandes serpientes entablan aguerridas batallas con los semidioses.

Arriba, millares de aquellas monstruosidades sitiaban el largo y ancho del domo creado por Enki, quien desde la cúspide del Lotus las mantenía a raya.

—No tardarán mucho en quebrar la barrera, y entonces…

—Entonces tendremos que dar una gran batalla —me interrumpió, sonriente —pero podemos hacer que la espera sea larga. Demos un poco más de tiempo al valle.

Acto seguido nos arrodillamos a un brazo de distancia del gran muro de agua, inhalamos la paz del aire, relajamos los músculos e inspiramos nuestras almas. Con una mano alzada tocamos la cortina líquida con una caricia suave y lenta.

Cierro mis ojos y aspiro otra profunda bocanada de la esencia del entorno. Inunda mis pulmones, se absorbe y se transmite a mi cuerpo para luego concentrar la energía en mi corazón.

Tara

Del otro lado del telón acuoso cada quién damos forma a siete entes de agua. Controlados por nosotras como a un títere disponemos en nuestro visor las pantallas de cada uno.

Siete poderosos guerreros de agua bajo mis órdenes. Puedo sentir el desgaste de mi mente y mi cuerpo con cada latido. Tan pronto iniciamos el combate, rezuma sobre mis sienes como una tensión electromagnética que aumenta de intensidad conforme la contienda recrudece.

A los pocos minutos, tres semidioses se nos unen; transmutan sus propios soldados como hiciéramos nosotras y generan un pequeño batallón de cuerpos acuáticos a las afueras del domo.

En medio de las tormentosas aguas se arrebujaron los dragones serpenteantes. Atacamos sus enormes cráneos y torsos, perforando sus poderosas escamas que crujían al resquebrajarse. Una turbia nube de sangre azul opaca comenzó a expandirse con acuciante velocidad; la periferia de la cúpula empieza a nublarse.

De pronto, tres de mis guerreros desaparecen al mismo tiempo. Me provoca un lancinante dolor que me causa náuseas y con la mente aturdida repaso en las escenas. Visualizo dos enormes criaturas:

—Leviatán está aquí —anuncio a Jessica.

En ese instante, desde las profundidades, un ecuménico reptil con forma de plesiosaurio evanece y embiste con titánica fuerza la base del muro. Jessica se desprende de sus guerreros. El muro se convulsiona, retumba, parece que en cualquier momento va a ceder. Nos levantamos y huimos del lugar.

Leviatán se avecina de nuevo. Un segundo embate derribaría el muro sin duda.

—¡Aléjense del muro! ¡Aléjense! ¡Despejen la calzada! —gritamos.

Miles de semidioses se repliegan. La infinidad de serpientes se aglomeran cerca del punto de impacto, la agitación provoca una espesa nube de burbujas que se alza en desbandada y nos ciega. Se hace un silencio sepulcral que nos paraliza y nos deja a la expectativa: no hay forma de evitar la catástrofe inminente.

Leviatán golpea con animadversión el muro por segunda vez.

Diego

Todo el sufrimiento que estaba embebido en la palabra amor se disuelve en una paz azulada que perfora y acucia cada partícula de mi ser.

—¿Qué me has hecho? —pregunto dudoso, inspirado, con lágrimas en las mejillas que caen como cascadas entre la confusión y la certeza, entre el amor y el odio, entre el mal y el bien. Siento una catártica fruición refulgir desde mis adentros.

Tara

A la colisión sobreviene un seco retumbar que hace eco en las profundidades del valle. El atronador crujido del hierro y la piedra quebrándose vibra irascible bajo mis pies. Restalla con inclemente displicencia. Segundos después el muro cede, el agua lo demuele por completo y el paraíso es penetrado por el infierno.

Jessica y yo permanecemos impertérritas ante los escombros de muralla. La aleación de roca y metal es barrida desde sus cimientos por el agua con fuerza despiadada, el agua turbia que se abre paso entre la caótica marea arrastra al interior a las serpientes que graznan con furor y se alza una espantosa tonada infernal.

El agua nos empuja con incontenible inercia sobre la tierra que rápidamente se torna en un lodo resbaloso y traicionero y acarrea las enormes rocas que nos dificultan la visión y la movilidad.

Jessica, quien dominaba los elementos mejor que nadie, nos mantiene de pie ante el azuzado maremágnum de tierra, metal, roca y agua cuyo aluvión alzaba nuestras estolas al viento. Nos envuelve dentro de un tubo formando una especie de ojo de huracán horizontal. Miro pasar a las anacondas descontroladas e incontenibles a nuestro derredor emitiendo sus agudos chirridos.

Esperamos. Miramos a nuestro alrededor en busca de nuestro objetivo.

Enki manipuló la tromba del agua entrante, generó torrentes y los guió a través del valle como canales embotados que les impedía a las serpientes marinas emerger. Como intentaran liberarse de su caótico laberinto, un efluvio de mágicos encantamientos emitidos por los dioses y semidioses despedazaban de sus cuerpos hasta convertirlos en partículas que eran arrastradas por la corriente hasta desembocaban en lo alto de la cúpula. Enki, el Dios del agua, hacía gala de su gran poder.

Finalmente, una enorme sombra invade nuestro campo visual. Leviatán está cerca. Pero antes de lograr visualizarlo, Enki nos pide dejarlo fluir; él se encargaría.

El laberinto y red de toboganes, la infinidad de conductos y tuberías que habían sido erigidos por Enki se comienzan a agitar y se movilizan hacia la entrada del aluvión. Se forma una enorme esfera, Leviatán lo percibe demasiado tarde, es atrapado y combate contra las corrientes manipuladas por Enki emitiendo un temible bufido. Fuertes masas de agua encrespada azotan la esfera que contiene al reptil que forcejea y se retuerce descontrolado. La esfera se torna una mezcla de luz y de oscuridad, de vapor y de líquido, de calor y de frío. No hay nada que el demonio dentro pueda hacer.

Entonces, tan rápido como la luz de la mañana desplaza a la sombra nocturna, la cúpula y la esfera se tornan sólidos, de un material cristalino que luce quebradizo. La gran esfera de hielo denso impone una calma repentina. Dentro de ella, el reptil aparece inmóvil; sus rugidos acallan y su energía y cólera se detienen.

Un tenue susurro retumba, la sustancia blanquecina que envuelve a la bola se empieza a extender a lo largo del domo, reflejando la luminosidad del Lotus. Lo que inicialmente parecía hielo se convierte en nieve, gélida pero suave. Con un corto pitido, la cúpula se desvanece y da inicio a una plácida nevada. Los copos caen con parsimonia sobre el valle que se reviste con una fina sábana de blanca tranquilidad.

La esfera había sufrido el mismo destino. No había quedado ningún rastro del monstruo.

«Enki, por sí sólo, acabó con todos», pienso envuelta por el gélido dosel que nos cubría.

«Cumplieron con su objetivo —razono luego, mirando los escombros de lo que fue el muro—, tanto el muro como Leviatán».

Sólo nos restaba esperar. Pronto ni las cordilleras supondrían un obstáculo para nuestros enemigos.

Un par de minutos después un atemorizante resonar, proveniente de una trompeta de muerte, hace eco a través el valle. El Demonio, tentador de Eva, emparejado con Lilith, escoltado por sus setenta y dos legiones demoniacas, se avecina. Sin el muro, lo único que nos esperaba por delante, era una épica y devastadora batalla.

12

Destierro de Una Inteligencia

Diego

—Todo comienza con la ignorancia, ignorancia que genera miedo, y miedo que…

—¿Qué demonios pasó aquí? —interrumpo la perorata de Nimune luego de que una gélida bofetada me golpea. La atmósfera había cambiado en cuestión de minutos.

—Demonios… eso es exacto lo que pasó, pasa y pasará —dice mi espíritu.

Katla

«Tengo… Tengo que…»

Percibo la imagen borrosa de las placas que me miran desde la mesita.

Tara

Dispuestos sobre el yermo páramo nevado, los semidioses, dioses, Jessica y yo embestimos al grito de guerra emanado desde el Lotus; nuestro clamoroso rugido aliado combatía en los gélidos vientos contra la trompeta de la muerte proveniente de las profundidades.

Los enemigos ondean sus carcomidas hoces con diligencia y magistral desenvolvimiento; hendiendo, perforando, destrozando.

Tan rápido como aparecen los escuadrones, un sonoro retumbar comienza a perforar la atmósfera, a cimbrar la tierra. Entre la cortina brumosa una espeluznante figura sombrea el campo de batalla. Una especie de dragón entre las cordilleras, agitando sus siete cabezas en lo alto, avanza pesado, paso a paso, cada vez más turbulento, más recio, más hosco. El inclemente tañer de sus robustas patas sobre el helado subsuelo se cierne con prontitud.

Un segundo después, el alarido infernal emitido como desde la garganta de mil cabezas, atiza el umbral de lo visible y se hace presente la colosal hidra. La siguen una cascada de terroríficas criaturas cuya mitad inferior es serpiente y la superior humana; tres rollizas garras negras y relucientes, como bañadas en sangre, destacan en sus cuatro brazos. La misma sustancia azulada que irradiaban las serpientes dimana de ellos, de sus espaldas. Su espinazo robusto sobresale de su escamada piel, las salientes óseas de sus esqueletos despuntan como afiladas que penetraban los triskels como si de carne se tratara. Sus rostros, de bellos rasgos masculinos y femeninos, relucen con afilados colmillos, torsos bien robustos y fornidos, semidesnudos, tienen tatuados las mismas secuencias lineales que los asuras; estas criaturas, brutales, ágiles, ávidas de muerte e inteligentes, suponen un peligro mayor: son los *Nagas*.

La horda de *nagas* repta hacia la línea frontal de ataque. Se da el choque entre los bandos de una colosal fuerza y la batalla comienza. Enzarzadas las serpientes embisten con toda su ira contra los dioses y semidioses. Respaldadas por la hidra forman un combo letal para nosotros que poco a poco retrocedemos ante semejante brutalidad. Sin embargo, para nuestra buena fortuna, Enki no pierde más el tiempo y hace su aparición.

Por mi parte, empleo mi triskel en el combate cuerpo a cuerpo con hasta cuatro nagas simultáneamente. Acabar con cada uno implica gran desgaste físico, mental y espiritual. Estos enemigos no son comunes como los anteriores; su intelecto estaba por encima del de cualquier otra criatura.

Los nagas, de la altura de seis hombres erguidos, se caracterizaban por provocar un agudo dolor y tortura, con lo cual se refocilaban y extasiaban. Su fruición por infringir dolor la mayor calidad y por el mayor plazo posible era comparable únicamente por la vigorosa prontitud y avidez con que la hidra aniquilaba todo lo que encontraba en su camino.

Enki evanece a unos metros detrás; viene acompañado por un ejército de criaturas que parecen arcángeles. Hermosos seres ataviados con relucientes armaduras de escamas plateadas, al estilo romano, empuñan ostentosas espadas con finos grabados y llamativos tallados y agitan dos pares de blancas alas a sus espaldas.

La escaramuza se reaviva. La sangre púrpura de los nagas corre en pequeños aluviones; la sangre roja de los semidioses desarmados, agotados y derribados salpica la gran calzada. El serpenteante camino se impregna con los matices de ambos fluidos viscosos que entintan la blanca nieve y bañan la atmósfera con el cálido estridor del efluvio que se suspendía en lo alto, devorando los copos en plena precipitación, enhebrando un brumoso telón sobre el escarpado campo de batalla.

Diego

—Entonces ¿ahora qué? —pregunto al aire. No hay respuesta— ¿Ahora harán como que no estoy aquí?

Las miradas del canoso hombre, mi espíritu, y de Nimune permanecen impertérritas, mirando hacia el horizonte.

—Sigues atado al mundo, querido. Eres todavía un prisionero de las fronteras —declama Nimune rompiendo el hielo.

—¿Y eso que sig...?

—Cada una de esas oníricas fronteras: las nacionales, las religiosas, las sociales; son superables, y entre ellas, las de esta ilusoria realidad—. Hace una corta pausa, gira su cabeza y me mira con ternura —Estás atrapado en tu propio mundo, uno en donde se enfrentan el pasado, que forcejea por ser evocado; el presente, cuyo trastabillante fraude engaña a las mentes débiles mientras se deteriora en su flujo hacia el pasado o fallece en miras vanas que añoran el futuro; y el futuro, ejercitado por la práctica de las profecías, el ensueño de los deseos y los desbordantes designios de la esperanza —. Avanza hacia mí y continúa diciendo— Dime, Diego, ¿qué es real, teniendo en cuenta que tu espíritu está allá —señala con un gesto al hombre canoso —y *tú* estás aquí?

—Ah... yo... — atónito, me quedo sin palabras.

—Correcto, tú te aferras a tu realidad, realidad donde la razón predomina, una que ya no existe más: el caos de

137

las ciudades, la escueta tecnología, los prístinos bosques, las vetustas montañas, los caudalosos ríos, los encrespados mares y océanos, la misma naturaleza atmosférica, todo lo que te han enseñado en la escuela se ha desvanecido en el viento. Tú eres el último ser aquí que aún persiste en su pensar del mundo como lo conocías. Él se ha abierto a la nueva realidad —señala al hombre ciego—. Tú te has convertido en la inconsciencia de tu ser, y él, en lo consciente.

—¿Cómo?

—Él es espíritu, abstracto, intuitivo, divino; tú, la mente, calculadora, concreta, razonadora.

—¿¡Tú me hiciste esto!?

—Crees fielmente en las correosas fronteras, díscolo de allende tu otrora realidad, yo simplemente te las he hecho tangibles; las expedité, exactamente como querías que fuera—. Con gesto sabihondo, estira su dedo hacia un costado: mi cuerpo yacía inmóvil unos metros más allá recubierto con una asquerosa sustancia viscosa que se encharcaba debajo.

—¡No! ¡Yo no quería esto!

Cual niño emberrinchado, víctima de una rabieta infundada, salgo corriendo escaleras abajo. A la mitad el desasosiego, la ansiedad y el terror me rompen la voluntad de continuar y, con piernas temblorosas, me dejo caer. Me envuelvo con mis brazos y encojo mis piernas; me hago un ovillo, resuello y gimoteo incontroladamente en un lamento imparable. Una profusión de agolpados pensamientos atiborra mi universo, y, no obstante, estoy vacío.

Tara

La nieve insulsa e indiferente que se precipitaba parsimoniosa en infinidad de copos es apresada por los coágulos de sangre y muerte, entran en un proceso de fusión con el fragor de la batalla, se tornan súbitamente en una tormentosa aguanieve de lo más horrorosa que galvanizaba el ya fofo y traicionero terreno. Nublaba la vista, entorpecía los movimientos, propiciaba ilusiones y sin embargo atildaba los estridentes ecos del colosal combate.

Entonces, a mis espaldas, un gélido y pestilente bufido resopla. Entorno la mirada, giro lentamente mientras mi triskel se retrae hasta quedar en camuflaje. Contemplo entre el dosel brumoso emerger una de las cabezas de la hidra, reptando en el viento, serpenteando con la brisa, en un suave vaivén arriba y abajo expidiendo ese mortuorio jadeo ronroneante a través de sus rasgadas narinas, dimanando una sustancia idéntica a la de los demonios de color esmeralda en palpitantes llamas color granate, exudando una lozana aura del mismo tono aceitunado de sus escamas, de entre sus ranuras, como robustos escudos templarios impenetrables que la revestían como una enorme cota de maya.

A modo de un llamado que alerta a la población, la cabeza suspendida emite un corto y penetrante gruñido. Un segundo después, los profundos ojos diabólicos como un par de bengalas se multiplican. Mi entorno se ve pronto ennegrecido: me encuentro bajo una docena de aquellos abominables ojos demoniacos que me amenazaban desde todos los flancos. Sisean. Parecen regodearse ante su víctima; danzan y entonan una oda a la muerte que se aproxima. Una macabra sonrisa parece esgrimirse en las hoscas fauces de aquellos fúnebres artífices una milésima antes de que, con saña, arremetieran contra mí.

Diego

Pasa una eternidad hasta que mi llanto cesa. Me levanto y como un alma en pena me dirijo a ver al único ser en el edificio que creo que aún podría, de alguna manera, ayudarme. Mi decisión es firme, sin embargo, dudo, por mi cabeza pasan pensamientos de deshonra y pesar. ¿Estoy traicionando a los demás? He caído tan bajo. Dependo de lo que un demonio pudiese aconsejarme.

—Vaya, vaya querido. Qué te han hecho —exclama Anat, con voz serena, recostada dentro de la hornacina, sobre la loseta que fungía como su cama.

—Necesito entender.

—Es exactamente eso lo que no necesitas. ¿Dónde está tu fe?

«Un demonio hablando de fe —pienso—, sólo eso me faltaba»

—Tu sabes exactamente qué es lo que me hicieron. ¿Cómo es que me separaron en partes? ¿Cómo? ¿Por qué?… Arréglame, ahora… Por favor.

Me siento como si le vendiera mi alma al diablo. Ella se mueve con circunspección, se sienta sobre el reborde de su cama. Su gesto permanece tan impasible como una tumba, pero mi oblación parece haber sido aceptada.

—Podría. Pero, una, necesitaría que estuviesen aquí todas tus partes; dos, me agradas demasiado, querido, como para subyugarte al tormento de quedar en deuda conmigo.

—¿Y tres?

—Cada quién sigue el camino de su propio andar. Incluso yo no soy capaz de intervenir en los designios que cada quien traza para sí mismo. Tú has decidido consumir tu existencia a ritmo lento y doloroso, y solo tú eres capaz de revocar eso.

—Si te agrado, entonces ayúdame a salir de esta situación tan…

—Debes pagar con la misma moneda —se niega.

—Te compensaré.

Entrecierra los ojos con gesto de intriga.

—¿Cómo?

Mis demonios internos se agitan y batallan por un instante. La desesperación acucia a los impacientes y enardece a los pobres desesperanzados que súbitamente ven la luz al final del túnel.—Te sacaré de aquí.

Un confuso brillo terrorífico destella en sus seductores ojos bermejos.

—Solo superando esas fronteras podrás volver a ser un individuo —dice—. Y es sencillo cuando se concibe primero la posibilidad.

—¿Y cómo voy a hacer eso?

—¿Que estés dividido no es suficiente prueba de que la posibilidad existe? ¿Todo lo que has visto, vivido, experimentado, sentido, no te es suficiente?

El silencio invade la monástica cripta.

—Querido… si hay un abajo, hay un arriba; si hay un negro, hay un blanco; si hay un norte, hay un sur; si hay verdades, hay mentiras y si hay realidades, hay ilusiones. Esto ya lo sabes. Permite que salga a flote, que corra libre y deja de ser un prófugo, un cordero entre pastores, un esclavo entre soberanos, un falso entre auténticos, un plebeyo entre reyes… un mortal entre inmortales.

—Volveré, lo juro.

Regreso a la superficie gélida, a la cima más alta y fría del Lotus y me coloco al borde del precipicio. Allá, entre la bruma, sobre el terreno de la calzada de los muertos, observo la encarnizada escaramuza que se libraba entre el bien y el mal.

«Soy prófugo de mí mismo —miro de reojo mi cadáver, luego a mi espíritu—. No hay vida que no valga ser vivida; pero si es vivida sin vida, merece con la muerte ser rescindida»

Oteo el desolador abismo que resplandece reverberante abajo, en los confines de mi inexorable destino. Los segundos se tornan horas. El temor atenaza mis fuerzas. Alzo mis brazos en el aire dibujando una cruz con mi amorfa esencia y permanezco quieto por unos instantes en la diáfana cumbre del valle.

«Si aún queda un rescoldo candente de fe en mí, ayúdame a dar un paso a ciegas» ruego para mis adentros.

Luego de unos segundos de meditación, denodado me inclino hacia adelante y me arrojo hacia el precipicio. El viento se acelera ensordecedoramente y apaga mis oídos. Los objetos alrededor se tornan fugaces luces de todos los colores que atraviesan mi campo visual e inundan mis ojos con lágrimas secas. Aterido caigo en picada hacia la pequeña isla de Avalon, la base sobre la cual el Lotus se erigía, que marcaba el final de mi sendero.

Cierro los ojos, mi corazón palpita y siento el flujo de mi sangre corriendo por mis venas. Abro mis ojos y veo que mi universo se había transformado en un cilindro, cuyas paredes lindantes se prestaban como lienzos sobre los cuales decenas de figuras se colorearon, iluminándose resplandecientes, una Gran Luz llena de vida que desprendía imágenes que parecían reales: un gigantesco átomo cuyos componentes se deslizaban parsimoniosos en órbitas cual sistema planetario alrededor de su sol. Se arrebujaron luego de unos instantes, se enlazaron, equilibrándose, para producir nuevos y diversos elementos; agolpados unos sobre otros generaron materia, luego organismos, por último, sistemas, bullendo para generar un inclemente oleaje que atizaba displicente los barrancos de un precipicio rocoso marrón. Éste se partió y generó un estrepitoso sismo. Los extensos valles y montañas se agrietaron, cayeron en el abismo desde donde emergieron a la superficie fragorosos geiseres escoltados en lo alto de un volcán por una poderosa erupción cuya lava y renegridas nubes calcinas eclipsaron la luz; el entorno se sumió en una penetrante oscuridad que rápidamente se moteó con diminutos destellos iridiscentes, infinitos, pero organizados. Giraron en galácticas elipses sistematizadas como hacían los átomos del inicio, todas encausadas hacia un único punto cuya refulgencia blanca semejaba la del sol en su auge. Con ojos amusgados y escocidos por el brillo de aquella luz cuya intensidad acrecentaba, vislumbré mi inmanente final; todo divergía y convergía dentro de aquella luminiscencia divina. Perdí la noción de si caía o me elevaba. Pocos momentos después, tras la caída de un kilómetro de altura, mi segundero se detuvo al instante mismo en que las ilustraciones a mi alrededor colapsaron contra aquella Gran Luz.

Jessica

Los nagas que restaban emprendieron la retirada. Hermanos de batalla festejaron el triunfo momentáneo. Olvidaron que la mascota se había desvanecido tiempo atrás en las profundidades de la sombra, en la que se internaban las serpientes humanoides en fuga. Éstas, con un plan macabro en mente, comenzaron a cortar las cabezas de la hidra; se multiplicaron infinidad de veces. Oriunda, se aproximó por la calzada con pasos agigantados. Pronto sus mil cabezas conformaron por sí solas un nuevo ejército.

Tara

Con las fauces de las doce cabezas ensañadas en despedazarme, opto por lanzarme a una sola de ellas, de lleno, hasta la base de su lengua. Me deslizo por su largo esófago impulsada por un rítmico estrujar y aflojar de los músculos que conformaban el tubo. Un asqueroso moco de consistencia viscosa bañaba las paredes y comienza a quemar. El crujiente sonido de los músculos contrayéndose y tensándose restalla en mis oídos.

Pronto, con profundo alborozo, escucho el retumbar constante del eco proveniente de un palpitar lejano; se acercaba como el tañido de un tambor bajo el agua.

Jessica

Enki ordena la retirada. La esencia maligna de otro de los grandes demonios se condensa: una nueva amenaza se aproxima.

Tara

De pronto las paredes del tubo, luego de abrirse en uno más amplio y laxo, incrementan la temperatura. Las paredes ardieron con mayor fuerza y un charco de un líquido espeso y ácido inunda la cámara en la que caigo hasta mi cadera. El fluido burbujea y salpica; consume mi vestido adherido a mi piel y se apelmaza absorbiendo aquella cosa que lo consume lentamente.

Tanteo en la oscuridad. Palpo el origen del latido que se confunde con el estrujar intermitente del estómago de la bestia que me digiere poco a poco. Cada que mi piel roza las paredes un siseo abrasador emana en la oscuridad de la cámara.

Con el vestido consumido por completo, visualizo en mi mente y trazo una ruta que me guía a través de las paredes en busca del corazón. Coloco mis manos en lo alto de la hirviente oquedad que arde como el infierno y perforo el grosor de la pared. Con un gran esfuerzo y el cuerpo dolorido me abro paso a través de sus entrañas.

Jessica

El monstruo de mil cabezas de pronto se retuerce. Emite un estrepitoso clamor agónico de dolor que penetra el campo de batalla entre la nevada atmósfera. Tambalea, tropieza y, renqueante, se estrella contra las faldas de la cordillera. Provoca una gran avalancha cuya displicencia engulle ye entierra a la bestia, terminando su agónico calvario, acallando su lancinante bufido.

Enki y yo quedamos inhumados bajo decenas de metros de fría nieve. Él licúa la nieve y la canaliza fuera del valle, llevándose consigo todo vestigio de la batalla. Sólo queda el cuerpo de la criatura, inmóvil, inerte. Un segundo después, las escamas en su lomo se abultan de manera grotesca, sobresalen y se mueven como una especie de tumoración viva. Luego, rompiendo una de las robustas escamas, emerge Tara, desnuda, rubicunda, escurriendo un viscoso fluido y portando la escama como escudo.

Tara

—Tenemos compañía —anuncio mientras me aproximo a ellos, aún con la sensación quemante acuciando mi piel, enhebrando un nuevo vestido.

Doy media vuelta. Desde la penumbra, acompañado por un hatajo de nagas, aparece uno de los reyes del infierno. Viene escoltado por su diabólica consorte, Lilith: encarnada en el cuerpo de una esbelta mujer de cabello bermejo velado, rizado, ojos de serpiente, profundos y relucientes que destellan una refulgente luz azul cielo, sensuales labios rosados y carnosos, pómulos prominentes, ataviada con un precioso vestido largo color vino con arrugados finos, ajustado a su busto, ceñido en su cintura hasta la cadera con infinidad de ondulaciones holgadas y elegantes escotes a los costados que permiten sobresalir seductores a sus muslos rollizos. Avanza con paso petulante junto al infame Asmodeo, en el cuerpo de un hombre promedio, rubio cenizo, ojos azulados y rasgados como los de Lilith. Porta un traje sastre estilo italiano color vino sobre un chaleco, camisa y corbata del mismo color de diversos matices en combinación perfecta. Un inexorable escalofrío recorre mi espina.

—¡Hermano! —exclama el rubio— ¿Por qué no nos evitamos la molestia? —entona con los brazos abiertos, como esperando un abrazo de bienvenida.

—Te hago yo la misma pregunta —contesta Enki.

—Tres contra dos, ¿no es acaso eso injusto? —replica sardónico.

—Tal como lo fue cuando tus legiones y tu mascota embistieron.

—No me guardes rencor hermano. Venga, por la familia detengamos este pandemónium de muerte y destrucción. Conoces ya cual será el resultado final.

—Ni yo ni ninguno de mis parientes es capaz de saberlo, *hermano*.

—¡Prefieres echarlo a suertes! ¡Ja! Como desees —estalla en diabólicos bramidos que parecen lanzados desde la garganta del infierno—. Pero has de saber, que para cuando nuestra contienda termine, me regodearé violando a tus preciosas acompañantes, las sodomizaré una y otra vez sobre tu cadáver hasta que me rueguen que las aniquile, y me rociaré tu sangre como loción, evidenciando quién acabó contigo. Tu hijo estará encantado de saborear la esencia de tu muerte —lanzó su sañuda diatriba con fulminante mirada jactanciosa.

Enki contesta con un simple y suave desliz de su mano, palma al cielo, barriendo el aire diciéndole: «pruébalo». Jessica y yo alzamos la guardia:

Lilith, sin dilación y azuzada como una serpiente al acecho, se lanza a un costado para de inmediato rectificar en un súbito movimiento displicente hacia Jessica; la vapulea tras un ávido placaje y desaparecen de mi campo visual.

Los enormes nagas avanzan, encarándome.

Enki, por primera vez, esgrime su triskel: un magnífico androide metalizado revestido con una portentosa armadura escamada, y ataca al demonio, quien a su vez transmuta en un esperpento de tez roja, con cola de serpiente, gigantescos cuernos de carnero que empieza a escupir fuego. Las llamaradas destellan en lo alto de las blancas cordilleras e iluminan la lúgubre escena de caos y guerra.

Empuñando la escama de la hidra como escudo, transformo mi cuerpo en un ser idéntico al de los nagas. Uno de mis brazos lo transfiguro en una gran hoja de doble filo a modo de espada y ataco a las bestias que se aproximaban renqueantes. Haciendo uso de las enseñanzas de Inanna en artes marciales, empleo el total de la capacidad de mi triskel. Con mayor destreza de la que imagino una sutil, precisa y letal mezcla de capoeira, jiu jitsu y tae kwon do guían mis movimientos. El visor es un alocado vaivén de tintineos, destellos palpitantes y sonidos que repican en mi cabeza.

Jessica

Antes de poder reaccionar Lilith me vence. Es muy veloz e increíblemente poderosa.

Ensañada con infringirme el mayor daño posible, entre bramidos, golpes y ataques sorpresa, se las arregla para atarme a un par de enormes bloques de la roca galvanizada que antes formaban parte de la muralla. No hay nada que pueda hacer. Reclinada al viento con los brazos extendidos, con las muñecas esposadas, inclinada a merced de la pelirroja, ésta comienza a propinarme una rotunda paliza. Patadas y puñetazos me impactan en la cara y el abdomen. Irascible, pasa largo rato atizándome sin piedad con enérgico desdén hasta que empiezo a desmoronarme y perder la noción del tiempo.

—¡Tú, pequeña zorra! ¡Mataste a mis Hermanos! ¡Vas a pagar! —alude a aquella mañana en Londres.

Mi vestido se va rasgando; se empapa con mi sangre y sudor. Cada bramido resulta en una nueva estocada que castiga mi cuerpo inerme. Percibo en su rostro un gesto de satisfacción al verme acabada.

Alterno

Enki mantenía su postura circunspecta ante el gran demonio que se afanaba con rocambolescos movimientos en embestir con llamaradas, algunas de las cuales, en sus desacertados arrojos, calcinaban de inmediato a nagas que desprevenidos se cruzaban en su traicionero camino, dejando de sus escamas nada más que rescoldos al rojo vivo. Lilith también se ve afectada por sus descuidos, al recibir en más de una ocasión quemaduras mientras torturaba a su víctima.

El idílico dios del agua se limitaba a emplear su entorno en contra de su oponente. Manipulaba los elementos y con intermitencia arrojaba los cuerpos desperdigados de rocas con finos movimientos hacia los nagas, que caían fulminados y rápidamente disminuían en número. Levantaba gruesos muros con el agua de la nieve y congelaba afilados carámbanos de hielo para luego proyectarlos contra su oponente. Se desplazaba de un extremo a otro con la mayor serenidad en sus elegantes desplantes. Al demonio, la mesura de su rival, le hervía la sangre.

Jessica

Luego de un eterno diluvio de enérgicos ataques, Lilith me fulmina con la mirada, rebusca en mi alma con intención de inducirme, de tentarme, para caer bajo sus influjos demoniacos.

—¿Eso es todo lo que tienes? —rebato con una sonrisa, desanclando mis brazos de las rocas. Extiendo mis piernas y me levanto para quedar cara a cara mientras los últimos detalles de mi vestido son zurcidos y la última gota de sangre es limpiada.

—Mi turno —le anuncio en un adusto susurro. Comienzo entonces con el contraataque.

Una fragorosa reyerta uno contra uno nace entonces: giro y ataque, bloqueo y ofensa, golpe y contragolpe, esquive y embate, avance y repliegue, llave, palanca y lance. Rápidos y displicentes movimientos armónicos de defensa y contradefensa, de embate y contragolpe, de palancas y proyecciones, asociados a un rítmico eco de exhalaciones canalizadoras de energía, planteamos una beligerante danza al estilo marcial muay thai en combinación con tai-jitsu. No armas, no transmutaciones, no manipulación de los elementos, salvo excepciones en las que Lilith se ve obligada a emplear mayores atributos de su fuerza para librarse de riesgos graves; simplemente un espectacular e inefable combate a muerte.

Alterno

—*Has perdido lustre* —*se burla Enki.*

—*Y tú has perdido tu dignidad al liarte y rebajarte al nivel de estos funestos experimentos tuyos* —*replica con resquemor, refiriéndose a los humanos.*

Enki entonces se pone en guardia, determinado en acabar con la batalla de una vez por todas. Desramando el androide se dispone a emplear su mayor fortaleza: el control de la naturaleza y sus elementos.

Con prudentes, fluidos y precisos movimientos cuya mágica trabazón aluden a la coordinación del Tai chi, el dios avanza una zancada y taja el viento, lo que levanta una ventisca contra Asmodeo quien, tomado por sorpresa, tirita y retrae su triskel un instante, quedando suspendido en la tormenta. En medio del torbellino, redirecciona la tormenta hacia Enki, quien crea una cuña invisible delante de sí para dividir y dispersar la fuerza del viento. Luego de unos instantes levanta la tierra, que retumba y se cimbra, para formar avalanchas de gran magnitud. Ataca al demonio que esquiva el ataque, retoma su quimérica forma en pleno vuelo y embiste a Enki, quien en una reacción mágica lanza un robusto bloque de roca que acierta directo en la cabeza del demonio. Asmodeo emite un agudo bramido, malabarea para evitar caer al suelo y logra recuperar la compostura. Sin esperar un segundo, se lanza de nuevo al ataque. Crea dos siniestras llamaradas. Controladas esta vez, las hace girar y zigzaguear en dirección a Enki; lo embisten una tras otra sin piedad. Con dificultad Enki sujeta el fuego, contraataca y emplea vehementes combinaciones de fuego y tierra para reprimir a su oponente. El sórdido demonio coletea, engulle, absorbe o redirige la energía impresa en cada lance de Enki, amedrentando a la naturaleza en su magistral manejo del entorno. Parecía perder el óxido que atrofiaba sus movimientos, proporcionándole ventaja sobre el dios por momentos.

Jessica

La espectacular batalla emitía potentes ondas que se expandían dibujando un aura esférica a cada colisión entre Lilith y yo. La calzada, vapuleada bajo la ostentosa tormenta de energía, se cimbraba, explotaba en intensos crujidos y tremores que restallaban en las laderas de las cordilleras. Lilith ganaba lustre con cada beligerante instante, como alimentándose del fragor de la lucha, lo que enzarzaba cada vez más nuestra contienda.

Tara

Destellos, resuellos, bufidos, bramidos, retumbantes reverberaciones de luz y penumbra; sonido y silencio; calor y frío; tempestad y calma perforan el solemne páramo entre cordilleras, entre la luz del paraíso y la sombra del infierno sobre el que se libraba la onírica reyerta entre el bien y el mal.

La batalla parece envejecer y las fuerzas de Asmodeo decrecen. Los últimos nagas entonces se escurren entre las sombras, escapando de su inminente final.

Me dispongo a atacar a Lilith y avanzo en dirección suya cuando de pronto un personaje se interpone en mi camino. El temor me invade al instante y mi corazón da un fuerte vuelco.

13

Nuestro Universo

Katla

«¡Maldición! —despierto de nuevo— ¿Cuánto ha pasado?» miro hacia la mesita. Las placas resplandecen con refocilo; la parálisis, inducida por alguna sustancia, atolondraba mis sentidos.

«Quién habrá sido el idiota que me sedó —exclamo para mis adentros— ¡Saben bien que con el triskel todo se arregla!»

Batallo con aire díscolo al percibir que el sedante comienza a inducirme el sueño.

«¡Oh vamos! ¡Por favor! —ruego al cielo—. Sólo necesito alcanzarlas».

Empleo el total de mis fuerzas y, dentro del rango limitado de movilidad que me permite el sólido sudario que recubre la mitad de mi cuerpo, me lanzo en un nuevo embate contra las sustancias que entorpecen mis capacidades. Temblorosos, mis dedos acarician la fina y sólida textura de las placas.

Diego

Abro mis ojos repentinamente. La primera imagen que aparece es la de Nimune.

—Te odio —balbuceo.

—Me alegro. Significa que funcionó

—¿Funcionó qué? —pregunto en un gruñido.

Pero su respuesta es ofuscada por un súbito pensamiento que golpea y acucia mi conciencia: «*Te compensaré... Volveré, lo juro*».

—Muévete —doy un empujón a la bermeja mujer y emprendo mi descenso al Piélago.

Unos momentos después estoy ante la puerta.

—Veo que has vuelto querido —me recibe Anat con un caluroso abrazo— ¿Cumplirás tu palabra?, o has venido a abjurar cobardemente —sentencia.

—Por quién me has tomado... ¿Un humano corriente?

—¡Uff! ¡Miren quien ha reencarnado con renovado esp...!

Un lapso en blanco y luego en negro borran el tiempo; la luz parpadea con intermitencia y recobro mi percepción de la realidad: mis labios están entrelazados con los de Anat en un apasionante beso húmedo e interminable.

Un sonoro chasquido lascivo apenas nos separa; la sostengo entre mis brazos con firmeza sutil, con mi cuerpo adosado al suyo, percibo el calor de su piel excitada. En sus ojos leo sorpresa y agitación, incapaz de explicar lo que ocurre.

—Calla, o no te liberaré —musito en admonición.

Anat, aterida, se deja llevar y un par de segundos después se entrega con totalidad fruición. Rasga mi ropa de un solo zarpazo; acto seguido me deshago de la suya.

La cripta monástica se trastorna en un nicho lujurioso. Nuestro idilio acucia y empaña techos, paredes y pisos.

Entregados totalmente nos perdemos en una marea mágica de abrazos y caricias concupiscentes. Un minuto, una eternidad; luego, juntos, abandonamos el Piélago.

Tara

Con sonrisa lacónica, con gesto petulante y transpirando arrogancia me bloquea el camino negando con su cabeza uno de los demonios más temidos: Anat. Con una risita jactanciosa se burlaba de mí.

Aturdida, ofuscada ante el oprobio, miro con un lento espasmo hacia el Lotus que resplandece majestuoso bajo la nevada que poco a poco comienza a amainar. Mi ánimo mortecino decae al intuir la verdad de las circunstancias que habían llevado a Diego a enredarse con ella y del resultado que por fuerza habría tenido aquel encuentro.

Respiro con decepción y dejo que las emociones permeen en mi interior. Entonces, airada, alzo la guardia:

—Ojalá haya valido la pena —espeto con rabia.

Anat ladea su cabeza y sonríe lacónica:

—No te imaginas cuánto. La próxima vez será ante tus ojos.

Y entonces se pone en guardia.

Alterno

Como en antiguas leyendas que describen el descenso de los dioses a la tierra, así Inanna, Víctor, Dagan y Mitra descienden del Lotus para unirse a la guerra en augurio de su punto más crítico y temible. La contienda derrenga a favor de Enki en el instante en que las fuerzas de los An se aproximan al páramo donde la lucha es más cruenta. Al verlos, Asmodeo estalla en estridentes carcajadas que lo convulsionan entre desquiciados ecos infernales que desgañitan su garganta.

—*¡La familia se reúne!* —*brama.*

Jessica

La batalla se extendía y pronto llegaría el siguiente diablo con sus huestes.

El terreno, castigado por nuestras inclemencias, rogaba piedad.

Finalmente, urdiendo una diestra cadena de consecutivos golpes, patadas, distracciones y un torvo control del hielo alrededor, levantando una truculenta ráfaga de estacas como fieras contra Lilith, acierto una estocada mortal en su abdomen: penetro con mi brazo la boca de su estómago, atravieso arterias y venas, sujeto entre mis dedos las vértebras torácicas de Lilith y con un fuerte crujido hago estallar su columna; con el cuerpo fragmentado el combate concluye. Escupe sangre con repetidas contracciones diafragmáticas desbocadas, sus placas aparecen y desaparecen con intermitencia, descontroladas. Su respiración se descompone y su rostro palidece; su vida se extingue lentamente.

La inmovilizo de la misma manera que ella había hecho conmigo. La arrodillo y la encadeno con grilletes de acero galvanizado del muro con brazos extendidos. Para mantener la herida abierta encajo una estalagmita en ángulo oblicuo recubierta con esencia de mi triskel para evitar que se librara de ella, apenas rozando su corazón que se estrujaba afanoso por bombear el poco fluido que le quedaba; Lilith escupía pequeñas gotas carmesí con ímpetu mortecino, el viscoso líquido color vino chisporroteaba por el agujero en su abdomen, escurría por el largo de la roca hasta encharcarse bajo sus rodillas y empapaba con agonía su elegante vestido.

—¡Hazlo ya, perra! —grita en un ronco jadeo, ahogado por el gorjeo de la sangre.

—Existe todavía misericordia para los pecadores... —rezo y, con una firme patada de la planta de mi pie descalzo en la base de la estalagmita, provoco la dilatación súbita del diámetro de la densa roca. Su cuerpo estalla con un espeluznante crujido producto de la mezcolanza entre carne desgarrada y huesos quebrantados.

Tara

—Será en otra ocasión, socia— dice Anat que, al mirar de reojo la muerte de Lilith y la sumisión de Asmodeo, opta por alejarse y escabullirse entre la penumbra.

En mi interior algo me indica que no la persiga. Airada y con infinitos deseos de acabarla impongo mi conciencia sobre mis ímpetus; me obedezco a mí misma y bajo la guardia, dejándola escapar.

Alterno

Jessica recoge las placas de Lilith y junto con Tara se unen al contingente que acorrala a Asmodeo.

—Siete contra uno. Estoy ansssssioso —se regodea el demonio.

De pronto, proveniente de la penumbra, un nuevo tañido retumba a lo largo del Valle. La nieve es absorbida por la sombra impenetrable y la blancura da paso a las espesas nubes renegridas que relampaguean con furia.

El silencio reina hegemónico durante un instante.

Luego, el rítmico eco distante de cascos metálicos vapuleando la tierra como los de un vasto ejército de caballería perforan la atmósfera; entre aquel sonoro marchar castrense se distingue un sórdido y renqueante repiqueteo, orondo y grotesco, aunado a un zumbido como el aletear de un millón de moscas.

—Ja, ja… Ja,ja,ja ¡Aaahhhjajajajajaja!— Asmodeo rompe en *diabólicas risotadas, retorciéndose con demencia.*

La masacre no se hace esperar. Cada uno de los siete miembros de los An propina una sarta de violentas ofensivas a quemarropa contra el ángel oscuro. El estridor combinado de relámpagos y tormentas, sismos y avalanchas aniquilan la infernal resonancia que emanaba desde la garganta de Asmodeo. De él no queda más que rescoldos avivados por el fuego, cenizas marchitas que son barridos por la brisa.

Diego

Con las páginas del cuaderno puestas al contra luz, se ensambla otro magnífico trazo: un rombo, dentro hay un círculo y dentro de éste destaca una serie de rascacielos de materiales gastronómicos que desbocan sobre una serie de montañas hechas de toda clase de alimentos que se ciernen alrededor de un hombre, orondo en sobremanera, tendido en actitud sedentaria sobre una cuadrada lápida resquebrajada hecha de roble que es vencida por el peso del regordete ser cuya piel se holgaba desmesuradamente en sebosos dobleces, símiles a los de una oruga, cuyos recovecos nauseabundos se observaban infestados por infinidad de insectos hacinados, displicentes, en colmenas caóticas empalmadas unas sobre otras.

El gigantesco hombre sujeta trémulo una enorme hamburguesa entre sus rechonchos dedos renegridos, estira el cuello en un intento fútil: su misma obesidad le impide llevarla hasta su boca, abierta en toda su extensión, anegada, asquerosa y deshonrosamente repleta con infinidad de viandas hendidas y plagadas con larvas de mosca. Insectos lo sobrevuelan como una turbia nube de malagüero; en su rostro descompuesto se expresa un gesto rubicundo de desesperación, de ansiedad, de incontenible afán por ingerir comida, con lágrimas inundando sus ojos apocados, cabello ralo y graso, bañado en sudor y cebo, atribulado ante su indigna impotencia. En la base del espectacular trazo revelado al contraluz, como un rompecabezas multidimensional, se lee en letras góticas dispuestas con elegancia: *"GULA"*.

Tara

Una nueva trompeta, de sublime estridor magnético, restalla en lo alto del valle y sume la atmósfera bajo su estridente yugo. El cielo encapotado y el panorama lúgubre se enrarece y la luz pierde fuerza ante el poder de la oscuridad que se aproxima

—Ochenta y cinco detestables legiones se aproximan —dice Mitra en un susurro—. Radna está aquí.

—Debemos irnos Enki, ahora —anuncia Inanna aproximándose un poco más, con gesto notablemente alterado.

—¿A dónde irán? —pregunta Jessica con desagrado tácito en su voz, tan intrigada como yo.

—Asuntos en otra parte acucian nuestra presencia inmediata. El orquestador de La Guerra ha enviado estas ilusas y vanas trifulcas con el único afán de distraernos del verdadero objetivo —explica Enki con premura.

—Pero… pero… ¡Vienen en camino! ¡¿Cuál objetivo!? —la angustia desboca mi corazón y furiosa estallo en una serie de gritos y agitados gestos.

Enki se gira y con mirada entornada posa una mano en el hombro de cada una:

—Estarán bien. Indra y Mitra permanecerán con ustedes. Además, tengo fe en ustedes dos… —dice mientras voltea hacia lo alto del Lotus —y Katla.

—No lo dices en serio; puedo verlo en tus ojos —estrujo con mis palabras en un intento de perforar su enigmático gesto, recio y solemne, para descubrir sus secretos.

Una lacónica y cálida sonrisa de satisfacción se dibuja en su gesto; da media vuelta y se aleja en silencio.

—¿Podrías decirnos, por lo menos, cuál es *el objetivo*? —pregunta Jessica con voz alzada.

—Nuestro hogar —contesta a lo lejos.

Tras un sordo y súbito zumbido, Inanna, Enki y los otros tres An desaparecen, dejando tras ellos los rescoldos de lo que alguna vez fueron nuestras esperanzas de sobrevivencia, maltrechas, derruidas, apocadas.

El suelo comienza a vibrar cada vez con más violencia. El viento se agita despavorido en una y mil direcciones, pronto se convierte en el único sonido que inunda mis oídos.

Todos sabíamos lo que significaba Radna: no más juegos; la invasión sería devastadora.

Diego

—¿Por qué habrían de ponerme una niñera? —cuestiono con el ego en alto suponiendo que deseaban protegerme. Enki, antes de desaparecer en la cima del Duranki, deja el encargo a Nimune de que no me quitara el ojo de encima. Ella reclama con una sórdida mueca:

—No te creas tan importante muchacho. Lo hacemos para que no andes por ahí haciendo alarde de tus infinitas incapacidades. Es para cuidar la vida de los demás, no la tuya.

Esa bofetada desaíra mi alma como un puñetazo en la boca del estómago a los pulmones.

Tara

Pronto, con aliciente parsimonia, desde más allá de los muros que fortificaban a la Ciudad de Erek, emerge un numeroso contingente de asombrosos autómatas, colosales estatuas animadas hechas de oro y plata. Marchan al unísono, marcan un ritmo sombrío de angustia y desesperanza que reverbera en los corazones de quienes miramos con desasosiego su avance. Sobreviene una apabullante lucha de resonancias metálicas que fluye a través del viento avispado, entre bucles aleatorios, furiosos y sinsentido que comienzan a chocar unos contra otros; pasados unos momentos nace una tormenta eléctrica. Los relámpagos hostiles caen sobre la gran calzada; se forman incipientes torbellinos electrificados de haces ventosos que ascienden y descienden con fragorosa potencia. Mi cabello se agita y mi largo vestido ondea renqueante, azuzado, chasqueando bajo el azote del viento.

El grotesco zumbido acelera e incrementa su intensidad en cuestión de segundos. De pronto, la sombra se torna en un distorsionado puntilleo que se expande con gran velocidad; la cortina de penumbra se distiende con un fragor tenebroso e inunda el ambiente con un hedor a podredumbre.

Un sinfín de moscas asquerosas se precipitan en avalancha hacia nosotros como una furiosa estampida. De inmediato

Mitra genera en su mano derecha un potente núcleo luminoso cuya refulgencia desvanece dentro de sí la figura de su mano. La eleva por arriba de su cabeza, con lentitud y con la certeza del efecto que produce.

La plaga de repulsivas moscas se parte por la mitad, hacia arriba y hacia abajo, hacia un lado y hacia el otro, lo que proyecta una enorme cruz negra arrebujada. Las moscas evitan el poderoso destello y lo bordean, dibujando parábolas y una cúpula siseante sobre nuestras cabezas, formando un oscuro capullo a nuestro alrededor. La bruma de insectos, de cuerpo negro, grasoso, sucio, repugnante y de gran tamaño, se estrellaba contra las gruesas armaduras de los autómatas que no se inmutan. Se alza un repiqueteo metálico, como el que produce la lluvia al caer sobre los toldos de los autos.

Hastiado, Mitra emite de pronto un chasquido flameante que al instante silencia el entorno. Miro su mano: desde ella emerge una burbuja de suaves matices que se expande con rapidez y lanza ondas expansivas con intermitencia, una seguida de la otra. Las moscas se paralizan, convulsionan y en un agónico trance son calcinadas. Sobreviene el infinito eco de cálidas llamas; el fuego empapa el aire con un delicioso calor y silencio que no perduran.

En ese momento, sin haberlo previsto, sin tiempo para reaccionar, antes de que fuéramos capaces de notarlo, la batalla comienza.

Radna, el demonio, aparece a la cabeza de la formación de sus tropas. Manipula la lluvia flamante, condensa una gran nube de fuego que absorbe tórridos vendavales y los entremezcla con los relámpagos, que no cesan de centellear. Se funde el fuego con el viento que alimenta el fragor de las llamaradas mientras avanzan por la serie de tornados en el firmamento. Pronto nos vemos absortos por un agobiante caos de gigantescos tornados de fuego que se abalanzan sobre nosotros.

Mitra desliza con parsimonia un pie hacia delante, dibujando un medio círculo hacia afuera, al tiempo que ondea sus brazos con delicada fluidez. Toma control de aquellos torbellinos, los reaviva y engrandece. Como un aquelarre macabro, los utiliza como media docena de tentáculos de fuego para azotar los territorios ocupados por las huestes infernales, descuadrando su formación y frenando su avance.

La batalla recrudece.

Entre los ya conocidos humanoides diabólicos que portaban hoces herrumbrosas aparecen criaturas atrabiliarias, altas, fornidas, narigonas, de gesto sombrío y hosco cuya piel roja escarlata presentaba múltiples perforaciones grotescas. Segmentos de petos robustos color negro y dorado, herrumbrosos y enmohecidos, se encajaban en su carne con gruesos alambres de púas enhebrados en los brazos, hombros y muslos, mullidos con incontables cicatrices. Resaltaban incontables vénulas moradas ingurgitadas en los bordes de cada lesión que parecían al borde de estallar. Sus ralos bucles de cabello grisáceo aceitoso se apelmazaban alrededor de unos cuernos que emergían largos en su frente, amarillentos, cenizos. Una sustancia etérea dimanaba de sus espaldas, como hilos de humo, que engendraban entre las volutas en el aire tres diabólicas esencias de estrafalarios rostros de ultratumba que atemorizaban al primer vistazo. Desde su nuca tomaban raíz una serie de negras plumas como las de un cuervo, crecían y descendían por la parte posterior de sus largos y robustos brazos hasta sus renegridas manos, de donde emergían las plumas más grandes, gruesas y rollizas. Eran los *Tengu*, mágicos seres que destilaban terror y muerte. Criaturas poderosas en combate marcial, portadores de un característico báculo[8], muy largo como una alabarda, con su ostentoso ápice superior armado con un gran anillo de oro elegantemente tallado, con seis aros del mismo material escarolados a lo largo del arma; marchaban sobre espeluznantes patas negras como de chivo.

Y, todavía más altos, los *Jotnar*, estrafalarios gigantes de gesto torpe, robusto y deforme resollaban ruidosamente a través de sus largos colmillos desde las alturas entre las llamaradas, controladas por Mitra como un titiritero.

Las legiones de Radna flanqueadas por las impasibles criaturas rojas y los recios gigantes *Jotnar* arremeten. Mitra, Indra, Víctor y los demás avanzamos acompañados por las hordas de autómatas.

Se acercan. El hedor de Radna y su esencia oscura me hielan la sangre cuando finalmente nos encaramos.

Un súbito estridor ahoga el ardor de los torbellinos, los succiona y los hace desaparecer en las profundidades de la garganta del gran Radna. Con una compulsiva mueca de su mandíbula, como dibujando un círculo con ella, agita la cabeza, esboza una abrumadora sonrisa y habla con voz seca, resonante:

—Hermanosssss míossssss... taaaaanto tiempo ssssin verlosssssss.

Diego

—¿Algún día me dirán quiénes son ustedes?... No a cómo les decimos, sino a quién o qué son en realidad.

---

[8] Khakkhara (sánscrito para *Bastón Resonante*, también llamado Shakujō (Bastón de Monje)), es un báculo de madera dotado de anillos en su extremo, usado en el budismo como arma o herramienta de oración.

—Interesante que desees saber quiénes somos nosotros antes de conocer quién eres *tú*. Pero te diré: podríamos decir que somos ángeles. Ángeles que andamos por la tierra, observamos, guiamos y aconsejamos, pero son ustedes quienes andan sus propios caminos.

—Así que ustedes son ángeles destinados a caminar por aquí. Y creen que todo es divino y no juegan bajo todas esas reglas temporales como nosotros. Simplemente miran al mundo comenzar a morir[9].

—Correcto. Somos quienes les mostramos las puertas, no quienes las abrimos por ustedes. Esa es decisión propia; son arquitectos de su propia existencia. Crean y destruyen su entorno a su antojo, pero cuando se ven despedazados por la miseria, derrengados por las penurias o pervertidos por las tentaciones que ustedes mismos generan, ya sea por su ignorancia, su ambición desmedida o la hipocresía, caemos del cielo y los impulsamos. Sin embargo, la mayoría cede.

Tara

Los *Tengu*, en medio de la cruenta reyerta, resaltaban por sobre los demonios al enfrentarse a los semidioses en fantásticos combates cuerpo a cuerpo. Ágiles y ligeros en sus movimientos empleaban su magnífica diligencia marcial, utilizaban la totalidad de la fuerza de sus poderosos músculos y derrochaban la habilidad mágica y combativa que les caracterizaba, subyugando con avidez a sus oponentes. Aquellos incansables monjes de piel bermeja disfrutaban la batalla de desgaste. Trastornaban a su contrincante con engaños y lo sometían a sus oscuros hechizos. Absorbían la energía de sus oponentes, corroían la esencia divina desde

---

[9] Tomado y modificado de "The Scarecrow", Avantasia.

su interior y, con el deterioro intermitente de las facultades de los hombres y mujeres, el triskel inevitablmente se retraía. Quedaban indefensos. Luego, una despiadada y cruenta muerte les era impuesta. Bajo la deleitada mirada oscura de los Tengu, lentamente despojaban a su presa de su integridad física, desangraban sus almas que se desgañitaban en horripilantes bramidos de suplicio. Pronto el entorno fue abatido por un aura melancólica y lamentable de agonía; el diabólico fragor de la guerra acrecentó a un ritmo trepidante.

Diego

—Imagina el desconsuelo que sufrimos —decía Nimune con voz apocada —al ver a nuestros semejantes rendirse.

—¿Semejantes? ¿Cómo…?

—Tócame, siénteme, como hiciste con Anat. No somos diferentes. Soy carne y hueso en este plano. Pero somos, en realidad, energía más sublime compactada en cuerpos materiales aislados que convivimos con un incalculable número de seres semejantes. Erramos, acertamos, aprendemos, evolucionamos, retrocedemos, pensamos, experimentamos, avanzamos, servimos, vivimos, concientizamos, morimos y seguimos; nunca hay vuelta atrás. Ese es nuestro Universo.

—¿Y esa gran batalla irreal? ¿Cómo es que seres comunes como nosotros podemos hacer cosas tan increíbles? —pregunto con un gesto con la cabeza hacia la gran calzada, la entrada al valle.

— Pascal dijo: Los estrechos límites de nuestro ser ocultan a nuestra vista infinidad de cosas. Siendo así, ¿qué tan irreal puede ser esa guerra? Tanto como el universo, como el mundo, como tú mismo… —guarda silencio por un momento y prosigue—. Y los humanos, *comunes* como los llamas, en su mayoría entienden sólo de materia, de lo físico, la forma más densa de energía. Otros creen, solo algunos de ellos, en que poseen un alma y un espíritu, pero como un elemento de propiedad para existir, no como elemento constitutivo de su ser. Y son, sin embargo, pocos los que despiertan verdaderamente a una esencia superior: La Consciencia.

Tara

Restalla el atronador choque de un trueno sobre la tierra. Radna y Mitra están enzarzados en una batalla vívida, diabólica y sublime que sofoca por momentos todo sonido con el poder de sus embates.

El agitar del viento por los negros torbellinos; el tremor del suelo bajo el castigo de los gigantes Jotnar; el estallido potente de la colisión entre autómatas y demonios; el porte magistral de los báculos cuyos anillos campaneaban con fantasmagórica resonancia; el caos, el caos, nada más que el caos en su máximo esplendor.

Mi corazón destilaba adrenalina, mi respiración agitada se agotaba; mi cuerpo se extenuaba. Mi mente bullía, mi alma se fortalecía, mi espíritu resplandecía. El león dentro de mí entonces sale a flote como un potente cañonazo de energía. Con un ecuménico rugido embisto en mi camino a Tengus, a Jotnars y a las negras legiones infernales. Exaltada por la frondosa atmósfera teñida por infinidad de abyectos bramidos, encendida por el aura de vida y muerte, pierdo la noción del tiempo, del espacio, del lugar… del control de mi poder.

Diego

—Si seres *superiores* no son, tampoco *inferiores* ni *comunes*. Dentro de su alma yace una vasta riqueza de poder, mayor de la que su imaginación siquiera vislumbra —me explica Nimune con sus cejas enarcadas y una lacónica sonrisa en sus labios mientras habla con suavidad condescendiente.

—Aun así, ¿qué hacen aquí? Esto se acabó, es el fin —concluyo, sumido en una súbita nostalgia mientras evoco en mi mente con decepción la decadencia en que la humanidad había caído.

—¿El fin? No, querido, no. Es tan solo el cierre de un ciclo —acaricia con su voz—. Y nunca nos hemos ido, nunca nos fuimos. Si hicimos algo aquí, si algo hacemos ahora, es ultimar el proceso de una era. Cosechamos a los seres del planeta cuya etapa aquí han completado. Lo que de ellos se requería ha sido obtenido; las causas son ahora consumadas y será reinvertido en la creación de un Nuevo Mundo, de una Nueva Era cuyos efectos darán apertura al nuevo escalafón de la evolución. Sus frutos son incluso ya degustables, ahora, en este momento mientras respiras.

Jessica

Tara, la princesa ancestral, descendiente de Inanna y de la primera raza humana en poblar la tierra en el naufragado continente de Mu, hace gala de sus atávicos dotes. Su león dorado, resplandeciente, resaltando en medio de la cruenta batalla, escinde, engulle, destroza y aplasta a las desconcertadas filas enemigas. La muerte aviene sobre ellas en la forma de un poderoso felino. En una extraña paradoja, el terror se ve sumido en el terror. Miro en sus funestos rostros resplandecer el gesto del miedo. En desbandada comienzan a huir de ella.

Alterno

Alejados del campo de batalla, vigilantes desde la profundidad de las penumbras, unos irascibles ojos airados observan el magno poder de la leona, de Tara. Una modesta punzada atemoriza su infernal hálito, lo perturba... lo inquieta.

El Ascenso de una Sombra

Jessica

Pronto Radna queda aislado. Sus fuerzas menguan rápidamente y Tara logra la victoria próxima. Su poder es tal que incluso Enki había confesado temerle.

Víctor hace lo propio. Con prontitud acaba con gran cantidad de aquellos monstruos rojizos.

La siguiente horda se acerca. Se anuncia con un escalofriante siseo proveniente de las profundidades de la tierra. La gran bestia *Jörmungandr*[10] aparece en nuestro campo de visión provocando un estallido estremecedor. Embiste a

---

[10] O Serpiente de Midgard, es una <u>serpiente de mar,</u> hijo de la <u>giganta</u> <u>Angrboda</u> y el dios <u>Loki</u> . De acuerdo a la <u>Edda prosaica</u> , <u>Odín</u> tomó a Jörmungandr y la arrojó en el gran océano que rodea <u>Midgard</u> . La serpiente se hizo tan grande que era capaz de rodear la <u>Tierra</u> y asir su propia cola. Cuando se suelte el mundo se acabará. Como resultado de ello se ganó el nombre alternativo de la "cinta del mundo" o serpiente del mundo .

Indra y detona una nueva batalla entre poderosos dioses y bestias míticas.

La colosal serpiente de ojos dorados avanza por la Calzada de los Muertos, aquel gigantesco y solitario camino que se abre paso entre las cordilleras hasta la Cuidad de Erek. La ostentosa musculatura de la bestia, sus escamas negras, sólidas como el hierro, resplandecientes como el oro, emiten un horroroso chillido. Su fuerza quiebra las montañas sin la menor contemplación, arrasa el páramo, dejando tras de sí nada salvo los crujidos de la roca al resquebrajarse, retumbando en el valle como el sonar de un agobiante pesar.

Semidioses rehúyen de sus mordaces fauces, oscuras y aterradoras como el infierno. Empleando sus grandes habilidades, Indra forcejea ávidamente contra la serpiente en un bienintencionado afán por detenerla.

Diego

Un suave y lejano tamborileo emerge desde la oscuridad.

La figura del cuaderno superpuesta emula el siguiente dibujo: un hombre y una mujer, ambos yacen inmóviles e inamovibles con gestos apenas vivos. Anquilosados, anodinos y anhedónicos echan raíces arrellanados sobre un manto que se funde con la silueta de un lozano poblado: escuelas, iglesias, casas y capitolios. Sobre ellos se observa un eclipse en apogeo. Día y noche, al unísono, alumbran una serie de relojes de una gran variedad de diseños enfilados debajo de la imagen central.

Polvorientas telarañas exaltan todavía más el estado de patológico sosiego de la pareja que rinde culto a objetos y elementos que los aplauden en su apatía, en su pereza. Bajo el abúlico bosquejo se lee una palabra: *"PIGRITIA"*

Jessica

Cada tañido del reverberante tamborileo acucia en mi pecho. La desesperación me agobia y crece. El terrorífico fuego diabólico de Purson se aproxima y en las entrañas de nuestros guerreros arde el temor inflamado por la muerte que se avecina.

El estridente eco de su trompeta perfora la lúgubre atmósfera tormentosa. Aunado al rugir de tornados y relámpagos se crea una sinfonía de caos. La tierra se cimbra, el viento se encrespa, el aire que respiramos se encrudece; en el cielo profundo refulgen nubes de un anaranjado sangriento que lamentan nuestro destino con una lluvia intermitente.

El ángel caído entonces aparece...

Diego

Nimune argumenta:

—Sé que vendrá el tiempo en que los hombres se admirarán mutuamente, en que cada uno será como una estrella a los ojos de los otros. Habrá sobre la tierra hombres libres, hombres engrandecidos por la libertad. Cada cual marchará a corazón descubierto, puro de todo odio, y todos carecerán de maldad. Entonces, la vida no será sino un culto rendido al hombre, su imagen se elevará hacia lo alto: para los seres libres todas las cumbres son accesibles. Entonces, se vivirá en la verdad y en la libertad, para la belleza, y serán estimados los mejores, los que mejor sepan abarcar el mundo en su corazón, los que más profundamente lo amen; los mejores serán los más libres, pues en ellos habrá más belleza. Grandes serán los humanos que vivan esta vida...[11]

Un profundo silencio aviene. Sus palabras me quiebran.

—No... no entiendo, no logro entender yo no... ¡Lo lamento tanto Nimune, de verdad lo siento...! ¡No puedo! — gimo emberrinchado, cayendo de rodillas con ambos puños golpeando el piso.

Mis ojos, anegados en lágrimas, ceden bajo la frustración de mi incapacidad, de mi aferro a la ignominiosa sed de ignorancia e indiferencia.

—Lo que necesitamos no es la voluntad de creer, sino el deseo de descubrir, que precisamente es lo contrario[12].

—¿Y si no quiero?

—Viene el tiempo en que dejamos de ser quienes pensamos que somos. Nuestro inconsciente asciende hacia la luz y se hace cada vez más consciente, a veces tan metódica y sutilmente que para cuando reaccionamos ya es demasiado tarde para contenerlo y evitarlo. Despiertas. Te enfrentas con la bestia más cruel, más vil, más patética, más orgullosa, más despreciable, más pretenciosa, más mundana; más compasiva y amorosa, más divina e inescrutable que tu mente pueda concebir: tú mismo. Jamás volvemos a ser como antes. Ya has atravesado numerosas veces este umbral, quiérelo o no —soltó irritada con circunspectos gestos bajo una efigie de autocontrol, yendo y viniendo, aventando y azotando sus manos en el aire —. Tu nihilismo me asquea.

---

[11] La Madre. Gorki Máximo, pág. 75

[12] Bertrand Russel. Sceptical Essays, pág. 157

Disgustada y enconada hiere mi voluntad con cada una de sus airadas palabras. Pero la pulla no funciona. El incentivo que me hiciera reaccionar debía ser mayor.

—Abre tu alma, libera a tu espíritu. Sólo entonces podrás tener otra perspectiva del universo —dice una suave voz en la lejanía, una voz afable, armoniosa, seductora, perfecta.

Volteo y la miro. Una tormenta de sensaciones y emociones se agolpan en mi corazón.

Jessica

Un maremágnum de llamaradas, remolinos, látigos, espadas, cuernos, y cuerpos de fuego sobrevienen caóticos sobre el terreno luminoso de la batalla. Purson, el demonio con cabeza de león blanco, aparece montado sobre un colosal felino cuya piel lisa y sólida resplandece como estatua de oro puro: el León de Nemea, una bestialidad que escupe poderosas llamaradas y sus mortales zarpas retiemblan en el suelo debajo.

El ecuménico rugido del León y del demonio que lo monta, al unísono, azuzan a sus veintidós legiones. Los acompañan huestes de las creaturas más aterradoras que las llamas del averno pudieran engendrar: las quimeras, grotescos monstruos que despiden arpones venenosos desde sus colas, agitadas como fustas; los *Hellhound*, terroríficos perros infernales de tres cabezas que irradian muerte, y los más temidos y espeluznantes, los gigantes de fuego, seres de sombra que expiden llamas azules enzarzados con el poder y la furia de mil volcanes en erupción, portadoras de espadas mágicas forjadas por el fuego del infierno. Sus cuerpos son como de lava cuarteada. De sus cráneos, hombros, codos y rodillas emergen salientes óseas que los dotan de macabros cuernos y un aura espantosa de ira, poder y miedo. Sus alas cadavéricas, robustas y flameantes, sacuden las salientes de sus vértebras dorsales como púas nocivas. En su cabeza, a través de un par de fisuras como ojos refulgentes, emana una esencia cuya energía sublime flota en el viento con sutileza.

Una nube acuosa, negra y espesa se arrastra y avanza rápidamente por la calzada. El terreno de luz, cada vez más tímido y retraído, pierde terreno con velocidad.

Nuestras esperanzas se resquebrajan bajo la fuerza incontenible del ejército de Purson. El fuego arde consumiendo nuestras fuerzas, nuestras líneas se debilitan y la sombra prolifera.

El calor de la batalla se hace insoportable, respirar el aire calcinado se antoja imposible, el hedor a miedo y muerte sofoca mis sentidos.

Indra se las arregla para alejar a la serpiente del valle, internándose en la profundidad de la oscuridad, más allá de la meseta. Lo pierdo de vista e instantes después desaparece del radar. Está perdido.

Víctor entabla magistralmente sus batallas con clara superioridad sobre los fieros soldados de Purson. Tara arrasa con infinidad de demonios. Una serie de fantasmagóricas contiendas de la poderosa leona contra gigantes de fuego, *hellhounds* y quimeras que se agolpaban para acabar con ella se desarrollan con acérrimo acerbo. Incansable, el poder de Tara no disminuye. Sus potentes rugidos enaltecen mi espíritu y el de los semidioses a mi alrededor.

La batalla es apabullante, pero Tara, con sus magníficos movimientos, me inspira. Mi alma responde a su llamado y mi corazón palpita encrespado bajo el influjo de la adrenalina;

mis pupilas se dilatan, mis músculos se tensan, mi ímpetu enardece y mi espíritu entonces emerge.

Diego

—¿Cómo es que...? ¿Te encuentras bien? ¿Estás...? —tartamudeo incrédulo, asombrado.

—Estoy bien. He de irme —asegura ella.

De pie, viva, sin rasguño ninguno y entera. Camina con su particular garbo seductor hacia la orilla de la azotea del Lotus sin dejar de mirarme.

—Pero no deberías... —bloqueo su paso.

—Despreocúpate Diego. Todo saldrá bien —acaricia ella mi mejilla con cariño—. No temas —sonríe plácida entrecerrando sus ojos preciosos.

—No me dejes. Tengo miedo. Por favor no te vayas —le ruego.

—Volveré —susurra a mi oído, abrazándome —. Lo prometo —se separa de mí y se aproxima al borde del edificio.

—No hagas promesas que no cumplirás —replico indignado, adolorido por el profundo temor de no volver a verla.

Sin hacerme caso, se arroja al precipicio.

Katla

Los monstruosos seres se aproximaban a la ciudad, al primer muro, a las afueras del desolado Valle de Erek, escenario de la más cruenta batalla entre las fuerzas de los An, que resistían los impetuosos embates del infierno, contra el diabólico poderío de la sombra.

La luz del valle había retrocedido. La fortaleza exterior y la Calzada de los Muertos estaban perdidas, dominadas ahora por la oscuridad que progresaba a marcha descomunal.

Tara, en medio de la contienda, lidera al grupo más grande de semidioses que combaten con furor. Su fiereza leonina prodigaba cuantiosas pérdidas al ejército de Purson, entre zarpazos y mordaces ataques, entre sangre y lodo, la princesa se abalanzaba sobre las crines de los enormes hellhounds y quimeras. Los inmoviliza, perfora con sus poderosas fauces la piel de sus oponentes arrancando pedazos de carne hasta que, agotados y desangrados, caen muertos.

Mantiene el terreno, la princesa no retrocede, empuja la ofensiva y se adentra en territorio enemigo; abrumada por la interminable batalla, Tara pierde la noción de su ubicación. De un salto entra en acción su contraparte, el temible León de Nemea. Se lanza acompañado de sus gigantes de fuego que bombardean con incandescentes bolas de fuego que alumbran la tierra con irascible potencia en medio de la penumbra. Tara, acompañada por sus huestes, inician el contrataque. Una mítica batalla entre el bien y el mal, entre león y leona, da comienzo con un estrépito fúnebre que reverbera a lo largo del Valle. El dorado felino de Nemea escupe su hálito de muerte con mortíferas consecuencias para Tara, que con ímpetu y furia se abalanza sobre su enemigo.

En otro frente Jessica emplea su mágico talento para la manipulación del entorno. Nadie mejor que ella para el control de los elementos. Tierra, aire, agua y fuego se ponían a su merced con poderosos y mortales ataques combinados. Precisos, circunspectos y sensuales danzares inspirados en las artes marciales, ejecutados con la totalidad de su grácil cuerpo, alzaban la tierra en poderosas avalanchas abrasadoras que asolaban zonas enteras; provocaba tormentas de fuego que se elevaban en ecuménicos huracanes hasta las nubes; asediaba con diluvios gélidos que caían como encrespados ríos sobre el campo de batalla y descargaba beligerantes trombas de viento escindían los diabólicos espíritus de sus enemigos. Con su inigualable poder resquebrajaba los huesos de los perros infernales y aniquilaba a los gigantes de fuego cuyo núcleo, en esencia energía ígnea, era extraída por Jess.

Con todo, las huestes de Purson avanzan. Conquistan el valle y sitian la ciudad bordeando las afueras del primer muro, la última defensa física del Lotus y de Keor.

Atravieso la ciudad a toda prisa. Me sumo a las fuerzas que, a las puertas del anillo más externo, se preparan para la última defensa. Un desesperado intento de organización crea un barullo nervioso entre los presentes, el vaivén de semidioses atribulados en medio de explosiones y bramidos distantes, cada minuto más próximas, vapulea los ánimos distraídos de los combatientes, prontos a ofrecer su vida en sacrificio por la supervivencia de sus semejantes.

Medio preparadas las tropas, sin tiempo a tomar acciones que reestablezcan el orden de nuestras fuerzas, llega a nuestros oídos, proveniente desde el negro abismo, un eco sórdido, hosco y atribulante. Allende las profundidades, más allá de las desvencijadas cordilleras, se eleva un flameo sanguinolento. Llamas que refulgen cada vez más potentes. El fulgor anuncia la venida de un nuevo asalto. Poco a poco crece en los alrededores del Valle una tenebrosa presencia. Es Él, sin duda, se aproxima; bajo mis pies la tierra vibra, el viento cesa y la podredumbre se hace inminente en el enrarecido ambiente.

De pronto evanece desde la oscuridad un diluvio de fuego y muerte bajo la fuerza de mil demonios. Gigantescas rocas bañadas con fuego caen como meteoros sobre el castigado páramo, vapuleando con ecuménicos estallidos que detonan al contacto con cualquier superficie.

Diego

—¡¿Qué rayos sucede!?

Un infernal vórtice proveniente de los sombríos abismos escupe una tupida tormenta de fuego. Las enormes bolas de fuego restallan en las cercanías del Lotus, levantan abrasadoras ondas expansivas que destrozan los alrededores. Los semidioses alcanzados pierden la formación de su triskel y son instantáneamente convertidos en estatuas de ceniza que se desintegra en el aire. Un torrente de muerte y miedo abraza y estrangula al ejército aliado, que asolado pierde cada vez más fuerza.

El Lotus, estoico y luminoso, es alcanzado por el bombardeo y los cimientos invisibles de la ecuménica estructura se cimbran con un amargo aullido. La gigantesca estructura se bambolea, dibuja amplias parábolas en su veloz intento de recomponer el equilibrio intermitentemente violado por las ensordecedoras detonaciones.

El asedio castiga impasible la totalidad del valle. Los demonios ofensores tanto como los divinos semidioses defensores sufren la inclemencia del atosigante ataque que rompe con el ritmo de la guerra y fractura la fe de quienes aguardamos un futuro. Si existía un Dios en los cielos, éste nos había abandonado.

Mi espíritu da vueltas. El piso oscila, la tierra arde, el aire se extingue, el agua se evapora; el amor en el mundo se esfuma bajo el yugo de aquel martirizante fragor infernal. El latir de mi corazón desbocado se acompaña por el incontrolable jadeo de la frustración, la angustia, la desesperanza y el inevitable terror que me asola; mis amigas estaban en grave peligro.

¿En dónde han quedado mi voluntad, mis virtudes? Ante mis ojos, a lo lejos, visualizo un gran meteoro avecinarse que choca en la azotea. Su estallido causa un súbito destello que me ciega, pierdo el piso y caigo al precipicio, hacia la profundidad del infierno abismal.

Los faros del Lotus se ofuscan, parpadea con tristeza nuestra principal fuente de luz. La confusión, el silencio y la oscuridad acaecieron.

Katla

El cañoneo perdura durante una eternidad y las restantes líneas enemigas embisten. Para cuando me repongo del primer impacto, la muralla externa ha desaparecido; los ríos silenciados se han evaporado, la vegetación marchita se ha esfumado, el viento está intoxicado por un irrespirable afluente de radiación, la tierra desolada es un páramo oscuro donde únicamente los esqueletos magros de las construcciones perduran. Y aunque todavía no termina la batalla contra Purson y la hegemonía infernal es eminente, se abre paso un nuevo tamborileo, un tañido latente, próximo, contundente. Queda poco tiempo. Se avecina la siguiente oleada.

Me siento perdida. Pero en medio del caótico panorama, Tara reaparece de entre las sombras. Tras haber vencido a la gran bestia cuyos alaridos habían marcado su muerte, Tara, extenuada, ha perdido su trasformación leonina, apenas capaz de mantener el camuflaje del triskel. El ambiente tóxico resultaba inviable para la vida, perder la formación del triskel significaba perder la vida.

La hermosa Jessica permanece inerme ante el azote y, en compañía de un grupo de semidioses, continúan la lucha contra los últimos vestigios del ejército de las tinieblas.

—¡Arriba! ¡Levántense todos! ¡Ahora! —animo a mis hermanos a mi alrededor.

En sus rostros un claro abatimiento opaca sus esperanzas.

—¡De pie guerreros, ahora!

Levanto la mirada. La catástrofe se vislumbra aciaga entre la bruma alzada por el polvo y la densa niebla que desciende sobre el valle. El cielo se oscurece conquistado por nimbos bermejos y grises, morados y negros. El firmamento gira parsimonioso como un huracán; el gran ojo, sombrío hasta la inmensidad de su propia profundidad inconcebible, se abre como un halo divino hacia la inmensidad del universo.

De la bella ciudad de Erek no queda más que rescoldos esqueléticos y cenizos, moronas de lo que fuera la máxima exposición del potencial humano; la muestra de la capacidad constructiva de su intelecto y raciocinio se desvanece con la suave brisa, lánguida, como una marcha fúnebre. Los desnudos armazones de rascacielos enflaquecen a las faldas del Lotus, la única estructura cuya musculatura permanece erecta e impasible, en el corazón del valle.

El último contingente de gigantes de fuego y *hellhounds* se acerca. Con el espíritu enzarzado y beligerante, avanzo hacia ellos. No estoy sola, una pequeña y valerosa escolta de semidioses me acompaña hacia una muerte segura.

Diego

—Nos matarás un día de estos muchacho —bromea aquel hombre de tez oscura, canoso y voz profunda, enarcando las cejas.

Había aterrizado en la pequeña isla de Ávalon, lugar que escondía los secretos de cimentación que sustentaban al Lotus, raíz que como una columna invisible mantenía el perfecto balance de la Gran Obra arquitectónica. El lugar conservaba su belleza que mágicamente permanecía diáfana, inexplicablemente lozana, bajo la iluminación de una luna en cuarto creciente cuyo resplandor nocturno bañaba el aire de paz y mística lucidez, envolviendo el entorno dentro de una burbuja invisible que apagaba toda influencia del mundo exterior.

Contemplo los alrededores. Hacia el centro de la pequeña isla se erige una hermosa fuente de cantera con finos tallados y elegantes incrustaciones de piedras preciosas. Sobre sus aguas, las más puras y limpias que existían, justo al centro del círculo de roca, flota una preciosa flor de loto embebida por la luz que inunda la superficie, y debajo de ella, dibujando círculos, nadan un par de carpas Koi, una negra y una blanca. Arriba se abre el inmenso canal central que atravesaba al Lotus hasta su punto más alto, que reflejado en el espejo de agua generaba una columna infinita.

Miro mi imagen a través del agua mística y permanezco al borde de la fuente, admirado por la profundidad del misterio que se antoja insondable. De pronto mi figura sobre el agua se transforma: se ensombrece, cambia de rasgos físicos y se feminiza. La confusión y el miedo me invaden de pronto con un golpe de adrenalina que desboca mi corazón. Ese reflejo, aquel reflejo mío, emerge del agua en la forma de una mujer pelirroja, ataviada con un fino vestido de exquisitos bordados y atrevidos escotes color negro que transparentaba debajo la exquisitez de su cuerpo, cuya feminidad destilaba sensualidad. Concupiscente y frívola, me lanza una mirada sombría y abismal a través de sus ojos rojos y brillantes como rubíes, dibujando en sus labios elegantes y rosados una sonrisa diabólica.

—Ni... ¿Nimune? —pregunto a la mujer empapada, confundido por su repentino cambio de atuendo y actitud.

—Morgana —niega ella con la cabeza y su dedo índice, con el que después toca mi pecho en actitud provocativa —. Y estoy taaaan complacida de que finalmente te hayas dignado a aceptarme... ¡y haber venido aquí! —exclama dando un súbito giro sobre sus talones, alzando sus mojados brazos.

—¿Cómo que aceptarte? ¿Venir a dónde?

—Conmigo, a quien has tomado por adversario durante tantos años. Has de reconciliarte rápidamente antes de que te entregue y encarcele. Pues yo soy aquello que odias, que difamas, que criticas, que pregonas suntuosamente que "no eres", que señalas con repudio y desdén en otros. Pero sin saberlo, con eso sólo has logrado conferirme gran poder y control sobre ti, sobre mí, sobre nosotros.

—¿Poder...?

—Habrías muerto hace largo tiempo de no ser por mi —se acerca levantando su dedo despectiva —, y sin embargo soy todo aquello que nunca has querido ser; yo soy tus culpas, tus miedos, tus vergüenzas; y para tu desgracia sólo a través de mí podrás conocer la Verdad, saber quién eres en realidad.

—P-pero...

—Pero nada. Sólo mediante la unidad conmigo serás capaz de manejar ese estúpido aparatito que traes en la cabeza y sacarle el máximo provecho. Yo soy tu ruta hacia una realidad superior.

—¿De qué hablas? ¿Quién demonios eres?

—Eres tan idiota. ¿Aún no comprendes? Soy precisamente eso: tus demonios, tu sombra.

15

La Muerte de una Gran Esperanza

Katla

Una apabullante batalla nos golpea con inmenso ímpetu. Las fuerzas enemigas son claramente superiores a las nuestras y poco a poco mis aliados son eliminados uno a uno. El fuego y la sombra se ciernen sobre mí con hegemonía. Mi cuerpo recibe gran daño y, debilitada, resiento la aguda punzada del dolor que mana por todo mi costado. Pierdo fuerza, me fatigo y mi respiración se hace pesada mientras el triskel me demanda más y más. Es insostenible. Me concentro en evitarlo, pero siento el desgaste y se consume mis energías; súbitamente pierdo la formación y quedo tan solo con el camuflaje, que amenaza con desactivarse. Indefensa y sola, demasiado magullada para reaccionar e incapaz de continuar luchando, cuatro gigantes de fuego me rodean.

Diego

A la congoja y el miedo que me dominan se suma una emoción que contrasta y parece abrirse paso desde mi interior. La euforia, nacida de no sé dónde, se intensificaba.

—¡Por favor para!

—¡Tú, pequeño idiota, no verías la verdad aunque se postrara ante ti! —me empuja con eminente repudio —¡No aceptarías la realidad aunque ésta te golpeara en el rostro! —agita sus brazos haciéndome retroceder en círculos alrededor de la fuente —¡Estás tan sumiso al letargo impuesto por esta falsa realidad, a cuya ilusión onírica te aferras y defenderías incluso con tu muerte!

»¡Sufrirás! ¡Sufrirás vilmente haciendo de éste tu estilo de vida! ¡Tú mismo harás de este sufrimiento una avezada rutina, una constante necesidad fatua basada en la ignorancia y ridícula vanidad, todo por hacer caso omiso a esa acuciante curiosidad por descubrir qué hay dentro de ti! ¡Todo por ceder continuamente al infierno pasional de este mundo terrenal que el Ego enarbola para mantenerte ofuscado bajo la ficticia identidad que se te impone socialmente desde tu nacimiento! —me amedrenta cada vez con más ahínco, me siento ultrajado y retrocedo hacia la fuente —¡Te has dejado llevar por la crápula! Pero llegará el momento en que la vida no te deje otra opción más que aceptar la realidad. La realidad de la que esa petulante vida te descarría ¡Te convierte en una bestia pavisosa! ¡Ignorante, idiota, estúpido! ¡Ignaro! ¡Profano! ¡Inconsciente! ¡Inconsciente! —de mis entrañas nace un airado escozor —¡Te verás anegado por la ignominiosa perfidia hacia ti mismo! Te encolerizarás, te avergonzarás de ti mismo y te odiarás. Y entonces te arrepentirás y no habrá vuelta atrás, caerás sobre tus rodillas, profundamente atribulado, anegado en vergüenza por no haber sido capaz de ver lo que estaba ante tus ojos ¡Imbécil! ¡Idiota! —un súbito destello de ira golpeó mi pecho —¡Y me regodearé entonces, disfrutando de tu fútil y autoinfringido sufrimiento!

—¡Basta! —encrespado, mi semblante transmuta irascible.

Enardezco bajo la constante e insoportable humillación y desprecio, surge una gran fuerza desmesurada en mi interior y mis sentidos se ofuscan. Basta. Incapaz de contener más ese inmenso impulso me abalanzo sobre de ella, la sujeto por el cuello con ambas manos, estrujo su débil carne y la sumerjo en la fuente. Despiadado, mantengo mis brazos firmes y siento mis dedos incrustarse en su tráquea. Ella forcejea vehemente entre chapoteos y vanas brazadas, lanzando patadas y golpes inermes, rogando por una bocanada de aire. Sus gritos ahogados pronto pierden energía, sus movimientos se ralentizan y perece retorcida sobre el borde de la fuente.

Con un desdeñoso puntapié arrojo su cuerpo al fondo del agua.

Katla

Cierro mis ojos. La oscuridad tras mis párpados me aliena por unos instantes de la temible realidad. Respiro y doy rienda suelta al dolor que me embarga, me siento más viva y extrañamente inspirada.

Un súbito golpeteo, un par de zumbidos, unas cuantas resonancias malévolas y una final sucesión de secos estruendos atraviesan mis oídos y dan paso a un plácido silencio. Abro mis ojos. Ante mí están mis padres, Mitra y Víctor, trajeados con el camuflaje de su triskel, que han triunfado sobre los últimos demonios de fuego que yacen muertos a mi alrededor.

Agradecida, me recompongo con lentitud con la mente concentrada en paliar el dolor que poco a poco amilana.

—Huyan… huyan ahora —exclama Víctor en un sórdido susurro apenas audible.

Sus palabras suenan impregnadas por un aura venenosa que se hace tangible en la brusca mutación de su expresión y personalidad. Recelo de sus intenciones, algo no está bien con él y retrocedo unos pasos.

Su repentino cambio me alerta y me confunde. ¿Qué le ha pasado a Víctor? Antes de que pueda reaccionar surge una nueva y cruenta batalla, mis padres y Mitra atacan a Víctor.

Me alejo. La fuerza de la batalla amenaza con alcanzarme y en medio del delirio, sin dar crédito a la impactante batalla entre miembros de La Orden, capto con pesar lo que estaba sucediendo con Víctor. Purson tenía la habilidad de asimilar las almas de aquellos a quienes encaraba, mediante su gran capacidad de manipulación se adueñaba de la voluntad de sus víctimas y las sumía en una vorágine de desesperación e desgracia cíclica. Los debilita, los carcome y se posesiona del individuo como un titiritero que infunde su energía desgarradora a quien caía presa de su poder. Se nutre y se engrandece para dominar lo que se había convertido en una multitud de semidioses que subyugados traicionaban sus ideales y se veían impelidos a atacar a sus aliados. Víctor, debilitado por la interminable guerra, había bajado la guardia un instante; instante que el demonio había aprovechado diligentemente para apoderarse de él.

Purson reaparece y arremete con todo su poder. El suelo alrededor se sacude bajo las robustas pisadas del gran demonio y da inicio una brutal batalla entre Hahn, Aria y Mitra contra

Víctor y Purson. El desconcierto, lo ilusorio y lo cruento de la reyerta amagan mi ímpetu y, todavía débil, retrocedo temerosa y atribulada.

Más allá, en medio del páramo, advierto la presencia de Tara tendida en el suelo, apoyada sobre sus manos, extenuada, que observa impotente el onírico encuentro entre grandes dioses y demonios.

El majestuoso poder de los cinco combatientes restalla con intempestuosos ecos. Reverberan en los cielos y doblegan la tierra bajo el choque de severas ondas expansivas que estallan y crujen como truenos. Llueve en medio del terrorífico silencio que súbitamente aviene sobre los rellanos desérticos del Valle. Los cuatro elementos, armas de los dioses, proyectiles, armas de los hombres y transformaciones míticas, armas de los valientes, toman parte en la beligerante disputa por la supremacía con furia impasible y arremeten con salvaje vigor. La energía concentrada, súbitamente liberada, crece en forma de halos luminosos que destellan por doquier.

Caigo al suelo. Alzo la vista y Jessica, impertérrita y gentil, me sonríe largamente, como una divinidad que sacude el pesar en medio del azaroso destino que se avecina y, con aire mágico y transpirando poder, se suma a la batalla.

Diego

Enardecido, con actitud despectiva y dominado por la ira, miro con profunda satisfacción el cuerpo de la mujer mientras se hunde con parsimonia.

De pronto, Morgana abre sus ojos de par en par y con un súbito movimiento emerge del agua, me sujeta del pecho y tira con gran fuerza arrastrándome con ella para sumergirme en la fuente.

Por mi cuerpo corre una sensación húmeda, se torna ardorosa y con un fulminante golpe de conciencia se vuelve una vigorosa brisa que me agita completamente. Abro los ojos, identifico el Lotus, el Valle y los alrededores desde una altura inmensa: me encuentro en el aire, en caída libre. Mi mente forcejea con rapidez y recuerdo entonces: tras el bombardeo el Lotus se había tambaleado y me había desplomado por el borde, había golpeado mi cabeza y perdido el conocimiento y la noción del tiempo; continuaba mi caída desde la azotea.

¿Todo había sido una ilusión? Tal vez. No. La magna sensación de euforia e inspiración, nacida durante mi encuentro con Morgana, henchía mi corazón, palpitaba en la boca de mi estómago y me irradiaba con una potente vitalidad y fuerza.

Con oídos ensordecidos y el renovado vigor dominándome, diseminado e impreso en cada uno de mis sentidos, armo mi androide con gran facilidad justo antes de tocar suelo. Aquella magna energía me impulsa, me enaltece y me guía instintivamente hacia la batalla.

Katla

Víctor pelea con expresión descompuesta, pero su gran maestría y dominio del campo de batalla le confieren una clara superioridad. Hahn y Hela apenas pueden contenerlo mientras que Mitra se enfrasca en la pelea uno a uno con Purson.

Con gesto endemoniado y clara intención de asestar una victoria más, Purson repentinamente se replantea y abandona su batalla para enfocarse en mí. Se proyecta acortando la distancia entre nosotros, alzando su gigantesca zarpa. Huyo. Corro entre los cadáveres en el campo de batalla y tropiezo. Giro; es mi fin.

Una sombra me cubre en el último instante y me abraza.

Tara

Diego, con un procaz movimiento, se interpone entre el letal ataque del león blanco y su víctima, recibiendo el poderoso impacto en su espalda que emite un crujido desgarrador.

La batalla entra en un sopor. La sorpresa y desconcierto nos atenazan. Huesos y rocas crepitan formando un cráter alrededor de Diego y Katla. Ella, en un sorpresivo arranque de ira, dispara a quemarropa y Purson cae herido. La incertidumbre predominante rompe el vínculo entre mi padre que vuelve en sí y el león, que se recompone de inmediato amenazando a Katla y Diego, quien había quedado inmóvil. Mi alma llora; la ira, el desasosiego y el dolor me asaltan. En mi pecho se desata la lucha entre el ardiente instinto que exige venganza, la mesura que requiere precaución y la amargura que necesita consuelo.

Me levanto. Doy unos pasos. Y corro hacia el cráter.

Diego

El atroz dolor que petrifica mi espalda amaina mis fuerzas. Surge en mi interior un terror incognoscible que se potencia, que doblega mis piernas y desarticula mi triskel. Entre mis brazos sostengo a una chica; ante mis ojos es hermosa, la una única persona que comparte mi dolor, mi realidad. Ella, profundamente atribulada, me mira inquieta y con ternura.

—¿Estás bien? —pregunta acongojada, llevando su mano a mi frente, a mi pecho, con suavidad.

Una somnolencia se apodera de mí con un súbito golpe de sopor y fragilidad. Un frío intenso me provoca tensión, pero la calidez de su cuerpo me alivia. El aire enrarecido y tóxico arde en mi garganta, apenas puedo respirar. Tara se asoma por el borde del cráter. Mis sentidos se nublaban, mi mente delira y me desvanezco sobre ella:

—Que... hermosa... eres...

Jessica

Purson se abalanza de inmediato contra Víctor quien, apenas recuperando la consciencia, entre jadeos y sollozos de aguda extenuación, es sorprendido por la espalda, sujetado y subyugado.

—¡Atrás todos! ¡O este sujeto dará su último suspiro entre mis fauces! —amenaza con potencia atronadora, como el rugido de un león.

Hahn, Aria, Mitra y yo plantamos cara; no retrocedemos. Alzamos la guardia, listos para el combate. Purson, el ángel caído, entonces despoja a Víctor de sus placas con aire fruitivo.

Alterno

Tara, confundida y anegada por el resquemor provocado por los incontenibles celos, contempla estupefacta a Katla y Diego. Con un espasmo, más por reflejo que involuntario, voltea la mirada hacia donde se encuentran Hahn, Aria, Mitra y Jessica, que acorralan al demonio.

Purson, apabullado al comprender que la admonición no había funcionado, levanta sobre su cabeza a Víctor y dedica una lacónica sonrisa a sus adversarios. Lo libera y Víctor cae entre sus enormes colmillos, que despojado de sus placas nada puede hacer por evitar el suplicio. El león cierra sus fauces, masticándolo con encono y repudio como a un pedazo de carne putrefacta. Resuena el pavoroso rechinar de la piel y el crepitar de los huesos durante un eterno instante de tribulación y expectación. La frustración agita los corazones de los combatientes, que lamentan la caída del otrora gobernante.

Purson escupe finalmente el desvencijado cuerpo de Víctor. Los fragmentos desgarrados caían con parsimonia fúnebre, y antes de tocaran suelo, Tara, descarriada, descompuesta por el odio, transformada en su grandioso león, se abalanza sobre Purson, lo aprisiona entre sus fauces y lo agita como a un trapo; despedaza cada músculo y desarticula al demonio quebrando cada hueso en medio de una tormenta sangrienta que baña la tierra muerta.

Arroja los restos del doblegado Purson como él había hecho con su padre, pero todavía con un rescoldo de vida, suficiente para torturarlo un poco más.

Tara, que lo mira con ojos como lanzas, coge entre sus colmillos al desmadejado león y lo engulle de un solo bocado. Luego, en un magno esfuerzo por mantener la cordura, tensando su cuerpo alza su cabeza hacia el firmamento y exhala un vigoroso rugido cuyo eco de amarga tristeza e impotente furia reverbera en las profundidades del Valle; un dejo de energía que busca consuelo, que anhela venganza y que pretende paliar las emociones destructivas que la dominan.

Momentos después desarma su triskel. Corre con desesperación hacia los restos de su padre, apesadumbrada, hecha un mar de lágrimas y lamentos.

Diego

Todo había sucedido tan rápido.

Para mi fortuna mi triskel había absorbido el impacto, lo que había diluido su fuerza y eliminado cualquier daño. Mi columna, en la región del occipital, había recibido la energía equivalente a un golpe suave, pero lo suficientemente firme para desmayarme.

Consternados, el equipo había perdido el rumbo y las fuerzas para continuar. Tara no me dirigía la mirada; Jessica se mantenía inquieta y expectante sumida en un halo de autoculpabilidad; Katla, temerosa y dudosa, no se separaba de mí y los últimos comandantes de la otrora Gran Orden, supervivientes a la gran guerra, habían caído en el doliente martirio del duelo. Caminábamos hacia los adentros de la ciudad de Keor; finalmente se me había permitido la entrada.

La majestuosidad inefable de aquella ciudad prevalecía a pesar de la pérdida del flujo de agua proveniente de los grandes ríos de la superficie, ahora secos, por lo que su onírica atmósfera húmeda se había evaporado. Sin embargo, la vida en su interior rezumaba con tranquilidad y lozanía, protegida por la estructura subterránea que le confería una barrera contra los efectos catastróficos del exterior. Aún se podía escuchar el lejano eco de las aguas corrientes, del roce entre los verdes árboles que danzaban agitados por la suave brisa y los resquicios de la vida animal perceptible en el orquestado trinar de las aves.

Mitra, Hahn y Aria guían al contingente. Nos dirigimos hacia el cementerio. Descendimos a través de unas largas y anchas escaleras en espiral, labradas sobre la sólida roca, hasta desembocar en un amplio páramo con arbustos, plantas y altos árboles flanqueando los terrosos senderos, enhebrando caminos laberínticos a lo largo de extensas planicies segmentadas.

Una infinidad de lápidas y cenotafios se erigen con orden displicente en interminables hileras color marfil hasta donde la vista alcanza. La nostalgia que surge de aquel magno espacio me amedrenta y un vórtice de melancólicos sentimientos y pensamientos cruzan por mi mente. Todos mis pesares, vívidos e inevitables, se hacen tangibles.

Avanzamos por uno de los senderos principales. A unos metros hay un hueco en el suelo que abre paso a otras escaleras y descendemos. Conforme nos internamos en el oscuro pasaje el lejano resonar de una taciturna y solemne melodía se acentúa. Llegamos a un pasillo largo y ancho. Al final hay un pórtico, dos magníficas columnas dóricas soportan un frontón triangular y dan entrada a una estupenda catedral cavada en las mismas entrañas de ecuménica estalactita, cuyas paredes reverberan con parsimonia una luminiscencia casi antinatural.

El pasillo central, ataviado por una alfombra negra de dorados encajes, guía hasta el ábside, donde, en un humilde altar, se encuentra la caja de madera que contiene los restos de Víctor. A un lado se vislumbra la puerta de un horno encendido.

Del techo despuntan gruesas estalactitas y robustos carámbanos de traslúcidos minerales que refractan la luz proveniente de las antorchas, colocadas en la base de seis rollizas y ostentosas columnas salomónicas que desfilan en pares a lo largo del gran templo. Más allá, a los lados, en las orillas del recinto, a las faldas de las altas paredes finamente talladas con hermosas figuras geométricas, sobresalen altas esculturas incrustadas en llamativas hornacinas con las efigies de grandes representantes de la guerra, como monumentos que honran las obras de aquellos grandes seres que ahora continuaban su camino y labor en un plano de existencia diferente. Miembros de la Orden y algunos de los An caídos en batalla escoltan con estoicidad aquel gran óvalo, como un gran huevo cósmico, la Gran Obra arquitectónica en el interior de Keor, henchida por la hegemónica melodía cuyas tonadas, melancólicas y enaltecedoras, acompañadas por el sobrio cántico de una voz infantil, enternecen y engrandecen al espíritu.

Ante la mirada de la afligida congregación, Tara se aproxima al féretro de su padre; la tristeza impresa en su rostro la descompone, lágrimas anegan sus ojos y ruedan por sus mejillas. Su llanto me parte el alma.

Deposita las placas del gran gobernante mexicano sobre sus manos, cierra la tapa y tras colocar tres preciosas flores de loto blancas sobre el féretro, lo introduce en el horno crematorio. Las llamas consumen el cuerpo rápidamente con un silencio atronador; el lamento es general, nuestras gargantas se hacen un nudo y lloramos, lágrimas cálidas que sufren la pérdida de un gran ser, que asaltan nuestros corazones compungidos, que tocan las fibras más sensibles de nuestra alma y golpean tímidas el frío suelo, donde se secan al instante y se esfuman en el aire, como nuestras esperanzas. Tara cae de rodillas y estalla en sollozos incontrolables.

Nuestras ilusiones se doblegan.

Pocos restan en el ejército aliado, pocos están prestos para la batalla, cuya negrura aciaga se cierne inevitable y pocos están dispuestos a enfrentar la destrucción interminable y la brutalidad insondable del último embate del infierno.

Las llamas consumen el cuerpo de Víctor. Mas tarde sus cenizas son colocadas en la base del monumento erigido con la forma física de Víctor y se suma a la serie de esculturas del gran salón. En su magno cenotafio se lee en letras cinceladas: Requiescat in pace[13], y debajo las siglas: VITRIOL.

---

[13] Descanse en Paz

16

Requiescat in Pace[14]

Diego

Se hace el silencio.

La mayoría de los An continúan desaparecidos, la mayoría de los miembros de la Orden han muerto y la mayoría de los Iniefin estamos dispersos; desesperanzados y desasosegados ante el infausto porvenir. Nuestra inspiración se ha disipado en el viento, nuestro ímpetu se ha desvanecido y nuestros ánimos se han tornado en una sustancia nebulosa que se diluye con el tiempo.

Ningún presente se mueve de su posición. En el entorno, sórdido y lúgubre, repiquetea grave y suave, apremiante y perenne, el tañido de un torvo tambor.

De pronto, un súbito, fantasmagórico y dantesco gañido lejano, como proveniente desde mil gargantas infernales, llama con sus trompetas a las puertas de la derruida Ciudad de Erek, exaltándonos a todos por igual. Una serie de agudos

---

[14] Descanse en Paz

alaridos hacen eco hasta nuestros oídos. La multitud estalla en alarmados murmullos lanzando comentarios inquietos que perforan la barrera del miedo y alcanzan nuevos horizontes de temor y desesperación.

La mente de la comunidad blasfema disquisiciones sobre el inminente final bajo el creciente retumbo que anuncia la llegada del penúltimo demonio. Se estimaba que la fuerza de éste arrasaría con todo a su paso como un poderoso huracán. Esta vez ya no existía probabilidad de supervivencia; o, si existía, era acusadamente recóndita pues, ¿qué resistencia podíamos poner un hatajo de enjutos ratones contra una estampida de raudas serpientes?

—Esto se acabó. Ya no queda nada porqué luchar. Nunca hemos de volver a casa... —suelto tartamudeando, profundamente atemorizado, imaginando en mi mente la forma que tendrían aquellos demonios, la simple idea me agita con severos escalofríos —... tenemos que rendirnos.

Tara evanece a nuestro lado tras la columna aledaña.

—¿Y vernos perseguidos eternamente por la culpa, por el dolor, por la mentira, por la traición a aquellos que han dado sus vidas y por el rencor perfidioso de no haber luchado hasta el final? —inquiere con vos áspera y rotunda.

Jessica y Katla, sentadas a mi lado, alzan la mirada hacia Tara.

Al frente, junto al altar, se postran Hahn y Aria con gestos adustos. De pronto el murmullo amaina por completo y, expectantes, tornamos nuestra atención hacia ellos. Aria profiere con elocuencia su soliloquio:

—Mucho tiempo atrás soñé una vez con una larga Noche... una Noche de naturaleza tan sombría que me atemorizaba en lo más profundo de mis sentidos y cuyo final insondable ponía a prueba mis cualidades para la supervivencia. Luchaba por avanzar, por caminar, por encontrar un muro sobre el cual apoyarme, una cuerda de la cual asirme, un pensamiento del cual impulsarme o una mano amiga de la cual confiarme... todos mis esfuerzos eran inútiles. La esperanza, la fe, la alegría, el amor; todo se desvaneció.

» El miedo me conquistó, y mi abismal tribulación se acrecentó. A mi mente vinieron las imágenes de todas aquellas personas que conocía: gobernantes, líderes religiosos, amigos, familia. Abrumada, proferí para mis adentros una larga diatriba de improperios con los que repartía culpas a cada uno de ellos. Sus fallas, sus faltas; sus ausencias, sus abandonos; sus perjurios, sus traiciones; sus defectos, sus imperfectos; sus trampas, sus mentiras; sus hipocresías, sus ignorancias. Son esos aspectos inyectados en sus acciones, causantes de mis desgracias, de mis catástrofes, de mis infortunios, de mis adversidades, de mis tristezas; son ellos los que me inculcaron este eterno sufrimiento. Los odiaba, los envidiaba, los deseaba, los desdeñaba y los menospreciaba a todos. Mis pasiones me superaron.

» Largo tiempo caminé temerosa, renqueante, dudosa por esta Senda oscura palpando los alrededores atosigadamente, con el olfato asqueado, el gusto hastiado, el oído ensordecido y la vista obcecada, desesperada, en busca de un resquicio de luz: una rendija, un destello, una estrella; lo que fuera. Nada. Me encontraba completamente sola. Perdí la noción del tiempo, del espacio; de la gravedad, de la realidad y de la verdad y también de mi individualidad.

» De pronto, como en un destello subconsciente que revela la verdad, dejé de angustiarme, de forcejear contra lo inevitable y cooperar con la inevitabilidad de la larga Noche, con lo ineludible del Destino, de este largo Sendero que llamamos vida. Nació así un rescoldo de serenidad en mi interior. Supe entonces que todo aquello que buscaba lo hallaría dentro de mí, que las culpas tenían origen en mí, que la fuente de la Verdad residía en mí y que la Sinfonía del Universo yace en cada uno de nosotros—, camina unos pasos con parsimonia en medio de un solemne silencio, luego continuó:

—Veo en sus miradas cómo esta oscura Noche también los apabulla y les ensombrece la fe, les obnubila la esperanza; percibo en sus expresiones que el amor en la galaxia de nuestros corazones va pereciendo, que tambalea haciéndoles creer que ya no existe nada por lo que valga la pena luchar. Pero quiero que dibujen en su mente la imagen de su ser amado, o que miren a su costado; háganlo —todos obedecemos —. Quiero que se graben profundamente esa imagen, que la acuñen en sus corazones… ahora, hasta que la muerte nos libre, tienen algo por lo que vale la pena luchar.

Mi corazón da un enérgico vuelco. La sensación que surge de mi pecho es indescriptible. En mis ojos Jessica, en mi mente Katla y en mi corazón Tara, las tres musas que me daban valor y razón de sobra para luchar. Con los ojos llorosos nos abrazamos los cuatro.

Jessica

La multitud, azuzada para la batalla, rápidamente se levanta y abandona el sagrado recinto con el tambor retumbando en el fondo.

—Tengo taaaanto miedo —exclama Diego echando sus brazos sobre los de Tara y los de Katla— ¡pero a la vez estoy tan entusiasmado! ¡Es algo que no puedo explicar!

No sabía si sus palabras me alegraban por su coraje o me contagiaban por su miedo. No podía prohibirle ir al campo de batalla, pero prefería que no se presentara y permaneciera guarecido, pues no estaba preparado para enfrentarse al gran caos que se avecinaba: el último demonio que restaba es el infame *Melek Taus*[15].

—¡Venga chicos, las valkirias nos están esperando! —espeta Aria avanzando apresurada por nuestro lado guiñándonos un ojo al pasar. Su característico humor afable había vuelto.

Emergimos a la superficie. El paraje no había cambiado, a excepción de la presencia de una negrura en forma de neblina cuya espesura no era penetrada por la luz del Lotus y que ocupaba la el Valle por completo.

Tal como habíamos pensado, las altisonantes trompetas habían sonado, ante las ruinosas puertas de la Ciudad, el ataque del penúltimo jefe de los infiernos se acercaba.

Tara

—Comenzaba a creer que se habían acobardado, insignificantes humanos, tras el abandono ruin de sus amados guardianes —encaja con ponzoñosa aquel demonio, su voz, ronca, robusta, retumbante y magna calaba los huesos y paralizaba los músculos provocando fútiles escalofríos con su simple presencia—. Creí que su espíritu quebrado había menguado y no quedado más diversión para mí —concluye el poderoso Melek con su animadversiva diatriba.

El demonio, cubierto desde la cabeza, portadora de una ostentosa corona con incrustaciones de perlas, bajo el dosel de una larga túnica color negro cenizo, que montaba sobre un dromedario de aspecto atrabiliario, venía acompañado de un par de príncipes oscuros. A sus espaldas, dos centenares

---

[15] Dios -Demonio mesopotámico de la religión yazidí, cuya traducción literal significa "ángel-pavo real"

de legiones diabólicas y sus respectivos contingentes de nigromantes y sacerdotisas oscuras se mostraban prestos para la batalla.

Diego, ya no desde la azotea, sino encarando la verdad, palidece al verlos.

—Está bien, descuida amor. Todo estará bien —me acerco a él y le susurro al oído.

Los nigromantes tenían temperamento violento con aspecto de hombres aparentemente normales, atractivos, musculosos y elegante garbo. Tatuados en brazos, pecho y cara líneas tribales y símbolos geométricos. Portaban armaduras en chaleco con una, dos o ninguna hombrera que se fusionaba en la parte baja del vientre con un robusto faldón de metálicos empalmes, desde donde exhalaba una espesa sustancia caliginosa entre las ranuras como una cascada que se diseminaba rápida y continuamente impidiendo ver si tenían piernas, lo que hacía parecer que levitaban. Sus antebrazos estaban cubiertos por gruesas muñequeras que expedían la misma sustancia nebulosa. Sus rostros, sombríos y severos, resaltaban con ojos totalmente en blanco y lacónicas sonrisas macabras.

Las sacerdotisas, mujeres de gran belleza y expresión sombría como su contraparte masculina, vestían elegantes, peculiares y largos vestidos entallados en el torso, holgados en brazos y piernas, y portaban espadas cortas y delgadas.

Aria aparece detrás de nosotros y profiere con vehemente alegría en su voz:

—Mis queridos muchachos: ¡La belleza del atardecer no culmina cuando el sol desaparece bajo el horizonte, sino que da paso a la hermosura del anochecer!

Las tropas aliadas toman formación. Encarando a las oscuras huestes, las valkirias aguardan órdenes. Avenidas, puentes, calles principales y toda la ciudad hecha escombros se encuentra ocupada por sus inmensas legiones. Valerosas, poderosas y hermosas mujeres de orejas puntiagudas, portadoras de maravillosas corazas doradas sobre un vestido de cuero negro reforzado sostenido por hombreras de blancos y plateados emplumados. Su falda de cota de malla, al estilo romano, está adornada con tiras del mismo cuero negro reforzado con escamas de plata. Los elegantes brazales y muñequeras de oro y plata les ayudaban a sostener su vistoso escudo, de aspecto templario, de madera de roble con incrustaciones de oro. Grebas llamativas y sandalias ligeras recubrían sus pies. En sus frentes lucen magníficas tiaras cuyo armazón incrustado con relucientes piedras preciosas, gráciles cadenas y finos plumajes de diversos tamaños y colores exaltan sus finos rasgos. Sostenían una larga y robusta lanza con su afilado ápice en ristre, listas para luchar. De ellas emana una mágica aura iridiscente como la estela de un cometa que resplandece una energía ambigua de paz y fuerza. Por la superficie de todo su equipo resplandecen sutiles tallados y labrados de figuras tribales con dibujos rúnicos cuya traducción significaba: Principio y Fin.

Mitra y Hahn se apostan a los costados de Aria, comandante de esta defensa que se advierte mortífera, presumiblemente la última, sin posibilidad de sobrevivir a Melek y sus fuerzas.

Nimune, acompañada por una valkiria, se aproximan, se llevan al acongojado Diego y nos entregan tres de aquellas preciosas armaduras, una para Jessica, una para Katla y una para mí. Vestidas como valerosas valkirias nos sumamos a Aria en el frente de las tropas.

Ambos ejércitos, de infinitos y desconocidos poderes, se encaran con el fin único de aniquilarse. Nuestras fuerzas son inferiores, la extenuación de la guerra ha causado meya y nuestros ánimos se han visto afectados, pero sin nada que perder afrontamos el nuevo reto.

—Da media vuelta, demonio, vuelve por donde viniste y tu vida no verá hoy su final —amenaza Aria sorpresivamente.

El demonio contesta con risa irónica e intermitente:

—¿Mi vida no verá hoy su final, dices? ¿No entiendes, mujer mortal, que yo soy la muerte?

—Aquel que te ha enviado es quien debería enfrentarnos, no tú, lacayo miserable.

—A su tiempo, *Él* vendrá, vencerá y los aniquilará ¿Por qué la prisa por su final conocer?

—No le tememos a él, pues al enviarte y a cinco antes que a ti demuestra que el temeroso en realidad es él; revela así su miedo, su ineptitud. No tememos; ni a ti ni a nadie. Y si lo que buscas es guerra, guerra es lo que tendrás.

Las palabras finales de Aria pronunciadas con profunda saña, son acompañadas por el eco perfecto de la orquestada disciplina de las valkirias que toman posición ofensiva.

Mi corazón agitado, mi respiración entusiasmada y mi alma, eufórica, está ávida por combatir.

—Así sea —gruñe Melek.

Diego

Lágrimas de ira y vergüenza corren por mi rostro.

—Está bien tener miedo chico, es lo que los hace humanos —consuela inútilmente la bella mujer.

—¡Pero, pero así nunca seré capaz de pelear!

—Exactamente. Debes primero comprender que el punto de nuestros miedos no es temerlos, no es rehuirlos, no es siquiera vencerlos, es emplearlos.

Tara

La aterradora trompeta truena desde las abismales penumbras; el extenso y peligroso ejército, apostado ante nosotros, enardece, colérico y violento como una tormenta. Liberan la correa del perro rabioso, que embiste descarriadamente en estampida. El olor, el sonido, la visión y el tacto de la muerte satura mis sentidos; palpita en el aire el final próximo.

Las valkirias, como un llamado a la guerra, tocan su propio cuerno y, con un potente grito de amazonas frenéticas se lanzan con las azuzadas lanzas en ristre dispuestas a matar y morir.

Los frentes de cada línea de batalla, antagónicos y mortíferos, se aproximan. La luz y la oscuridad, frente a frente, entran en contacto y colisionan. Estalla un maremágnum ensordecedor; bramidos y crujidos, aullidos y truenos abarrotan la enzarzada atmósfera, el suelo se cimbra impasible, el tiempo se diluye y las sensaciones se funden entre sí. La negrura dimanada por los nigromantes se mezcla con la resplandeciente aura de las valkirias, el sudor y la sangre corren a raudales, el efluvio de la tormenta arrecia y un impresionante y brutal encuentro renace con consecuencias insospechadas.

Inspirada con un nuevo aire de poder me interno en las filas enemigas embistiendo a cuantas sacerdotisas y nigromantes encuentro en mi camino. Los negros conjuros de las hechiceras herrumbran y desintegran poco a poco el robusto equipo que defiende a nuestras guerreras, dejándolas indefensas ante sus maldiciones. Los nigromantes se camuflan entre sus oscuras nebulosas, se teleportan y se multiplican holográficamente, sus habilidades los vuelve casi inmortales.

Infunden su malévolo toque de muerte a las valkirias desprotegidas con una sustancia que, al contacto con la piel quema y se expande como un ácido, produciendo un terrible dolor con cuya agonía marchitaba la vida lentamente; una vez que el nigromante rozaba la piel, no había manera de eludir a la muerte bajo una desoladora tortura.

Los nigromantes también, con un fino y ávido movimiento de sus brazos, conjuraban esferas etéreas de color negro parduzco portadoras de la misma toxina. Las proyectaban contra los contingentes aliados y tras una súbita implosión se dividía en un centenar de pequeñas ampollas redondas que alzaba un diluvio de muerte que poco a poco desbarataba nuestras armaduras.

Resultaba muy lamentable para el alma cuando alguna valkiria era expoliada de su armadura y era tocada por una de esas ampollas. Si nos encontrábamos con alguna en estas condiciones nos veíamos en la necesidad de matarlas para terminar con su suplicio.

Sin embargo, para nuestra gran fortuna, nada penetraba de golpe el aura que la armadura generaba. Nos protegía incluso de la tóxica atmósfera radiactiva. Nada la perforaba salvo la espada de las sacerdotisas y las herrumbrosas hoces de las oscuras legiones de Melek. El escudo que portábamos protegía de igual forma, con su gran resistencia resultaba excelente para evitar los malévolos ataques de los hechiceros negros a pesar de su eventual desgaste. La maravillosa lanza que las valkirias esgrimían tenían también su mágica función, pues además de atravesar los blindajes de los nigromantes y las sacerdotisas, tenían la capacidad del triskel para transmutar y emplear la energía de diversas formas. Imito a Katla y me hago con una de ellas.

Mitra y Hahn embisten cada uno a los escoltas de Melek y Aria arremete contra el poderoso demonio, ambos ensañados entre sí. La ínclita batalla de aquella trinidad hace hervir el aire inmediato a su entorno. Se despliega sobre ellos una mágica aurora carmesí que dibuja bucles serpenteantes que ascienden rápidamente y al chocar con las ráfagas de aire gélido detona relámpagos bermejos que al instante son empleados por ellos como arma y lo arrojan contra su oponente. Ataques y contrataques, avance y retroceso, su lucha crece.

Katla, de descendencia nórdica, maneja con excelencia un par de lanzas amazónicas. Transmuta una de ellas en una enorme espada de atractivo diseño, de un solo filo como una cimitarra, la otra la arroja en repetidas ocasiones como una lanza que perfora varias sacerdotisas a la vez. Con su sobrenatural intuición y su gran capacidad con el armamento Katla provoca una abominable refriega a sus alrededores; los escurridizos nigromantes rehúyen de ella y las legiones enemigas sufren graves pérdidas.

Jessica, empleando su potencial con la manipulación de los elementos circundantes, enfrenta complicaciones, pues los oscuros sacerdotes se desvanecen mezclándose con los elementos o revirtiendo el ataque en su contra con mayor poder. Luego de repetidas batallas infructuosas decide recurrir, al igual que las demás, al empleo de las armas.

La aguerrida escaramuza continúa por un largo tiempo, quizás un día, quizás un año.

De pronto, en medio del ominoso caos, empieza a caer una prístina lluvia, fina y persistente, que rápidamente inunda el abismal piélago sobre el cual librábamos la guerra, levantando un armónico repiqueteo al chocar sobre las robustas armaduras de nigromantes y valkirias. La llovizna acentúa un sonido trémulo, distante y apabullante. Un tremor impostado cuyas vertiginosas convulsiones palpitan bajo mis pies y cimbran las raíces de las tonsuradas cordilleras es reavivado, allende la espesura de las perennes sombras ocurre lo insospechado. Mi corazón da un vuelco desasosegado: un sonido espeluznante retumba desde los infiernos.

—No... —resuello agitada—¡No puede ser, es muy pronto! ¡Todavía no...!

Ruge el estridor malévolo de un nuevo eco infernal. Ante nosotros, con una súbita aparición, evanece la colosal corpulencia de *Jörmungandr*. La ecuménica serpiente arrasa con infinidad de criaturas, aliadas y enemigas, a su paso, con muros, rescoldos arenosos de las esqueléticas edificaciones y avanza sin contemplaciones hacia el Lotus, que trastabilla y bambolea por el roce de la bestia.

Una docena de montañas allende las tinieblas, sobre las cordilleras, estallan en violentas erupciones que al poco tiempo entintan de ceniza la perenne llovizna y agrava la fuerza del diluvio, que truena con estrépito convirtiéndose en una tormenta eléctrica.

El pernicioso escenario revienta, se convierte en un apabullante pandemónium que subyuga nuestras alborotadas fuerzas por el terror y la confusión socavando lo profundo de nuestro espíritu combativo.

La enorme serpiente, de horripilante, repulsivo y beligerante talante, se convulsiona irascible forcejeando todavía con el severo dios Indra, entablando una animosa contienda cuya energía y ferocidad inconmensurable poco a poco desmedra.

Indra utiliza todas sus fuerzas por mantenerse en pie contra la bestia que por momentos parece dominar. Indra desaparece entre los colmillos de la serpiente y temo lo peor. El reptil pierde fuerzas de pronto, un agudo bramido escapa de sus entrañas y se estremece, entre espasmos renquea y se enrosca sobre si misma y se desvanece sobre un río de lava que la carboniza.

Mi garganta ennudece amedrentada.

Indra, empapado por una viscosa nata traslúcida, con aire alicaído, respiración sofocada y entrecortada por sus propios bufidos, emerge de entre las exangües fauces de la bestia. Camina renqueante nueve macilentos pasos con expresión cáustica, herido por el lancinante veneno que le había insuflado la serpiente: un gigantesco colmillo le atraviesa el pecho. Se quebranta compungido, sus piernas se doblegan y, tras un último suspiró agitado, su vitalidad perece. Entre susurros mortecinos perora sus últimas palabras con un ronco trastabillar:

—Baal... se... aproxima...

17

El Último Capítulo de la Vida: La Muerte

Diego

El lugar entero retumba y se agita en un vigoroso vaivén originado por el impacto de las súbitas erupciones, los calamitosos tamborileos y el maremágnum al que nos sometía el azote próximo del Ultimo Demonio.

Guarecido en el mayor cuartel jamás construido, en la superficie del desértico Valle, cercano al Lotus, contemplo el caos a través del angosto ventanal emplazado a lo largo de uno de los muros.

Me alarma la creciente afluencia de pasos profusos y murmullos azorados que de pronto se escuchan en los pasillos, se cuelan difusos a través de la puerta a mis espaldas. El batiburrillo aumenta, poco a poco, y estalla repentinamente tras un portazo que me asusta y despierta mi curiosidad y mi miedo, acongojado por las tres ninfas guerreras: las Iniefin.

Nimune, con el gesto descompuesto, resopla con angustia:

—No hay tiempo para más explicaciones, debemos salir todos de aquí, ahora mismo.

Con la mirada perdida al horizonte, dirigida hacia el lugar del que provenía el severo tañido, clava una última frase en mis oídos:

—Encuentra tu equilibrio, la armonía contigo mismo es la única manera.

Dicho esto, gira sobre sus talones y abandona el lugar.

Tara

La contienda derrenga abrumadoramente en favor de los nigromantes, en pos de Melek Taus, cuya negra esencia continuaba en cruenta pelea con Aria. La bella mujer no se inmutaba.

«Estamos perdidos» lamento para mis adentros.

Miro a mi alrededor el desolador panorama de muerte y destrucción: valkirias torturadas, descuartizadas y calcinadas en los ríos de lava, desgañitando sus gargantas en desconsolados bramidos, instantes previos a su muerte; sodomizadas, empaladas, crucificadas y sometidas a un sin fin de tormentos sin piedad que apagaban su luz con fúnebre concomitancia. Comenzamos a retroceder.

Mitra vence a uno de los príncipes escoltas de Melek. Hahn continúa en feroz batalla. Jessica y Katla hacen lo propio contra nigromantes y sacerdotisas.

Un armonioso eco, de tono contrastante entre agudos y graves, orquestado a la perfección en ritmo y tono cruza los infinitos cielos, reverbera en cada recoveco de nuestro universo y azora nuestros oídos. Es el preludio.

Llega el momento más esperado, más álgido y temido; avanza con paso templado y al hacer su aparición una cadena de estridentes truenos estalla entre las tinieblas y hace retemblar la tierra. Levanto la mirada y entonces lo veo: es Baal-Marduk, el Gran Demonio, portador del caos y destrucción; hombre de rasgos finos y afeminados, de una hermosura extraordinaria, irradia un exquisito halo luminoso sobre su cabeza ataviado con una portentosa vestimenta sacerdotal de color blanco, negro y dorado.

—¿Alguien aclamó mi presencia? —dice con su reptiliana voz, ronca, gorjeante, rumiante y penetrante, con gesto pedante mirando con petrificante indiferencia a Aria. Casi al instante se fija en Katla, luego en Jessica y finalmente en mí. Siento la potencia de su mirada que intenta perforar mi alma.

La confusión del momento me apabulla. ¿Acaso viene solo? ¿Sin sus legiones, sin escolta?

Marduk, descalzo y en silencio, levita nos centímetros sobre el suelo con expresión surta y fatua y se interna en la caótica batalla. Con movimientos simples, sin embates excesivos ni contacto físico, avanza omnipotente con dirección hacia donde se encuentra Aria. A su paso, como si emitiera una radiación inmensa, desintegra partícula a partícula a las valkirias que se aventuran a encararlo.

Aria está sola. Caigo en la desesperación. Con gran premura me empiezo a abrir camino hacia ella; Jessica y Katla toman la misma determinación y avanzan hacia el mismo destino.

Mitra combate en el otro extremo del Valle. Se encuentra demasiado lejos para ayudarnos. Observo que se acerca al gran cuerpo de la víbora y la acomoda alrededor del Lotus, como una muralla que detiene el rápido avance de la lava, y recupera el cuerpo de Indra. Hahn continúa afanado en aquella enconada batalla personal contra el demonio escolta, cuya fuerza no disminuye.

Pronto Baal se aproxima a la contienda entre Aria y Melek y la interrumpe. Se postra junto a Melek y en medio de relámpagos y ceniza Aria encara ella sola a los dos demonios más temibles.

—¿Me buscabas, hermosa? —la incita Marduk.

Diego

Tirito, dubitativo y profundamente conturbado, pasmado en el pedazo de suelo sobre el que mis pies se apoyaban sin poder moverme. Con el corazón oprimido, los pulmones desesperados y los ojos escocidos por el sudor mi mente trabaja a toda velocidad ¿Qué debía hacer? ¿Qué podía hacer?

Un nuevo portazo agita mis adentros y me devuelve a la inextricable realidad. Un agudo susto me provoca escalofríos.

—Vamos chico, es peligroso quedarse aquí —dice Tom, aquel hombre de cabello bermejo rizado y ojos verdes que nos había recibido en Roma hacía una eternidad. Una punzada inexplicable me alerta, siento como un golpe de alarma intuitiva en las entrañas que me anuncia una extraña sensación de peligro de origen desconocido y causa no aparente, pero muy presente en mi pecho.

Sin pensarlo dos veces lo sigo. Salimos hacia la ciudad. "¿No deberíamos refugiarnos?" le pregunto. Me ignora. Escalamos un edificio en ruinas y bajo su techo permanecemos a cubierto de la lluvia y la ceniza. El Valle, lúgubre y azotado por la desolación, es escenario de la más estrambótica batalla que jamás hubiera imaginado.

Tara

Estoy próxima a llegar, los interminables demonios de Melek entorpecen mi camino.

Una sacerdotisa me ataca y acompañada de un nigromante quiebran mi armadura valkiria. Los constantes embates la habían desmedrado copiosamente y su luz se había perdido en la oscuridad. Desprotegida, acierto un golpe definitivo en mis atacantes que se desvanecen en el aire. En un momento de calma vislumbro una en perfectas condiciones entre los cadáveres de decenas de demonios y brujas, no muy lejos. Un contingente de valkirias se me aproxima y, escoltada por ellas, me equipo con la armadura nueva.

Katla

No hay forma de llegar. Las legiones, el infierno, se arremolinan alrededor de Marduk, que parece dirigir el ejército con indicaciones sagaces de su estrategia silenciosa.

Alterno

Las tropas oscuras forman un amplio círculo alrededor de los grandes demonios que encaran a la grandiosa Aria, quien no palidece, no dubita, y permanece estoica e impasible ante la hegemónica animadversión de su situación. Sus probabilidades son casi nulas;

se esfuman a cada movimiento, con cada segundo que transcurre, aproximándose hacia un destino letal.

—*Finalmente te muestras, cobarde* —ataca Aria a Baal.

—*Palabras inútiles, emociones vanas e intenciones fatuas, mujer. ¿Es que acaso no reconoces a la muerte cuando ésta se postra ante ti?*

—*Lo único que veo es el miedo aglutinándose en tu mirada, fluyendo por tus entrañas. Lo único que has hecho es mandar vanamente a otros para amedrentarnos y debilitarnos, pues conocías bien que en un enfrentamiento directo sucumbirías y tu vil reinado vería su inexorable final. Lo que me provocas no es miedo, sino asco.*

Baal esboza una lacónica sonrisa.

—*Eso está por cambiar.*

Tara

Más y más enemigos se oponen. Es imposible continuar adelante, el peligro crece desmesuradamente. Me decido por avanzar lateralmente hacia Katla. Unidas y al mando de un contingente de valkirias nuestras fuerzas crecen y nos adelantamos hacia Jessica, que en momentos después se unió a nosotras. En una triada espectacular, formidable y poderosa, abrimos paso a través de las líneas enemigas.

Alterno

Melek, decidido a terminar de una vez por todas, se descobija de su larga túnica mortuoria, despliega tres rollizos pares de preciosas alas gigantes como de pavo real. Es un ser de cuerpo desnudo, de robustos rasgos masculinos, piel traslúcida, tez sólida como cristal en la superficie que refulge con brillantes matices negros, grises oscuros y violáceos, pero de aspecto etéreo en el interior, sin cara ni sexo.

Marduk se lanza a la ofensiva. Con un movimiento sutil de su cabeza levanta una avalancha de lava ardiente, con una mano cimbra la tierra tornándola en un truculento mar de arenas movedizas y con la otra arroja una serie de beligerantes rayos que atrae de la tormenta en el cielo. La avalancha de lava cae sobre Aria, las arenas conturban su estabilidad y los rayos azotan con violentos estallidos.

Aria, sin mucho problema, toma control de la lava, la seca rápidamente y la arroja contra las conglomeradas legiones de Melek; levita unos centímetros sobre las arenas para escapar de la trampa y redirecciona uno por uno los enzarzados rayos contra Melek y Marduk, iniciando una turbadora batalla entre los tres poderosos entes.

Melek rodea a la mujer. Forma oscuras esferas luminiscentes que emergen de sus manos y las lanza hacia ella; mientras, Baal levanta una tormenta arenosa para cubrirse, compacta las gotas de lluvia y forma diminutos y afilados carámbanos de hielo con los que bombardea a Aria con furia usando más relámpagos. Ella contraataca. Levanta enormes rocas en las lejanías ungidas con lava, las arroja cual catapultas contra sus contrincantes. Estas piedras, al choque contra las superficies, alimentadas por los gases tóxicos del ambiente, generan chispa y explotan. Su energía flamígera es contenida y concentrada por los combatientes en llamaradas fantasmales que proyectan entre sí; una letal danza de fuego asola el terreno y los alrededores.

Aria, que percibe a la distancia la presencia de Tara, Katla y Jessica que acuden en su ayuda, desvía el diluvio de navajas gélidas y las esferas de Melek, contenedoras de su poder infame y mortífero, con violentas corrientes de aire que las precipitan con feracidad como estrellas fugaces contra sus enemigos y estallan, liberando álgidas ondas expansivas que eliminan a un sinfín de enemigos que vuelan por los aires.

La contienda, insólita y devastadora, restalla con un asombroso despliegue de ataques mordaces de intensidad creciente y desborda los límites de la realidad. Por largo tiempo los tres enemigos emplean los elementos de su entorno y sus magnas capacidades en violentos embates; caos y muerte, destrucción y putrefacción, tangibles en el campo de batalla, anuncian el final de una era.

Diego

—¿Por qué no emplean sus triskels como los gigantescos androides? ¿Por qué sólo usan el camuflaje? —pregunto admirado, todavía conturbado, observando la aguerrida reyerta.

—Porque es absurdo. El androide desgasta muy rápido al usuario y limita enormemente sus capacidades —hace una breve pausa, luego continúa—. Es, por cierto, el camuflaje que todos traemos, incluyéndote, lo que nos mantiene con vida. El aire se ha vuelto una nebulosa mezcla de gases tóxicos. Si perdieras la formación de las placas, si se retrajera el camuflaje de tu triskel, sería cuestión de minutos para que murieras... una lenta y agónica muerte por asfixia.

Alterno

Melek alza vientos torrenciales cuyas ráfagas son rápidamente transformadas en múltiples tornados negros; sus cuerpos resplandecen espectrales iluminados por la luz púrpura de relámpagos que brotan desde dentro a intervalos intermitentes, destellos fugaces que reverberan en el enrarecido firmamento.

Aria lucha con vehemencia y hace grandes sacrificios para mantener el ritmo. La devoran por dentro por los brutales desgastes que la batalla le exige y en sus ojos asoma el desaliento.

Diabólicas carcajadas, infames risotadas de Melek, restallan con sonoro eco entre los ensordecedores vendavales.

Diego

—Si el aire es una nube tóxica de gases ¿cómo es que respiro? —pregunto inhalando una profunda bocanada del agitado viento.

—¡Ah! Tú crees que respiras, pero la realidad es que puede ser que tu cuerpo haya muerto tiempo atrás, pues es un simple amasijo de materia física, tan frágil como que depende ahora del triskel; sólo tu alma y tu espíritu permanecen introyectados, inermes, dentro del camuflaje, que ha dejado de ser una máscara para convertirse en tu verdadero yo.

Alterno

Finalmente, las tres chicas unidas arremeten contra el muro de nigromantes, hechiceras y demonios que protegen a los demonios. Las valkirias soplan su enardecedor cuerno, estallan en atronadores gritos de guerra, enardecidas, y rompen las líneas enemigas.

Con formación en cuña, Katla, Jessica y Tara lideran la punta de la lanza con la que abren paso hacia los perímetros del mortal círculo, escenario donde la gran batalla entre los tres poderosos seres tiene lugar.

Los tornados se vuelven fuego negro. El aire se consume rápidamente en áureos relámpagos que ascienden en zigzag. El arcilloso terreno, lodoso barro ensangrentado, se extingue bajo el subsuelo enmarañado. El diluvio arrecia, las gruesas gotas de agua mutan hacia una violenta granizada.

Diego

—¿Y entonces...? ¿Pero si...? ¡No, es imposible! ¡Es imposible! —exclamo, profundamente conturbado.

—¿Con qué autoridad moral vienes a decirme lo que es o no es posible? ¿Quién eres tú para decirlo? ¿Quién eres tú para saberlo? ¿Quién para confirmarlo o negarlo? No oses negar aquello que ignoras, pues la ausencia de evidencia no constituye evidencia de ausencia[16]

Tara

Las negras legiones se parten por la mitad. Ante nosotros se abre el amplio campo de batalla.

Katla, sin perder un instante, levanta en el aire su lanza y dispara. Su proyectil vuela rauda por los trastornados vientos dibujando una descarriada parábola y rodea uno de los tornados. Parece que se pierde, arrastrada por las caóticas fuerzas de la atmósfera.

---

[16] Konstantín Tsiolkovski

De pronto Aria aparece en la corrompida trayectoria de la lanza. La afilada punta impacta, se encaja profundamente y emite el acuciante crujido de la carne y el hueso rasgados.

Diego

—Nadie —contesto con voz apagada—, no soy nadie. ¿Pero y tú? ¿Quién eres tú?

—Mi identidad es irrelevante. Lo que realmente debería importarte de mí es la misión que me fue encomendada.

Percibo una sutil risa lancinante en su rostro. La alerta en mi interior arde con fuerza. El miedo me invade.

— Cómo, ¿quién eres?... ¿Cuál es esa misión?...

Tara

Los tornados se esfuman en raquíticas volutas. Cercano a nosotros, a un costado del campo, Marduk flota con aire beligerante y mirada confusa, súbitamente expectante. Del otro lado, Aria se encuentra suspendida sobre las arenas que Jessica controla y calma mientras Katla y yo nos encaminamos hacia ella, a campo traviesa, por la zona minada.

El vigor de la lucha amaina, la energía de Melek, que había caído en las arenas y engullen parte de su cuerpo, pierde vigor. Su cuerpo está quebrado; la lanza lo atraviesa de parte a parte, le había arrancado un ala y había quedado incrustada entre un par de sus magníficos plumajes multicolor. Una más de sus alas había sido devorada por la tierra movediza. Su brazo izquierdo y sus dos piernas se encuentran sepultados en el calmo terreno; encadenado y malherido habíamos logrado inmovilizarlo.

Aria había dado un inesperado movimiento audaz justo antes de ser impactada por la lanza y la había desviado hacia el demonio que se hallaba cerca. Melek, desprevenido y sorprendido, había sido alcanzado por el poderoso proyectil. Había caído y Jessica se había encargado de someterlo.

Aria se aproxima a Melek. Sujeta su cabeza con ambas manos, firme y sutil, pero resuelta. Él emite un cáustico rugido indiferente; agita escandalosamente el par de alas que permanecen libres sobre la superficie.

—Debiste irte cuando tuviste oportunidad —sentencia Aria.

—Deberían ustedes rendirse en su infame esperanza, si es que aún la tienen… ahora que todavía tienen oportunidad…

Su rostro estalla en estentóreas risotadas ascendentes. El abominable crepitar de su cráneo descuartizado a manos de Aria contrasta con el sonido fantasmagórico de sus carcajadas que perforan la atmósfera como abismales ecos del inframundo reverberando a lo largo del Valle.

Diego

—No me siento bien. Estoy, estoy muy… estoy muy cansado —resuello embargado por un vértigo que me provoca náuseas, sofocado por el nudo en mi garganta.

—Aguanta un poco más muchacho —dice con indiferencia—. Esto está por terminar. Mira allá. —indica señalando el lánguido campo de batalla, donde Aria parte por la mitad a Melek, que exhala su último respiro con el sonoro eco de su risa putrefacta.

—¿Por qué no entramos al Lotus? —pregunto apesadumbrado. La fortaleza flotante me hacía sentir seguro.

—Porque pronto caerá —responde con orgullo y anhelo en su voz.

Un instante después, la victoria momentánea trasmuta hacia un pernicioso destino.

Tara

Tras la muerte de Melek, su cuerpo físico se desvanece con la lluvia y el viento. Giramos y miramos en torno al extremo opuesto. Mi corazón da un vuelco: Jessica forcejea, capturada entre los brazos de Marduk.

—Ustedes, necias, cuándo comprenderán que no son más que un simple instrumento, una vil moneda de intercambio, nada más que un simple peldaño, únicamente un imbécil bastón sobre el que nos apoyamos mientras nos sirven para después desecharlas. Ustedes son burda y nimia obstrucción para nosotros; una carga con la que nos vemos obligados a lidiar —profiere Marduk con desdén, clavando sus pupilas demoniacas en los claros ojos de Jessica sometida por su captor, incapaz de liberarse; Baal la estruja con fuerza y ella gime adolorida.

—Hablas como un hombre al que su autoestima le ha abandonado y su ego traicionado, buscando desesperadamente hacerse el macho para subsanar su inevitable autodesprecio que proyecta hacia las mujeres que... ¡AAAHHHHH! ¡AAHHHH!...

Marduk oprime sus tenazas rodeando la cintura de Jessica, que grita entre espasmos desgarradores, convulsionándose en un vano intento por salvarse.

La fuerza que Marduk inyecta sobre el cuerpo de Jessica provoca estentóreos chasquidos de músculos y huesos que forcejean por no quebrantarse. Nos apresuramos en su ayuda. Alrededor nigromantes, sacerdotisas, demonios y valkirias continuaban en encarnizada batalla.

La angustia me agobia. La distancia parece infinita. Resiento la anticipada pérdida de un miembro más; furiosa e impotente, en mis ojos asoman lágrimas perladas. La imagen de Jessica sufriendo me causa una profunda tristeza, sus gritos devastan mi alma y empiezo a llorar. Ella empieza a perder fuerza, incapaz de respirar.

De pronto, un súbito cambio, tan inesperado como la captura de Jessica, transforma la situación y el panorama se modifica.

Alterno

Retumba en lo alto del Lotus el carillón de las campanas. Una fe renovada cala en el espíritu de todo ser vivo y alimenta sus fuerzas. Las nubes, hechas un mar de fuego en el firmamento, se parten a la mitad atravesadas por un potente rayo de luz que enciende los corazones de los combatientes: Enki, Inanna y los demás volvían a la Tierra.

—Se terminó el juego —gruñe Marduk con fingida sonrisa. Un movimiento, una contracción. Sus músculos aplastan el cuerpo de la chica.

Jessica, incapaz de resistir, jadea vencida. El profuso eco de su columna pulverizándose en mil pedazos perfora la luz penumbrosa de la atmósfera. Las placas en sus sienes tiritan, aparecen y desaparecen descarriadas. Sus labios morados, callan, sus ojos cristalizados, se apagan y su aliento y brío apocados, se esfuman con una última exhalación de su espíritu.

18

El Emerger del Caos

Alterno

El inevitable golpe de la realidad, como una chispa que rompe el mundo en pedazos y abre paso a una verdad deforme, destruye a Diego. Se desmorona. Estrangulado por el espeluznante alarido de Jessica, que poco después se apaga dejando atrás tan sólo el impetuoso crepitar de su columna partida en pedazos, hunde al muchacho en un profundo pesar.

Con el corazón partido, ojos vidriosos con lágrimas anegando y ofuscando su visión, con frente, nuca y cuello bañados en sudor, un escozor en su interior le punza y lo apremia a movilizarse, a reaccionar en ayuda de su amiga que yace inmóvil entre las garras de Baal-Marduk; quien de pronto es alcanzado por un nuevo lanzamiento de Katla. Acierta, hiere su brazo y el cuerpo de Jessica cae a un costado.

Inevitablemente, una repentina sensación amarga evoca en la mente de Diego el recuerdo de la noche en que él había pensado propinarle aquel mismo daño a Jessica mientras el poder de Anat influía en su voluntad. La culpa, el miedo y la ira incandescentes bullen desde lo más profundo de sus entrañas. Sus lágrimas se tornan oscuras, el odio asoma a su gesto que se descompone tenebrosamente y sus puños crujen dominados por la furia vertiginosa que asciende por su cuerpo y nubla su mente; pierde el juicio, el control, la cordura, desaparecen.

—Eso es chico, eso es. Déjate llevar. Siente el dolor, deja que te domine un poco más antes de que te pierdas por completo. ¿Sabes por qué cala tan profundo?

»Hay cosas que deberías saber. Esos artefactos que conoces como triskels fueron creados a partir de un mismo núcleo. Si uno de ellos muere por alguna razón, el resto de los triskels lo percibe y transmite al ser humano una sensación vívida del vacío por la ruptura del vínculo. Tal y como sientes ahora la pérdida de tu amiga.

Marduk, abrumado, se escabulle raudo hacia los bordes de la penumbra dejando el cuerpo de Jessica en pleno terreno de batalla. Desaparece en medio de la oscuridad. Una imponente cortina negra, tan espesa que ningún ojo lograba ver más allá de su umbral.

Una cadena de relámpagos ilumina entonces el interior con intermitencia, descubriendo a través de repentinos destellos el mal que se avecina.

La aterradora trompeta retumba una vez más desde las tinieblas; llama una vez más al resurgimiento de las sombras. Allende el horizonte un contingente se aproxima; aparecen los últimos adláteres de Baal-Marduk; Anat encabeza la lista del batallón que conforma la última oleada, el total de las tropas que le restaban al Gran Demonio.

Legiones inmensas de soldados infernales se extienden como un manto sobre la tierra. A la retaguardia de la infantería se destaca una columna de doscientos mil jinetes. Sus corazas de fuego saturan la atmósfera con un olor a azufre proveniente del humo que transpiran las cabezas esqueléticas de los caballos.

Con ira renovada reaparece Belial, montado sobre el gigantesco lobo Fenrir. A su lado marcha Behemoth, un esperpento ser de torvo y atrabiliario aspecto quimérico con cuerpo colosal cuya fantasmagórica mezcla de toro, león y cabra cimbraba el suelo cenizo con cada golpe de sus patas mastodónticas. Entre las largas filas de infantería, adustos y poderosos minotauros, fuertemente equipados y armados, exhalan un negro vapor, ávidos por comenzar la batalla.

A un costado de Anat, resurge un viejo integrante de los Iniefin: Andrés; junto a las huestes infernales, como un poderoso guerrero, marcha con expresión decidida a acabar con sus antiguos amigos.

Por último, en los oscuros cielos, un entramado de alas, colas y reptilianos cuerpos alados aviene como un numeroso enjambre. Míticos dragones de gran corpulencia, emitiendo severos bramidos, se apersonan en el momento decisivo. Sus sobresalientes escamas negruzcas destellan con la luz relampagueante, una mezcla de negras y rojizas refulgencias iluminan sus radiantes ojos como rubís. Una tóxica estela dimana desde sus patas delanteras, traseras y místicas cabezas que destilan una flamígera sustancia bermeja.

Marduk encabeza el ejército, escoltado por un contingente de demonios de su alta corte.

Le hacen frente con torvo ímpetu y fortaleza Enki, Inanna, Dione y Dagan, respaldados por una legión de An, por Aria, Tara y Katla.

Desde el Lotus, a través de enormes compuertas en la base del edificio, se elevan mágicos seres ígneos de plumas plateadas, azuladas y violáceas que llamean en perfecta armonía. Estas aves abstractas, poseedoras de una maravillosa aura celestial de paz y magno poder, inundan el firmamento con su silbido estentóreo. Son los fénix que con gran alborozo baten sus alas sobre el terreno e iluminan las sombras.

El entorno muta de pronto; un gigantesco haz de luz que, por primera vez en días, o quizá años, se abre paso a través de las nubes tormentosas y acaricia la superficie de la Tierra con un calor suave, *como un incentivo de fe para los últimos supervivientes a la gran catástrofe. La luz hace frente a la oscuridad. Por un momento eterno de armonía y silencio la guerra da tregua y permite un breve respiro que presagia el desastre, el final calamitoso que se acerca.*

Enki susurra palabras inteligibles. Con una mezcla de terror y alegría en sus labios se lee: ¡"Ha comenzado!".

Se detona la batalla.

Diego pierde de vista el cuerpo de Jessica en medio de la cruda escaramuza en el accidentado terreno entre ambos ejércitos, donde nigromantes y sacerdotisas reanudan la lucha con vivaz animadversión contra las valkirias. Éstas se alzan con notoriedad hacia su triunfo sobre sus etéricos y oscuros enemigos.

Las líneas enemigas arremeten contra los An al toque de tambores que resuena en el aire. El ejército de Enki responde con un enérgico grito de guerra. Behemoth y Belial atacan, Fenrir aúlla, los minotauros avanzan en estampida, los dragones, escupiendo ráfagas de fuego, chocan con el fiero poder de los fénix que aletean con vigor.

Baal-Marduk, fiero y torvo, se postra ante Enki e Inanna; los tres seres, con una arcaica historia de animadversión, finalmente se encaran en un nuevo punto en el que sus fuerzas se desafían con abominables consecuencias.

El apocalíptico final está dispuesto, el espeluznante escenario donde ambas potencias se desenmascaran, donde el incontenible poder entre dualidades ruge por manifestarse con una fulminante colisión entre titánicas energías de proporciones incalculables; su abyecto desenlace se impone ineluctable y aterrador.

Diego

Tom, aquel científico brillante, hombre que había sido de la confianza de La Orden y se había colocado al centro del desarrollo de los triskels para después traicionarnos a todos, continuaba con su sermón:

—El manejo de estas "máquinas" no consta del intelecto, no implica al razonamiento ni al sentimiento. No son controladas por la mente humana. Son regidas por el ingobernable universo de la intuición divina dentro de ti que emana desde tus más recónditas profundidades.

Así lo percibía. Mi interior enardecido refulge con encono la impresión ingobernable que menciona Tom y se manifiesta en la forma de una fuerte sensación, tan insondable que se torna extracorpórea. No hay forma de detenerla. Nace, surge, invade y conquista cada centímetro de mi ser con un rozagante poder, una energía de proporciones universales que acalla toda duda; siento una majestuosa fuerza que retuerce mis realidades vanas.

—¡Enloquece, entusiásmate y apasiónate! ¡ "Hay cosas que deben hacerte perder la razón, o entonces es que no tenéis ninguna razón que perder"! [17] ¡Pierde la cabeza! En la vida no existe una técnica que indique cómo ésta debe ser vivida. Deja de perseguir ilusorios ideales. ¡El caos es el único orden existente!

» Deja que tu ira y tu miedo fluyan. Respíralos, dales la bienvenida, siéntelos y canalízalos hacia un provechoso cause de energía. ¡Es pura! ¡Es poderosa! ¡No niegues tu propio poder! ¡No te niegues a ti mismo! ¡Tómalo, enfócalo, explótalo!

---

[17] Lessing

Alterno

Finalmente detona el Inicio del Fin.

Baal ataca a Inanna; Anat marcha contra Enki; Andrés y Tara se enfrentan; Belial irascible embiste a Katla; el Behemot avanza hacia Aria y Dione; Dagan y Mitra, quien se une al contingente luego de acordonar al Lotus con el cuerpo de la gran serpiente, arremeten contra el séquito de Baal. Las valkirias se reagrupan, atacan con su interminable ímpetu y poder a los infernales jinetes y abominables minotauros; todo bajo la lluvia de fuego que se precipita por la batalla entre dragones y fénix que se funde con el agua helada del pedrisco que arrecia nuevamente.

La mística batalla entre el hielo y el fuego atiza el caótico campo de batalla con ventarrones torrenciales, que se ve coronada por el nacimiento de una serie de preciosos arcoíris que atraviesan el desconcertante firmamento: la triturada Naturaleza, exhalando un final respiro, regalaba un último y maravilloso paisaje a sus verdugos. Ambos bandos, enzarzados en una explosiva y cruenta reyerta de magnas proporciones, encaran con animadversión sus destinos, pulverizando con saña la atmósfera tóxica y acaban lentamente con los rescoldos de la Vida que cruje y chasquea amargamente en un acongojado mar que alza y alimenta un lacrimae rerum[18]*.*

La Batalla entre Dioses había comenzado.

---

[18] "Las lágrimas de las cosas". Frase que se deriva del libro I, línea 462 de la *Eneida*, escrito por el poeta romano <u>Virgilio</u> (Publio Vergilius Maro) (70-19 AC)

Diego

Y finalmente estalla. Con nada más que el rugido de mi corazón palpitando en mi cabeza, mi triskel súbitamente trasmuta: surge, crece y da forma a un enorme jaguar.

Con la furia felina corriendo por mis venas y una tormentosa pasión alimentando mis fuerzas me dirijo hacia Marduk. Atravieso la ciudad dando inconscientes y diligentes saltos. Llego a la periferia del terreno accidentado donde la gran guerra tiene lugar y me interno en la mística batalla. Mis sentidos perciben el violento golpe de la muerte que se alza por doquier. El aura bélica me infunde un mayor ímpetu y a lo largo de mi camino embisto con desdén a nigromantes, minotauros, jinetes y sacerdotisas que se me atraviesan. Ninguna fuerza terrenal me podía detener; mi decisión y enfoque concretan mi objetivo y rápidamente llego a donde el resto de nosotros se encontraba.

Tara

—¡¿Vamos princesa esto es todo lo que tienes?! ¡Me decepcionas!

Andrés ataca con ataques fuertes, pero con un claro control en la energía que imprimía. Sus mayores capacidades estaban aún escondidas. Fanfarronea. Mido sus capacidades con cautela mediante embates mesurados y cortos, manteniendo la distancia, pues no es posible saber la magnitud del poder que extrae de su lado oscuro, de su sombra. Y temo cuánto habrá aprendido de Baal.

—¿Por qué? —pregunto en medio del combate—¿Por qué haces esto? ¡Eras uno de nosotros!... ¡Aún eres uno de los nuestros!

—¡Error! Nunca fui uno de ustedes. Me tenían como su mascota, era su burla, su vía de escape. Siempre viví a la sombra de Diego, de sus sobras. Me daban oportunidad sólo cuando él las desechaba. ¡Pero ya no más! —exclama lanzando un tórrido golpe que apenas logro desviar. Su fuerza empezaba a aflorar.

—¿De qué hablas? —pregunto—. Nosotros te amábamos como a un hermano. ¡Éramos una familia!

—Una familia en donde yo era su perro. No, princesa, así no funciona. Yo te deseaba, siempre te deseé y tú lo sabías. Pero tus ojos fueron siempre para Diego. Te abrí mi corazón, te entregué mi alma... pero una y otra vez lo elegiste a él —hace una corta pausa y desvía la mirada—. Y hablando del rey de Roma, aquí viene él...

Katla

Desesperada intento hacerme con el cuerpo de Jessica. Algo en mi interior me impulsa a recuperarlo.

El ejército oscuro de pronto retrocede y modifica su estrategia, ya no avanzan hacia el Lotus. Empujan sus líneas hacia un costado, hacia los alrededores de donde se encuentra el cuerpo de Jessica. Su ofensiva confronta a nuestra defensiva. Se forma un perímetro entre los An de Enki que cubren la zona y los An caídos de Marduk que intentan penetrar. No hay forma de detectar dónde está Jessica. La guerra toma un nuevo revuelo, el ruido, la destrucción y la muerte se acentúan y concentran. No hay duda, Jessica tiene algo que Marduk quiere; pues ella, muy cercana a Enki, había elaborado planes que mantenía en secreto. Su cuerpo debía ser una clave, Marduk y Anat se expresan con intenciones de llegar a ella. Enki e Innana bloquean su paso.

No hay visibilidad, peleo con todas mis fuerzas. Agitada mi respiración expide volutas de vapor que se elevan y disuelven en el gélido viento. Elimino a un minotauro que cae con un golpe seco sobre los cadáveres de aliados y enemigos que alfombran el piso y tras él se apersona Belial. Desenvaina un par de majestuosas espadas, desciende de Fenrir y ambos me atacan.

A un costado, de pronto, Diego se interna en el campo de batalla con fúrico gesto en sus felinos ojos. Azorado, entre ágiles saltos y zarpazos mortales, elimina los obstáculos en su camino y se acerca con paso decidido hacia Baal-Marduk.

—¡Vayan por él, por él! ¡Deténganlo! —ordena Aria.

Marduk, quien se da cuenta de inmediato de la amenaza, no se siente amenazado. Gira con un gesto contrastante. Sonríe. Lo espera con ansias. Algo trama.

Las valkirias y algunos An se lanzan sobre el enorme cuerpo del jaguar e intentan detenerlo.

Tara

Sin pensarlo dos veces, interrumpo la lucha con Andrés y me dirijo hacia Diego mientras lo llamo por su nombre. Mi contrincante a su vez me persigue entre ataques y pullas.

Dione, Mitra, Dagan y Enki confluyen hacia donde Innana afronta a Marduk. Ella, enzarzada y prevenida del avenimiento de Diego que cada vez está más cerca, ataca con mayor fiereza para mantener ocupado a Marduk y darnos tiempo para detenerlo.

Anat, Behemoth, Belial y el resto de los filiales a Marduk, hacen lo propio y avanzan con dirección hacia su líder, se reagrupan y el combate se torna un delirio onírico, bestial, que explota el máximo de nuestras capacidades.

Los batallones confluyen y la lucha se complica sobre el accidentado terreno, donde muertos y heridos se acumulan, escombros y lodo se mezclan y fuego y lluvia se precipita sobre el ascendente fragor del terrorífico choque entre dioses.

Katla

Belial se distrae. Es mi oportunidad. Miro hacia el sitio donde el cuerpo de Jessica se encontraba hacía unos momentos.

Mi corazón da un vuelco. Mi padre se halla en el lugar. Niega con la cabeza.

—Se ha ido —aclara.

—¿Se la llevaron? ¿Ellos la tienen? —pregunto sumamente inquieta.

—No lo sé —contesta, adentrándose nuevamente en el combate.

—¿Alguien tiene visibilidad de Jessica? Responda ahora —lanzo la pregunta al aire. No obtengo respuesta.

—Quizá ellos la tengan ya —contesta Dagan con indiferencia.

—¿Por qué su importancia? —pregunta Tara.

Quizás por ignorancia, quizás por indolencia, aviene un silencio que finalmente Inanna rompe:

—Porque ella era la portadora tanto sus placas como de las de Lilith.

—¿Y eso qué importancia tiene? —indaga Tara, acercándose a Diego convertida en leona.

Diego seguía sin responder a ninguno de nuestros llamados. Se encuentra peligrosamente cerca de Marduk y ese sería seguramente su final.

—¡La encontré! —grita Dione súbitamente.

Alterno

Nada podía detener a Diego. Tan sólo unos cientos de metros lo separan de su encuentro con Marduk. Él lo mira, amenazante y con un sorpresivo golpe que impacta de lleno a Inanna cesa su combate. Gira sobre sí. Esboza una lacónica sonrisa y el suelo comienza a retumbar, a cimbrarse desde la profundidad de sus arcanos cimientos. Desde el núcleo de la Tierra algo se aproxima hacia la superficie.

Diego continua su avance. Tara está próxima a darle alcance.

De pronto Diego vacila, su velocidad mengua y rápidamente se enlentece. El gran jaguar se detiene, se repliega el triskel y Diego queda indefenso en medio de la cruenta batalla. La crueldad de la guerra, el clamor de los ejércitos que lo rodean y la fuerza del entorno golpeando con violencia sus sentidos apabullan al joven que se aterrorizado se viene abajo. Jinetes, nigromantes y dragones lanzan fugaces ataques a su alrededor que rozan su cuerpo y la cercanía de la muerte lo dobla, el miedo lo paraliza; no puede hacer más que mirar a los valerosos An y valkirias que lo protegen como a un hermano, desviando e interceptando los mortales embates.

Apenas a unos metros por encima de él Innana se recobra y reinicia su combate con Marduk, Diego, sobre sus rodillas con las manos tensadas sobre sus oídos, siente en sus huesos la vibración creciente de la superficie terrestre, que momentos después se parte en mil pedazos tras una poderosa explosión que reverbera en los recovecos más oscuros del planeta.

El ruido retumba en los oídos de Tara y Katla que, apesadumbradas, temen lo peor.

A la detonación la acompañan las ecuménicas fauces de un mítico ser: Tifón. Un ser con torso como de hombre, de tres cabezas, cuatro patas traseras y dos delanteras de características reptilianas, con enormes cuernos, numerosas alas y resplandecientes escamas doradas que recubren todo su cuerpo. Restalla en la atmósfera su sonoro aullido, poderoso, diabólico, demencial, aterrador.

Tara se detiene en seco ante el surgimiento de aquella criatura, apenas esquivando el impacto y se lamenta entre sollozos. Los ojos de Katla son arrasados por lágrimas de frustración e impotencia: entre las fauces de Tifón ha desaparecido el diminuto cuerpo de Diego, y con él, la energía de su triskel se disipa en el vacío.

19

La Caída

Alterno

La brutalidad de la batalla amaina bajo el repentino clamor de un final inesperado. Tras el surgimiento del abominable dragón dorado, infinidad de tropas son engullidas por la gran bestia o por el abismo que deja Tifón en la tierra mientras se eleva hacia los cielos, y las fuerzas de ambos bandos aminora considerablemente.

La caída de Diego apaga el tesón de muchos de los combatientes defensores.

Katla es quien más sufre. Hahn se había perdido en el abismo y perecido a manos de Tifón. A Katla, turbada por el dolor en su pecho que se extiende con un ruidoso gimoteo, la mente le estalla como un volcán, volatiliza su espíritu que se quiebra en dos, cae al suelo, su cuerpo entero tiembla incontrolable y una locura inconmensurable se apodera de ella; un ardor tan inmenso que le opaca el sentido de existencia y la torna súbitamente en un ser delirante que respira, pero no da señales de vida. Sus ojos pierden brillo, se ofuscan y se pierden tras una blanca cortina y su energía, alimentada por el instinto, que apenas es suficiente para mantener su corazón latiendo. Siente que en su interior su alma deserta y desea estar muerta.

Tara está pasmada, bruscamente apocada. Sus rodillas se doblan y apenas resiste. Sus ojos se anegan en lágrimas a través de las cuales observa emborronado al gran dragón alzándose como en cámara lenta.

Marduk se refocila, ríe a carcajadas que retumban con vigor en los oídos de sus desquebrajados enemigos.

Dagan acude al lugar donde Katla se desploma, carga su cuerpo inerte y se aleja con ella en brazos poniéndola fuera de peligro en algún lugar dentro de Keor.

No hay nada más que hacer.

Tifón, agitando sus monstruosas alas, hace un giro y vuela con dirección al grandioso Lotus. Lo embiste. El impacto del dragón alza un ensordecedor chirrido que anuncia el final del Lotus. Su luz titila, de su interior emergen centenares de explosiones mientras ruge por el daño que la fuerza de Tifón le imprime; tambalea el gigantesco edificio y sus magnéticos cimientos comienzan la ardua tarea de estabilizarlo, sin éxito. Justo antes de que toque el suelo, Tifón lo libera y levanta un nuevo vuelo, veloz y escandaloso, hacia los cielos ennegrecidos, desapareciendo entre las nubes relampagueantes.

El edificio se contrabalancea y parece lograr mantenerse en pie. La magnífica obra de arquitectura ha perdido su brillo y se ha tornado una columna de fuego que se cae a pedazos, infestada por las explosiones que alimentan las llamas.

La batalla continua. Tara, con mirada gacha, siente desde lo más profundo de su ser la ira que largo tiempo ha buscado dominar y encausar. Su interior vibra y su gesto se descompone. La amarga sed de venganza asciende por su espalda, se mezcla con la furia y juntas provocan un estampido en lo alto de su mente. Alza la mirada. Se pone de pie con parsimonia en medio de la batalla, que ha retomado su cruento ritmo. Tara camina con mirada torva, fija en Marduk.

Una poderosa aura flamígera es generada por su triskel y la recubre como un escudo etéreo. Su mente se pierde en un estado neutro de contemplación y su espíritu, su energía pura, toma el control para explotar el máximo de las facultades de Tara. Andrés desaparece.

Dragones escupen fuego sobre ella, minotauros la embisten, demonios la asaltan. Con increíble facilidad ella agolpa la energía embebida en los ataques tornándola materia ígnea a su alrededor que despide con potentes explosiones como latidos concomitantes y displicentes que calcinan todo a su alrededor.

Innumerables hostiles se interponen en su camino en un intento fútil por detenerla. Las huestes oscuras vuelan proyectados como bruscas olas de muerte. Con saña Tara descompone los elementos de sus cuerpos y los petrifica hasta formar esferas de metal compacto. Como electrones alrededor del núcleo atómico, las esferas flotan dibujando elipses alrededor de la chica. Cual fulminantes perdigones los dispara hacia quienes osan acercarse, silban en el aire como un enjambre que acaba con las tropas enemigas que se agolpan.

Belial aparece y le planta batalla. Sin dejar de caminar, Tara desvía con divina diligencia los embates del demonio que rápidamente es subyugado por el inconmensurable poder de Tara. Sujeta entre sus manos sus alas y las arranca con un súbito jalón. Belial despotrica mientras un negro líquido mana de sus profundas heridas. Tara lo mira, un instante, balbucea unas palabras ininteligibles y con un firme zarpazo decapita al demonio de la corrupción, arrojando el cuerpo a un costado.

Marduk, apercibido, cada vez más violento, monta en cólera y ordena la ofensiva. Una serie de los más poderosos adláteres de Marduk presentan batalla a la hermosa princesa. Tara azota con inclemencia a minotauros y dragones cuyos números empiezan a verse mermados y a los últimos nigromantes. Los demonios de Marduk pierden posición y su avance se ve interrumpido.

El miedo en Marduk asoma en su gesto y se acrecienta. Las líneas enemigas parecen perder ímpetu y retroceden. Marduk, sin poder librarse de su combate, es alcanzado por Inanna, magnífico ser encarnado en el bellísimo cuerpo de una joven mujer que combate con la fiereza de una guerrera amazona y cuyos mágicos y sensuales movimientos inspiran a sus ejércitos a contraatacar. Busca a toda costa aprisionar a su enemigo que retrocede luego del súbito golpe de ansiedad que se apodera de él. De pronto un oponente distinto encara a Inanna: Anat.

Anat da tiempo a Marduk de recomponerse para enfrentar a uno de sus mayores temores: Tara.

Enki, quien había sostenido una calamitosa batalla contra Anat hasta entonces, había partido en busca de Tifón, temiendo que su ausencia representara un peligro mayor.

La lluvia ceniza, negra y turbia; el fango, escabroso y ensangrentado; el aire, ruin y maltrecho; las tropas, osadas y temerarias, se aglutinan y elevan un maremágnum inquietante que como una orquesta diabólica saturan los sentidos y al alma, los enzarza e inspira, despierta en ellos un sentimiento extraño y terrible de un futuro aciago que se aproxima.

Con el avenimiento inesperado de un aullido proveniente de las profundidades del firmamento, el cielo se parte en dos. Tifón regresa y, atravesando las nubes cobrizas, cae en picada sobre el Lotus. Dagan y Enki forcejean con la gran bestia en un vano intento por contenerlo.

El colosal impacto sobre la estructura del Lotus es letal. Su luminosidad se apaga por completo y su arquitectura se vence de inmediato. La magnífica obra arquitectónica, el majestuoso Lotus, toca tierra, cae sobre la pequeña isla de Avalon, que es destrozada y desaparece en las profundidades. El eco del metal quebrándose contra la roca perfora la atmósfera con un potente estrépito que recorre el valle con ferocidad apabullante; en tan sólo un instante la oscuridad desbocada se encrespa, asciende y domina a la luz con afanosa *indiferencia. La noche es total, la confusión preponderante siembra el temor de las tinieblas en los corazones de quienes presencian el final.*

Tara se distrae. Mira atrás y vislumbra la caída del magno edificio. Maltrecho se sume prontamente, perfora la tierra como un gran taladro y segundos después, la estructura, los dos dioses y el gran dragón desaparecen en las profundidades. Keor corría grave peligro.

Diego

Abro los ojos. Estoy tendido en una cueva, en el centro del ábside que se alza sobre mí con la rectitud perfecta de una plomada. Con un rápido vistazo a mis alrededores pronto reconozco el lugar. Es la catedral subterránea donde se había cremado a Víctor.

—Estás a salvo, por ahora —asevera Dione.

—¿Qué pasó? ¿Cómo es que…? —pregunto, pero me interrumpe una suave voz.

—Nosotras te salvamos —contesta Jessica.

Con el corazón agitado y la garganta hecha un nudo me levanto como un resorte con la energía de una profunda alegría fluyendo por mis venas. Me abalanzo sobre ella y la abrazo. La emoción es incontenible y me saltan lágrimas en los ojos.

—Quería despedirme de ti, Diego. Quería decirte que nunca estarás solo. Quería que supieras que siempre te amé y que siempre te amaré.

»Ahora nos despedimos. Las cosas deben seguir su curso. No resta mas que el inusual recuerdo que provoca en el alma la sensación de una pasión que se quiebra, la pena de una vida que se termina, el sinsabor del arrepentimiento por las decisiones que no se llevaron a cabo y la aflicción de ver irremediablemente a un ser querido que se aleja más allá de un horizonte insondable, del que no hay retorno. Queda tan sólo el vacío, la incertidumbre y, en última instancia, el olvido.

Jessica corresponde el abrazo. Un abrazo real, un abrazo simbólico que refleja el cariño incoercible e inmarcesible que nace de la raíz más sublime en el corazón de una mujer que lo entrega todo.

Se acerca más y me da un beso suave e idílico en los labios. Instantes después se separa; el candor de su esencia me abandona y estallo en un llanto incontenible cuyas lágrimas brotan como una cascada alborotada.

—¡Lo siento tanto Jess! ¡De verdad lo siento tanto!… Si te hubiéramos hecho caso, si tan sólo te hubiéramos hecho caso desde el principio… si le hubiéramos dado a Víctor la pirámide, nada de esto hubiera pasado. Debí confiar en ti, debía escucharte, aceptar y confiar en tu intuición. Lo siento, lo siento tanto, perdóname, perdóname por favor. Por favor no me dejes —caigo de rodillas sujetado de sus caderas sollozando como un niño, quebrado por la culpa y el dolor.

—Está bien Digo, mi amigo, mi amado. Ahora mi intuición me dice que éste es el final… —su voz se ve interrumpida de repente; su imagen poco a poco, como humo fino, se desvanece en el aire. Mis lágrimas inundan mis mejillas, hasta mi cuello, y gimoteo con espasmos bruscos.

—Ten fe en ti mismo —dice, regalándome una última sonrisa. Estas son sus últimas palabras antes de que desaparezca por completo.

—Mira allá —ordena Dione instantes después.

No muy lejos de nosotros, sobre el altar, yace un nuevo ataúd. Sencillo, improvisado, armado con tablillas de madera unidas con clavos al estilo de la vieja usanza. Profundamente atemorizado me aproximo y echo un vistazo: el cuerpo que yace dentro está cubierto por un sudario blanco.

Dione se aproxima, colocando su mano en la espalda. Me resulta imposible dejar de llorar.

—Estarás bien, Diego — y con un empujón mete el humilde ataúd en el horno.

La madera cruje y despide gruesas columnas de fuego, consumiendo el cadáver que poco tiempo después es convertido en cenizas.

Alterno

Marduk aprovecha la distracción y ataca a Tara por la espalda.

Con la esperanza rota, el alma despedazada y la guardia baja, Tara, que ha perdido la concentración, no percibe al demonio que se acerca en un abrir y cerrar de ojos. Cae en manos de Baal- Marduk quien con la velocidad de una serpiente lleva sus manos a las sienes de Tara y la despoja de sus placas. Indefensa, la tira con desdén al lodoso suelo, completamente desnuda.

—¿Por qué no me matas ya, ahora que puedes? ¿No es eso lo que querías? ¿Verme muerta? ¿Es que acaso tu miedo te impide hacer lo que debes hacer en el momento decisivo? —lo reta la chica, jadeando, adaptándose a la escabrosa atmósfera cuyo aire impuro penetraba sus pulmones y comienza a intoxicarla.

—Ya estás muerta —contesta Baal con un despectivo estertor y, victorioso, se aleja.

Tara

Giro sobre mí misma. El panorama derrenga rápidamente a favor de Marduk. Las hordas de Baal retoman posiciones, se reagrupan y vuelven a la ofensiva. Las pocas valkirias que restan y los An combaten con valor mientras retroceden.

Ambos ejércitos se habían visto mutilados por los ataques de Tifón y la batalla que se antoja infinita toma un cariz desolador.

Nuestras fuerzas han mermado por el esfuerzo extenuante, la ausencia de descanso cala en nuestros ímpetus, y guiados por el impulso natural de la supervivencia nos dirigimos bajo amenaza hacia un umbral que sólo se puede atravesar con los ojos vendados.

Mis oídos embotados no captan sonido alguno y caigo en un sopor silencioso. Mis latidos retumban presurosos por la incipiente falta de oxígeno, mi pecho silva con cada inhalación del aire que envenena mi cuerpo, cada minuto que pasa un poco más. Tengo la boca seca, metálica, y el gélido ambiente me enchina la piel. Como en un delirio observo los acontecimientos que transcurren en cámara lenta.

El Lotus ha caído. Enki, emerge de la tierra y sin tiempo a reaccionar es sorpresivamente embestido por el poderoso Fenrir, renovado y revolucionado; Aria pierde vigor, castigada y debilitada por el fragor de la lucha que la corroe por la constante exigencia que Behemoth le imprime a cada uno de sus ataques; Mitra, que combate contra tres fieros enemigos, mantiene su posición a pesar de que luce heridas graves; Dagan, en duelo con Tifón que se dirige hacia Keor, invisible para mis ojos físicos, forcejeaba con el enorme monstruo para detener su avance hacia la última bastión humana en pie; Katla, que había sido rescatada y puesta a salvo en la caverna de Keor, pierde la cordura tras la muerte súbita de su padre y de Diego; Marduk, con mis placas en mano, con la sonrisa glacial de quien se sabe vencedor, se suma a la batalla de Anat contra Inanna y, alrededor del valle, el cuerpo de la enorme serpiente es consumida por la lava que, parsimoniosa, continúa su avance hacia el enorme agujero cavado por Tifón. En cuanto a mí, tras haber perdido mis placas, abandonada a mi suerte, mi única esperanza de supervivencia es llegar a Keor, donde el aire no estaba tan viciado como en el exterior.

Alterno

Un nuevo combate brutal detona entre Anat y Marduk contra la grandiosa Inanna, quien no cede terreno y su majestuoso poder se impone sobre cualquiera de ellos. La suma de las fuerzas de ambos demonios la abruma y empieza a padecer dificultades.

El campo de batalla, donde antes había existido la armonía natural con la que la vida se expresa cuando se le permite engrandecerse por sí misma, se había vuelto una desértica ciénaga lodosa de yermo terreno cenizo. Se percibe la pérdida de su esencia y la herrumbre que opaca su brillo bajo el castigo de la guerra. Su piedad inconmensurable llega a su fin y con los borrascosos cambios en su atmósfera continúa alimentando el enardecedor uso de sus elementos por los An y los Demonios, verdugos que elaboran combinaciones letales de ataques combinados como armas empuñadas dominadas por una indescriptible maestría, que surgen en armonía con los místicos movimientos de las artes marciales y engendran batallas místicas y magníficas.

El cielo negro, encapotado por las espesas capas nubosas de ceniza y lluvia, cuya precipitación amaina, es alimentado por la intransigencia de las erupciones volcánicas en apogeo que exhalan enormes columnas de humo, arrojan rocas fundidas que se precipitan sobre el valle y escupen lava incandescente que avanza en grandes avalanchas sin nada que pueda detener su avance.

Con el Lotus desaparecido, no queda rastro de luz sobre la superficie; sólo el destello opaco y penumbroso proveniente de la lava y los chispazos intermitentes de los relámpagos que cimbran el firmamento con el fragoroso eco de sus truenos.

Tara, que apenas puede mantenerse en pie sobre el terreno resbaladizo, marcha a tientas a través de la oscuridad. Tropieza una y otra vez con cadáveres amorfos que lastiman su mallugada piel desnuda. Andrés, desdeñoso, reaparece ante ella y exclama:

—Mírate, tan indefensa, tan perdida, tan insignificante. Lo has perdido todo. No eres ya nada.

Dicho esto, levanta vuelo y abandona a Tara con el pensamiento perdido y el cuerpo vencido en medio de las tinieblas.

20

El Orden Natural

Diego

—Salgamos de aquí, pronto —ordena Dione.

—Pero ¿y las demás? ¿Dónde están Tara y Katla? —pregunto acongojado por la pérdida de mi mejor amiga, fulminado por la rapidez con que se habían trastornado nuestras circunstancias. Mi esperanza y mi fe ahora recaían sobre la supervivencia de las otras dos musas, de las dos restantes Iniefin.

—Tara sigue arriba en la batalla —miente—. Katla está a salvo, pero permanece inconsciente, está apagada. Es como si hubiese muerto.

—¿¡Cómo que…!?

—Dije que estaba a salvo —interrumpe deteniéndose a mitad de la escalinata—. No que aún viviera —zanja y retoma el ascenso con paso acelerado.

—Pero… no comprendo, ¿está viva? ¿está muerta? —indago confundido, jadeando e intentando mantener el paso.

—Ella… sus pulmones respiran y su corazón late, pero eso de ninguna forma implica estar realmente vivo —hace un breve silencio—. Está en un estado de coma, donde su mente ha perdido la noción de sí misma y reacciona únicamente por instinto al medio externo; así como una gran mayoría de los humanos hacen durante su vida diaria. Sólo respiran.

—¿Qué le ocurrió, por qué está así?

—Ella, por muy excepcional que sea, es tan sólo un ser humano más. La conexión entre su cuerpo y su espíritu está todavía calibrada por la fuerza de su mente, pero ésta tiene sus límites. Un trauma anímico, como la pérdida de un ser amado, es fácilmente capaz de trastornar la psique de un humano, debido a que asientan el sentido de su propia existencia sobre, para o con la de otra persona, con quien tienen una conexión fuerte y resignifica su vida acorde a lo que sus facultades intelectuales mal encausadas les dictan, casi siempre de manera inconsciente. Ustedes como especie hacen esto sin el menor cuidado, en un fingido fervor de empatía y civilización utilizan al amor como mero pretexto para validar su vano esmero por encontrarse un significado y hallarse a sí mismos, sin darse cuenta de que esto en gran medida pervierte su ser interior. La mayoría de ustedes ni siquiera saben lo que es el amor.

—Entonces, estás diciendo que ella está… —ignoro su sermón.

—Demente —responde. Un impasible silencio ahoga nuestro entorno—. Amor y locura son con recurrencia empleados como sinónimos.

—¿Dices entonces que no deberíamos amar?

—Digo que ames con locura desenfrenada a quien primero merece tu amor absoluto: tú mismo. Después podrías intentarlo con los demás.

Salimos de la gran estalactita, hacia una larga circunferencia con vistas hacia el interior de la caverna. Los pasillos rocosos labrados en la estalactita central se conectaban con otras estalactitas mediante numerosos puentes colgantes, como una enorme red neural, que lucían completamente desérticos.

A lo lejos se escuchaba el creciente rugido de Tifón aproximándose.

—Iré a verla —anuncio.

—Bien, yo debo volver a la superficie —dijo, indicándome el camino hacia Katla—. Hasta siempre, Diego —se despide de mí con una linda sonrisa.

Alterno

En la superficie, oscura, en pleno fragor bélico, Andrés ataca por sorpresa a Anat.

—¡¿Qué es lo que te ocurre idiota?! —exclama ella, agobiada por la intensa cólera que le produce la irrupción del chico en un momento decisivo, cuando dominaba sobre Inanna y parecía alzarse con la victoria. La gran diosa se batía en duelo estoicamente contra Marduk y media docena de sus adláteres.

—Devuélvemelas… —ordena el chico sujetando a Anat por el cuello, estrujando con fuerza entre sus manos —. Ahora.

Un par de demonios, apercibidos del peligro en que se hallaba su reina, dejan la contienda contra Inanna y se aproximan en su ayuda. Andrés, sin esfuerzo alguno, con un firme y sólido movimiento azota el suelo con su pie, produce una avalancha de tierra que se traga a uno de los demonios y enseguida lo catapulta envuelto en un capullo de roca que cae en la lava. Al mismo tiempo alza uno de sus brazos y redirige el rumbo de una docena de relámpagos hacia el segundo demonio, lo impactan y calcinan al instante; sus cenizas se dispersan con el viento, mezclándose con la lluvia.

Anat aprovecha y con un súbito movimiento gira sobre sí misma y se libera. Sujeta a Andrés por las muñecas y lo eleva dibujando arcos con su cuerpo en los aires azotándolo contra el suelo en repetidas ocasiones, con tal fuerza que restalla, se cuartea y abre gruesas grietas. Andrés recupera el equilibrio con un diligente movimiento y, sin soltarla, aplica sobre Anat el mismo castigo. Ella forcejea por un tiempo sin poder reincorporarse; los impactos empiezan a hacer mella en su cuerpo.

Con un sobreesfuerzo remueve la tierra bajo los pies de Andrés, lo desbalancea y logra librarse una vez más. Lo encara y retoma la ofensiva. Embiste escupiendo tórridas llamaradas de fuego. Andrés erige una cortina de tierra lodosa que engulle las llamas, al mismo tiempo que arroja una gruesa espiga de tierra que atraviesa la cortina hacia su contrincante, quien sorprendida por el contraataque no logra reaccionar.

El golpe la derriba. Antes de que pueda reaccionar y levantarse, Andrés cae con su rodilla sobre ella como un rayo. Toca el suelo, Anat logra apenas esquivarlo. Ella retoma; se pone de pie. Él gira; sonríe a su contrincante. Ambos arremeten; da comienzo un vigoroso combate cuerpo a cuerpo.

Anat lanza rocas volcánicas del rededor contra Andrés, que estallan al contacto con cualquier superficie. Andrés las evade. Responde con una tormenta de granizo afilado y ráfagas de viento. Anat las funde al calor de su energía y con un nuevo movimiento marcial que eleva grandes llamaradas, alimentadas por las fuertes corrientes de aire, con los puños bañados en fuego apocalíptico, ataca a su torvo oponente.

Andrés se ve en dificultades. Apenas logra evitar la muerte dando saltos mientras retrocede, sufriendo algunas quemaduras. Atrae entonces hacia sus manos piedras volcánicas incandescentes, las comprime alrededor de sus manos como un par de robustos guantes y

contraataca. El fuego y la roca se enfrentan en una batalla contundente
y emocionante.

En otra cara de la guerra, Inanna sostiene arduo combate contra
Marduk y cuatro demonios más; la lucha resplandece con el poder de
una mágica batalla entre dioses.

La fuerza de un ejército entero había caído sobre Enki. Sus
fuerzas empiezan a consumirse, asolado por la incesante agresión de
Fenrir, minotauros, dragones y de los más fieros demonios de Baal
restantes.

Aria, gravemente herida, pálida y jadeante, sin poder ocultar la
extenuación física que abrasa su ímpetu, empieza a perder la batalla
con el Behemoth, cuyas fuerzas no menguan. Rehúye y retrocede,
pierde terreno y los embates de su enemigo la doblegan.

Mitra elimina a dos enemigos más y se suma a Enki en la lucha
contra Fenrir.

Dagan retrasa el avance de Tifón. A pesar de sus esfuerzos, el
monstruo se encuentra próximo a la ciudad subterránea, que se cimbra.

Dione emerge a la superficie y se encamina hacia Tara para
socorrerla.

Nimune lidera a las últimas valkirias contra las líneas enemigas
que se han tornado islotes de escaramuzas abominables sin sentido.

Diego

Desciendo hasta el fondo del enorme manantial donde
se había erigido Keor. Encuentro a Katla tendida sobre un
improvisado bulto de paja en medio de un pequeño islote
sobre las aguas calmas y claras de la caverna. La luz de Keor

no lograba filtrarse a sitios tan remotos y olvidados como aquel.

—¡Katla! ¿Estás bien? Despierta por favor, ¿Katla? —sujeto su cabeza entre mis manos y la acaricio—. No me hagas esto por favor Katla, responde. Por favor responde —sacudo con gentileza su cuerpo que no emite ninguna reacción.

Un abismal retumbo resuena proveniente de los profundos techos, desde más allá de donde la vista alcanzaba a ver. Luego, un sonoro estruendo como el de una explosión volcánica reverbera provocando un clamoroso eco que penetra la oscuridad. El duelo entre Tifón y Dagan llega a un catastrófico desenlace, de cuyo enfrentamiento ninguno sale con vida.

Con el corazón anegado en desesperación y angustia, agito a Katla con fuerza, perdiendo el control, temiendo por nuestras vidas.

—¡Despierta! ¡Despierta por favor!… ¡Abre los ojos! ¡Abre ya los ojos!

Las piedras en lo alto se cuartean, crujen con un potente estridor, se quiebran y se derrumban como una escalofriante lluvia de gigantescas rocas, tierra, agua, luz y polvo.

Alterno

En el campo de batalla, Andrés consuma su victoria sobre Anat.

Andrés forja unas cadenas con roca volcánica reforzada con restos de metal de valkiria, que, como serpientes diligentes, mientras él avanza con pasos firmes a cuyo contacto con el suelo proyecta una lluvia de tierra y relámpagos, alcanzan a Anat. La encadena al accidentado terreno con densos grilletes que impiden a la reina infernal hacer cualquier movimiento.

—Y ahora es el momento —exclama Andrés exultante a su víctima—… en que tu final se acerca y observas el fuego, tu propio elemento, devorar tu delicada carne…

La lava, que escurre lenta y amenazadora hacia ellos, hacia el agujero en el centro del valle, corroe todo a su paso.

—Eres ahora juzgada desdeñosamente por la muerte. Dime, perra, ¿qué se siente estar al otro lado del microscopio? ¿Qué se siente saberse uno de nosotros? ¿Qué se siente exhalar los últimos suspiros de esta vida?... ¿Qué se siente ser mortal? —suelta Andrés las preguntas con ponzoña y displicencia.

—Deberías preguntárselo a ella —contesta Anat, señalando hacia donde Tara trastabilla y tambalea intentando alejarse de la lava, abrasadora y letal—. Sabes que yo reencarnaré y volveré. No soy una humana más. La muerte nada significa para mí.

—La muerte en sí representa siempre un gran símbolo para todos: ya séase anterior o ulterior a ella, es siempre un principio y un fin.

Andrés toma entre sus manos la cabeza de Anat. Presiona y se revelan los dos pares de placas en sus sienes. La despoja y, con marcado rencor, después de un momento de silencio sepulcral, le dice:

—Bienvenida a la muerte.

Anat empieza a jadear y respirar con dificultad. Mira las olas del magma ígneo aproximarse con inquietante velocidad; pronto el calor la alcanza y su piel desnuda arde. Ojos desorbitados y gesto descompuesto, Anat, trastornada, lanza un alucinante grito de terror y sorna que se transforma en una macabra carcajada.

El ímpetu de la batalla no amaina. El caótico desgarre de los cimientos de la realidad, el resurgimiento de una nueva era dominada por la opresión de la oscuridad había acabado con la vida de un sinfín de seres cuyos restos se fundían en el recuerdo tras ser consumidos por el fuego.

En el campo de batalla accidentado y asolado, restan tan solo *Aria, Enki, Inanna, Mitra, Dione, Tara y Diego, que acompaña a la inerme Katla; entre sus contrapartes se cuenta a Marduk, Behemoth, Fenrir y cuatro de los más poderosos seguidores del gran demonio. Además de Andrés, cuya voluntad veleidosa transmutaba de un instante al otro según le dictaba el inescrutable designio de sus oscuros razonamientos. En número eran semejantes, pero el deterioro de las fuerzas del grupo de los An y su fe están claramente disminuídas por las incuantificables pérdidas y los colocaban en evidente desventaja, viéndose aún más alicaídos luego de que el largo combate entre Aria y Behemoth llegara a su fin; el abyecto monstruo se había impuesto sobre la gran guerrera. Aria, quien se había dispuesto al frente de la resistencia, habiendo sufrido heridas severas y padecido un desgaste irrefrenable durante su combate contra Baal-Marduk, había caído rendida. Su cuerpo, su mente y su espíritu habían mermado sus energías y el triskel se había desarmado. Había caído al borde del agujero cavado por Tifón, indefensa, y muerto a manos del Behemoth, lanzada al oscuro abismo de fuego y sombra de donde no hay retorno. Dione es obligada a contener a la bestia, dejando desprotegida a Tara.*

Andrés aparece de nuevo ante Tara, que apenas puede mantenerse en pie.

—¿No deberías estar muerta? —*pregunta como en un reclamo a la chica que, a pesar de haber perdido una parte de sí, se mantiene estoica.*

—Podrías matarme tú ahora si es lo que deseas —*contesta ella con indiferencia, levantando un poco los brazos hacia los lados a la espera del ataque.*

—Deseas la muerte. ¿A caso tú, la poderosa princesa de sangre real, descendiente de una línea tan ancestral que se pierde en tiempos remotos, se ha subyugado por la muerte de un simple mortal? ¿A caso *tu alma se ha quebrado y tu espíritu abandonado toda fe? ¿A caso crees que ya no vales nada?*

—*No es la muerte de un simple mortal, es la muerte de una parte de mí. Puede que mi alma humana doblegue su fe ante las veleidades de mi entorno, pero mi espíritu flota libre y alegre en los inconmensurables océanos de la eternidad.*

» *Creo que mi valía es el equivalente al bien que lego a mis semejantes. Creo que mi valía es equiparable a lo que mi espíritu y mi recuerdo concede a mis hermanos. Creo que el valor de mi vida es medible sólo con la balanza de mis propias acciones. Creo que mi vida adquiere su valor al encausar la valía de la vida de otros. Creo que vale más disfrutar una amarga vida que sufrir una dulce muerte o, peor, que la celebración de un nacimiento ausente. Creo, creo firmemente, en el ciclo del Orden Natural de las cosas.*

21

Un Final es Un Comienzo

Diego

Aún ahora, debajo de las rocas, podía sentir el tumultuoso ajetreo de la batalla lejana sobre la superficie. Podía escuchar el parsimonioso gorgoteo de la lava candente que escurría a lo largo del agujero hasta el agua del manantial que emitía un febril siseo al contacto con la superficie. Podía oler el torbellino macabro de las fuerzas de la vida y la muerte confrontadas en su lucha por la supremacía. Podía percibir el ahogado intento del orden por mantenerse en equilibrio con el caos, mientras éste apabullaba y conquistaba hasta el último rincón del alma de todas las cosas. Y me di cuenta entonces, cuando creí estar muerto, que es verdad: este mundo está loco, totalmente trastornado; fuera de control.

Sin embargo, su belleza radica precisamente en la anarquía de su hermosura, en lo confuso e intrigante de sus enigmas, en la rareza contrastante de sus habitantes, en lo inconcebible de sus fronteras, en lo inextricable de sus emociones, en lo inexplicable de sus sentimientos, en lo magnánimo de sus pensamientos, en lo fugaz de la chispa que anima la naturaleza, en lo supernatural de su realidad, en lo infinito de su existencia, en lo perfecta que resulta la imperfección de la vida, en la ironía de la magia que encubre al cosmos; y nosotros, como unidad indisoluble del mismo, que influimos en él y él mutuamente en nosotros, generamos un cambio continuo, nos conformamos a imagen y semejanza de él, del Orden Natural.

Enterrado bajo un cúmulo de rocas que misteriosa y afortunadamente habían formado una oquedad, una cápsula en la que Katla y yo permanecemos ilesos, siento de pronto crecer una ardorosa sensación de calor, una grandiosa plenitud, un glorioso sentimiento de amor inconmensurable.

Tara

Andrés me carga en brazos y atraviesa el umbral del agujero negro en el centro del valle hacia Keor, cuyas ruinas yacen en el fondo de la caverna.

Dentro, la atmósfera es más amable y me permite respirar aire más sano. Siento mis pulmones regodearse y mi corazón palpitar deprisa para compensar el largo tiempo de hipoxia. Andrés había salvado mi vida:

—Temo, sin embargo, a lo que puedas pedirme a cambio por este favor —lo miro con recelo.

—Deberás seguirme —contesta.

—¿A dónde? ¿Para qué?

—A donde yo ordene, para lo que yo desee.

Incapaz de concebir lo malévolo de sus intenciones, escondidas detrás de aquellas palabras, desarmada y desnuda, incapaz de defenderme, trato de oponer resistencia:

—¿Por qué habría de hacerte caso?

—Porque acabo de darte una nueva oportunidad, salvé tu vida y cabe la posibilidad de que recuperes estas —extiende su mano mostrándome los cuatro pares de placas—, y continúes la lucha por lo que amas. A cambio solo te pido que me sigas.

Nada puedo refutar ni reprochar. Por más que odiara la idea, le debo mi vida y cedo a sus deseos.

Alterno

Una tormentosa lluvia, furibunda y caótica, agitada por la fuerza del vaivén de vendavales descontrolados, cae de nuevo sobre la tierra. Se combina con la ceniza oscura que ennegrece el ambiente generando una mezcla cementosa y pesada que rápidamente forma placas de roca solida sobre la lava humeante.

Andrés y Tara arriban a un islote cubierto por un cúmulo de enormes rocas. Diego escucha pasos por arriba de él. Instantes después el caparazón que cobija a la pareja, Katla, ella en brazos de Diego, es removido por completo. La intensa sorpresa que golpea las entrañas de Diego, dividido entre la amargura, el temor y la alegría de ver a Tara le impiden emitir palabra alguna.

Tara, abrazada a sí misma, herida, ensangrentada y bañada por la ceniza húmeda del exterior, acompañaba a Andrés en un aparente acto de rescate que lo desconcierta. Antes de que Diego pudiese reaccionar, Andrés, sin la menor delicadeza, sujeta a Katla del cabello con una sola mano, la arranca de los brazos de Diego y la arroja lejos, al borde del islote.

—¿¡Qué es... qué es esto!? ¿Qué ocurre? —tartamudea Diego asombrado y azorado, sin concretar si debería ir por Katla, abrazar a Tara o atacar a Andrés.

—Levántate, ahora —ordena Andrés sujetando a Diego por la ropa, que se levanta tambaleante.

—¿Tara, estás bien? ¿Qué hace él aquí? —pregunta Diego acercándose a la preciosa chica, que está tan conmocionada como él.

—Ahora, Tara, tendrás que permanecer alejada e imparcial mientras esto dure —indica Andrés a Tara, que tanto para ella como para Diego no parecen más que una sarta de palabras al aire sin sentido ni propósito.

—¿Mientras dure qué? —inquiere Diego.

—Nuestro duelo —contesta él con gran petulancia, como contendiente engreído que se sabe eminentemente superior a su contrincante.

—No... no pelearé —retrocede Diego, acobardado.

—El ganador se quedará con Tara... dime, ¿acaso no pelearas por el amor de tu vida? ¿no defenderás a esta hermosura? ¿No corresponderás al sacrificio que ella ha hecho por ti? O... ¿es que acaso no la amas de verdad?

—No, yo nunca dije que...

—¿O será que a quien en realidad amas es a aquella, a Katla?

Diego, como en un reflejo inconsciente, mira a Katla, que permanece inerte sobre el borde de la pequeña isla, con la mitad del cuerpo sumergido en el agua. Tara se agita. Un acuciante sentimiento de ansia, vergüenza y furia le escocen con furor desde dentro en un intempestivo arrebato de celos. "¿Por qué la mira a ella en lugar de a mí?", piensa Tara con el ceño fruncido.

—¡C-claro que no! —responde Diego al fin, pero la contundencia de sus palabras se pierde en el vacío de la inseguridad con que su rostro se descompone.

—¿Ves, hermosa, ha jugado contigo todo este tiempo? —lanza Andrés sus filosas palabras al oído de Tara mientras pasa sus manos alrededor de su esbelta cintura—. Te ha mentido, te ha engañado, te ha utilizado...

—¡Mentira! ¡No es verdad! ¡Tara yo te a...!

—¡Si eso es cierto entonces enfréntame ahora! —interrumpe Andrés erizándose. Su apariencia se transforma a la de un verdadero demonio azuzado, sediento de muerte.

Diego enmudece. Andrés lo supera por mucho y no tiene probabilidad alguna de vencer. Su vista viaja de Tara a Andrés una y otra vez como en busca de una ruta de escape. La mirada de Tara se ensombrece.

—Además, Diego, una vez que terminemos con esto, independientemente de quién resulte vencedor, Tara recuperará sus placas. Si ganas, tú se las habrás de devolver como premio. Si pierdes, ambos tienen mi promesa de que se las devolveré ¿Te parece justo? Sólo debes enfrentarme, así evitarás que muera lenta y dolorosamente, asfixiada —gruñe Andrés acercando su cabeza a la chica y abrazándola— ¿No crees que así, recuperando tus placas, podría él demostrarte si en verdad te ama? —murmura con palabras emponzoñadas al oído de Tara.

—Tal vez... —susurra Tara, insegura, súbitamente confundida y envuelta por las tormentosas palabras de Andrés. Teme por la vida de Diego, pero es su única esperanza. Su interior se divide entre la vida y la muerte, entre ella y Diego. En el fondo, quiere que Diego lo enfrente y recupere su homúnculo: Diego debe sacrificarse.

—Vamos hermosa, tú sabes que no hay otra manera. Convéncelo de que te salve —acucia Andrés.

Diego permanece inmóvil, impotente ante el aguijón que había ya punzado el corazón de Tara y envenenado su mente. Observa a Tara, aquellos maravillosos ojos iridiscentes que le gritan y exigen con el estridor de su silencio que la ayude.

—Está bien... —accede Diego con expresión desilusionada, desesperanzada y profundamente frustrado.

—Debes saber que, si intentas cualquier truco para ayudarlas, las mataré al instante, antes de que puedas hacer algo más por ellas —le advierte Andrés señalando a Tara y a Katla.

—*Entiendo*

Tara retrocede en silencio. El frío cala su piel y empieza a temblar.

Diego, desilusionado por la actitud de Tara, doliente, insufrible, inexplicable por la indiferencia con que lo sacrificaba se pregunta: "¿Cómo pudiste?".

—*Hazlo. Ahora; comienza* —*ordena Andrés levantando la guardia y encarando a su oponente con el semblante lleno de júbilo e infinito gozo plasmado en toda la extensión de su espíritu.*

Andrés respira con fuerza. Los vivaces movimientos en su tórax que se infla y se vacía, exhalando volutas de vapor, alimentado por su ira y una magna sed de venganza, le marcan las venas de la frente, el cuello y los brazos, palpitantes e inflamados por el rápido fluir de la sangre que le enrojece el rostro, lleno de furia. Diego palidece y apenas se mueve.

—*¡Vamos!* —*grita Andrés dando un súbito paso al frente, levantando una roca que golpea el torso de Diego, que cae de bruces sobre el lodazal.*

El escenario se nubla por la parsimoniosa lluvia de fuego, generada por la lava que gotea, por la ceniza que se aviva y la lluvia que se precipita sobre los restos de Keor. El goteo del magma incandescente de los alrededores ilumina la batalla como un dosel de velas titilantes que flotan en la oscuridad.

Diego no se levanta. Permanece con mirada gacha, con la vista perdida en el horizonte.

—*¡¿Por esto?! ¡¿Por esto me cambiaste, por esta basura?!* —*estalla Andrés, fulminando con la mirada a Tara, tumbada sobre sus piernas, rezumando angustia. Aviene un largo silencio. Andrés se yergue y zanja el momento:*

—*¡Ja…! ¡ja, ja, ja, ja! ¡No sé cómo lo vean ustedes! Pero yo…* —*echa una veloz mirada a sus alrededores: Tara, Katla y Diego, los tres rendidos a sus pies*—, *yo veo providencia. Soy el más fuerte. Estaba escrito, estaba predestinado que yo acabara con todos ustedes…*

—tras una breve pausa, alzando los brazos en el aire, continúa—
¡Esto es inútil, acabaré con ustedes! ¡Estaba predicho!

Sin más, ataca a la indefensa Tara.

Arriba, en la superficie, la pequeña Dione combate con increíble
fuerza. Embiste, esquiva y desvía los ataques del Behemoth, que
busca devorarla. La pequeña diosa engendra grandes poderes, una
gran energía, con la que domina los elementos de su entorno.

Enki combate con el poderoso Fenrir; Baal contra Inanna y Mitra
contra los cuatro demonios cuyas energías parecen no tener fin.

Los dioses se encaraban imbuidos en una aguerrida contienda
donde los elementos y las artes marciales mixtas que todos ellos
dominan restallaban en una maravillosa y escalofriante batalla. La
tierra, el agua, el fuego y el viento se alzaban en orquestados y
armoniosos ataques o en caóticos y desequilibrados embistes bajo el
devastador maremágnum de una guerra sin igual.

La tormenta eléctrica atiza el terreno recubierto por la capa de
plasma rojiza que fluye hacia el agujero negro en el centro del Gran
Valle. Se alzan robustos tornados de nubes negras que absorben y
arrojan partículas de lava y roca por el firmamento. Pronto la noción
de qué es arriba y qué es abajo se funde en el viento que acompaña
la fiera batalla. Inspirados, en un repentino alarde de divinidad y
poder, los dioses desenfundan sus maravillosas alas y exaltan una
apocalíptica guerra en los cielos, en las tierras, en los mares y en los
confines de la Tierra.

Diego reacciona ante el inminente peligro en que amenaza a
Tara. Su espíritu felino resurge, lo domina y su gran poder asciende.
Embiste a Andrés con agilidad y fuerza insospechadas. Andrés,

lastimado por el sorpresivo ataque, es despedido fuera del islote, rebotando aparatosamente sobre la superficie del manantial. Se recupera. De pie sobre el agua, avanza encolerizado con el ánimo al rojo vivo, excitado sobremanera por haber logrado su objetivo.

Tara se aleja cuanto puede, evitando los potentes estallidos entre los dos muchachos cuyos choques expiden fragorosas ráfagas de ondas expansivas de aire caliente. La agitación repentina la saca de su sopor y en su mente surge una idea: quitarle las placas a Katla.

—¡Nada mal! —grita Andrés una y otra vez en medio de la batalla, extasiado.

La chica misteriosa rehúye y corre hacia su objetivo. Katla no reacciona.

Las sombras se arrastran hacia el claro en medio del valle, danzantes y angustiosas, irritadas por la convergencia sobre el agujero a través del cual todo desaparece.

Inanna, agitando desde los cielos sus majestuosas alas, encolerizada por la encarnizada batalla que se prolonga, alza feroces avalanchas de lava que se mezclan con los tornados. Los relámpagos, conjurados desde todas direcciones, se precipitan con rabia en forma de perversas espirales que estallan en medio de la turbulenta aura belicosa.

Pronto las contiendas se entremezclan. Caos, desequilibrio y desorden predominan; entre la luz y la oscuridad surge el umbral de la naturaleza neutra, un portal que une al hombre con la divinidad. Asciende la inteligencia, se sobrepone a la fuerza, el instinto arde en deseo por la supervivencia y las facultades, exaltadas, se elevan en el revuelo de una revolución sin igual.

Enki arremete y hiere a Marduk. A su ayuda acuden de inmediato dos de sus partidarios; los restantes adversarios agreden a Dione, superada en número y fuerzas sufre graves laceraciones. Inanna golpea al Behemoth en ayuda de su compañera. Todos, azuzados con arrobador deseo de aniquilar a sus adversarios, desatan potentes ataques de naturaleza devastadora.

Dentro, en lo más profundo de la caverna, los jóvenes luchan su propia guerra. Tara, expuesta a las circunstancias, sin poder defenderse, pierde vitalidad al mismo ritmo que la atmósfera pierde su lozanía. Se enrarece y el oxígeno respirable se agota, a cada instante un poco más. La Chica Misteriosa tiene los minutos contados.

Tara

Katla, tan cerca, parece que no respira. Sus placas son ahora mi única salvación.

Mi vista se nubla. La falta de nutrientes en mi organismo me debilita, se me acalambra el cuerpo aterido por el gélido ambiente y caigo de rodillas.

A mi mente acuden un millar de ideas confusas, pensamientos distraídos, sentimientos cruzados y memorias nimias. No logro recordar la última vez que había disfrutado de un sueño relajante, de un descanso reparador, de una comida deliciosa, de un atardecer glorioso, o siquiera haber disfrutado de un momento de paz, en libertad. De mi memoria había desaparecido la cálida caricia sobre mi piel del sol durante el día, la romántica iluminación de la luna que consuela por las noches, el candoroso placer inconsciente de saberme segura de poseer un día más para vivir y gozar.

Ahora, al final de todo, cuando ya nada puede hacerse, sintiendo a la muerte conquistar cada fibra de mi ser, es que se agolpan mis miedos y mis culpas, mis vergüenzas y mis arrepentimientos, de todos aquellos momentos únicos que dejé pasar por vivir anegada en el pasado o angustiada por el futuro, sin haber aprovechado ni disfrutado el fugaz presente. Aun ahora lo hago, mientras siento que mi energía se extingue. ¿Es instintivo rehuir del momento? Lágrimas brotan de mis ojos y resbalan por mi rostro, pálido y ceniciento. Con mis últimas fuerzas, ruego al cielo por una oportunidad más.

El fluir de mi sangre poco a poco se entorpece en mis venas, el desesperado e inútil forcejeo de mis pulmones por inhalar aire lacera mi pecho, el acuciante deseo por movilizar mis músculos paralizados por la falta de oxígeno me produce espasmos ardorosos, el oído aturdido en una neblina de sordera enrarece los sonidos guturales de la lejanía, la engañosa vista ofuscada por la óptica de la ilusoria realidad se me enturbia, el tacto se desconecta del entorno y me vuelvo insensible y el intento de mi alma por enhebrar una idea clara, algún pensamiento coherente, se vuelve una fútil lucha interna por alcanzar a Katla, tan solo a unos centímetros de mi alcance.

Rendida, mi cuerpo golpea el suelo.

Alterno

Inanna, Enki, Mitra y Dione atacan al unísono en un devastador golpe combinado. Dos demonios son destruidos tras el asolador asalto, pero un súbito descuido en medio de la repentina luz de confianza basta para que Dione, batiéndose entre el cansancio, la confusión y la angustia, cayera en manos de Marduk. La sorprende, con un inquietante azote la inmoviliza y la arroja al Behemoth. En sus oscuras fauces Dione encuentra el final de su camino.

Tara

Diego combate cual poderoso guerrero que defiende sus ideales y su amor. Andrés responde con incontenible vigor intentando desmoralizar y derrocar a su oponente con odio e ira. Diego se agita y vuelve al ataque. Andrés resiste, esquiva y contraataca. Asesta un aterrador golpe que perturba a Diego. Diego cae, no muy lejos de mí. Está lastimado, está mojado y sangra de la cabeza. Recuerdo el día de la invasión a México, cuando me había dicho "hermosa", en un alucinante gesto de honestidad y cariño que había conquistado mi corazón. Estira su mano; yo estiro la mía. Temblorosos, tenemos un momento memorable sin ser capaces de lograr tocarnos. Surge entonces uno de los recuerdos más bellos de mi vida: los amantes en la pirámide, destinados a jamás estar juntos.

Diego me mira y yo lo miro a él; esa mirada cómplice de amor, de deseo, de perdón, de arrepentimiento y de tristeza; es lo último que siento calar en mi corazón. Me anima. Entonces, un instante después, la luz, finalmente, se extingue.

22

Confusión

Alterno

La isla se ilumina con parsimonia, una luz anaranjada se filtra a través del agujero, proveniente del exterior, como si el espíritu, en su anhelo de supervivencia, rehuyera al tormento y se apersonara en el interior del cuerpo en busca de una nueva oportunidad, de un nuevo comienzo, en la libertad de la conciencia de un hombre que inevitablemente se conoce subordinado a las leyes naturales.

A las orillas de la pequeña isla, Katla reacciona. Con pesados y lastimeros movimientos se arrastra lejos del agua, cuyos bordes amenazantes ascienden lentamente.

Desde lo alto del agujero aparece Enki ante el descompuesto gesto de Diego, quien se desgañita, fulminado por el dolor, en un grito ahogado por lágrimas negras y el oscuro tormento que le opaca los sentidos: Tara no se mueve.

Con expresión impasible, Enki toma en sus brazos a Tara y se aleja, desapareciendo en la penumbra de la caverna.

Andrés se acerca a Katla y la patea con indiferencia, como si fuese un animal muerto o un costal de desperdicios. Avienta a la chica con la punta de pie de vuelta al agua con la intención de ahogarla. Ella, débil y apenas consciente, intenta resistirse. Diego, que percibe los lastimeros quejidos de la chica, reacciona, se obliga a sosegarse y alza la mirada. Los pilares de sus más profundos cimientos se cimbran, despiertan una energía en la base de su columna alimentada por un océano de pensamientos, emociones e instintos encontrados; se pone de pie con gesto sombrío, músculos tensos y envuelto en un halo de luz que lo recubre mientras se gira hacia su enemigo.

Andrés retrocede. Conturbado, abandona su fatídica tarea con Katla y embiste con todo su poder a Diego, que avanza con pasos amplios y decididos hacia él. Diego, impertérrito, estira su brazo justo antes del impacto. Detiene a su atacante en pleno vuelo. En un parpadeo ensarta un fuerte rodillazo en el estómago de Andrés, seguido de un duro golpe con el codo en la nuca que lo estrella contra la tierra lodosa que truena y levanta una oleada de agua y tierra fuera del cráter que se forma al instante. Andrés gira sobre de sí, grita y suelta un golpe, pero antes de lograr su objetivo y levantarse, Diego, que ya se encuentra sobre de él, detiene el ataque y comienza a propinarle una tupida lluvia de puñetazos. La paliza eleva un eco que reverbera en los lóbregos muros del manantial. La fuerza de los impactos se agolpa en los huesos de Andrés que se empieza a debilitar. En un golpe de suerte logra eludir un par de impactos y, con vista nublada y el pensamiento inquieto, lanza una avalancha de tierra lodosa que embiste a Diego y lo arrastra. Andrés se levanta, ensangrentado, brama y ataca de nuevo.

Diego, envuelto todavía por el cuerpo de lodo, sorprende una vez más a su atacante y lo sujeta por el cabello. Con gran agilidad gira alzándolo en el aire y lo proyecta contra el suelo con la fuerza de su propio impulso; el piso cruje con vehemencia y la onda expansiva que genera agita las aguas alrededor de la isla. Katla rueda tierra adentro; en su rostro, aletargado, empieza a descomponerse y esboza un misterioso gesto.

Andrés se desespera y grita. Emplea afanosamente la tierra a su alrededor, levanta y dispara gruesas rocas contra Diego que, protegido por un escudo invisible, las recibe con indiferencia. Andrés, con gran esfuerzo, se pone de pie y arremete de nueva cuenta.

La fúrica impasibilidad de Diego y la atormentada rabia de Andrés se enfrentan, enzarzados en un nuevo combate cuerpo a cuerpo en el que Andrés constantemente se ve superado y se ve obligado a emplear los elementos del entorno. Diego, que desea sentir el dolor y la ansiedad de Andrés de cerca, se empecina en mantener el choque físico con su adversario sin el uso de otras facultades.

Arriba, en la superficie, se libraba la máxima batalla entre ángeles y demonios, en un encuentro por completo desequilibrado. Inanna y Mitra enfrentan el poder de dos grandes demonios, de Fenrir, del Behemoth y de Marduk juntos.

Enki reaparece en la inhóspita escena, ágil y presuroso. De pronto es sorprendido. Apenas emerge, antes de lograr echar un vistazo a los alrededores, apabullado por la carente iluminación, aún absorto por los acontecimientos y el curso que la batalla había tomado, es sorprendido. Detona una encrespada artimaña en la que el poder absoluto de todos sus oponentes, quienes lo esperaban con atención disimulada, lo embisten al unísono. Una abyecta combinación de tortuosas y furibundas ofensivas lo impacta.

Catástrofe, fatalidad, destrucción. Mitra e Inanna, superados, son incapaces de reaccionar a tiempo, arrastrados por la pena, enervados por la grotesca e impresionante escena. Enki, violentado, elude a Fenrir, que es el primero en atacar. Las llamas de Marduk lo alcanzan y los jefes de sus ejércitos lo atenazan con robustas cadenas que lo paralizan. El Behemoth golpea a Inanna con rudeza atroz y retiene a Mitra. Baal-Marduk, sonriente, vislumbra la oportunidad que se le abre para alzarse con la victoria, ruge vehemente y da la orden. El fuego del infierno arde, concentra su poder y obnubila a sus oponentes que impotentes observan.

Las fuerzas del dios se entremezclan con la podredumbre de la muerte que le arranca las energías del cuerpo; Enki cae velozmente como un proyectil en la colcha de lava, salpica con estrépito y desaparece. La locura y el olvido hacen mella y precipita el final inexorable que arroja al dios hacia las orillas de la muerte. Largos momentos transcurren. La animosa contienda entre dioses en los cielos realza la bravura; encolerizados, Inanna y Mitra contraatacan a la expectativa latente del destino final de Enki.

El combate entre Diego y Andrés, de potente aura embravecida, se exalta por la animadversión que dimana entre ambos. Migra hacia las gigantescas rocas y estalagmitas que sobresalen de la superficie del agitado manantial, que recorren con diligentes saltos entre islotes y ruinas. Árboles, puentes, estructuras, fuentes y riachuelos, incluso lápidas y algunos cadáveres exhumados, son testigos del poderío de Diego acrecentándose sobre Andrés, que combate con rabioso fervor contra un enemigo que poco se inmuta ante sus ataques.

La suerte de Andrés entonces cambia. A lo lejos, iluminada por la tenue cortina de luz que se filtra por el gran hueco en el techo, vislumbra la figura de Katla que se levanta de entre las ruinas. La chica nórdica recobra sus fuerzas.

Estremecidos, Inanna y Mitra sostienen la lucha más encarnizada de todos los tiempos. Sus fuerzas, mermadas por el constante e inclemente azote de sus enemigos, precipitados sobre de ellos como

una ventisca tremebunda, lapidan sus apocadas esperanzas, ya no por vencer, si no por subsistir.

Finalmente, pasado el tiempo, tan veleidoso como el viento, relativo como las emociones, se abre una brecha en la alfombra de magma próxima al agujero negro, se trasluce una figura que sobresale como un ente fantasmagórico. La figura emerge del magma bañado en fuego, al rojo vivo, escurriendo de pies a cabeza aquel espeso líquido. Victorioso, se alza en el aire, en medio de la tormenta. De inmediato se abalanza con toda su furia sobre el primer enemigo a su alcance: el Behemoth. La bestial quimera, en combate contra Mitra a ras del borde de un río de lava, brama con vigorosos aullidos. El dios lo desmiembra. Dos de sus patas son desgarradas, arrancadas desde su raíz, arrojadas al fuego y son consumidas en segundos. Sin embargo, el enorme monstruo, que enfurece y no pierde fuerza a pesar del viscoso líquido que brota de su cuerpo, se las arregla para continuar en combate; pierde movilidad, pero la brutalidad de su energía sin fin alimenta sus entrañas desde donde surge una nueva amenaza. Con su rugido genera ondas sonoras agónicas que aturden y confunden a sus oponentes.

Baal-Marduk, Fenrir y los dos demonios abandonan su interés por Inanna y Mitra. Rodean a Enki, acorralado en el borde del gran agujero.

Él, aun goteando lava, otea hacia la profundidad que se cierne debajo y cruza miradas con Katla, con hombros caídos, pero en pie y con vista hacia lo alto. La chica admira impasible el vasto agujero que vincula la eminencia de la superficie con lo abismal de la caverna. Enki parece desviar un instante la mirada hacia la recóndita penumbra, más allá de donde el agua dulce del manantial acaricia los bordes sólidos y firmes de una gran piedra sobre la cual se yergue un árbol negro y muerto.

Luego, en un imprevisible acto de sacrificio, inverosímil en su propia naturaleza que da rienda suelta a la locura, inaudita acción que trastorna a los sobrevivientes por lo inexplicable de su determinación, cede y se entrega a la sed inmunda de muerte y venganza de sus enemigos. Afloja el gesto, relaja los músculos y, sonriente, baja la guardia. De su boca dimanan sus últimas palabras:

—El futuro en el pasado se halla, y lo primero también será lo último... que el Futuro sea el juez del Pasado[19]

Fenrir, el grandioso lobo, toma la iniciativa y de inmediato embiste. Imprime furia y rabia insondable en su ataque, toma al dios entre sus colmillos, sacude desquiciado su cabeza con un gruñido entrecortado que hace pedazos el cuerpo de su presa y, exhalando un tórrido aullido victorioso, engulle al gran dios.

La muerte de Enki encrespa a Mitra, que, sintiéndose traicionado, pierde el control. Dominado por la ira, expide un pletórico grito desconsolado que retumba por toda la tormentosa atmósfera, y se abalanza sobre el lobo. Lo sujeta por el cuello, forcejea, maniobra con la inmensa corporalidad de la bestia y lo arroja a un río de lava cercano. El lobo emerge de prisa, acuciado por el ardor de la lava que incinera su pelaje, que sisea mientras se evapora, consumido por los alaridos de dolor. Mitra, arrobado por la cólera, se interna en las fauces de la gran bestia, desdobla súbitamente su triskel y genera un gigantesco androide con cuya fuerza parte en dos la mandíbula de Fenrir. El lobo, con gemidos apagados, cae secamente a un costado, exánime, y es devorado lentamente por la lava. Mitra, aún inconforme e insatisfecho dentro de su ardoroso anhelo de venganza que le carcome el corazón, comienza a clavar irascible su brillante y ostentoso puñal en el corazón de la bestia una y otra vez, un sin fin de ocasiones. Con su energía malgastada en el cadáver de Fenrir, Marduk ordena al Behemoth lanzar el ataque que terminaría con la vida del apocado dios. El golpe es letal. El dios aún respira. El monstruo abre sus fauces y engulle a Mitra. Mortalmente herido por la quimera al recibir de lleno la fuerza total del embiste, el dios logra apenas, con el último

---

[19] El Libro Perdido de Enki, Zecharia Sitchin, págs. 14; 263.

girón de sus fuerzas, incrustar su daga en la garganta de su enemigo antes de desaparecer en el abismo negro; la bestia gruñe y se desploma a su vez. Ambos mueren en el acto.

Inanna, la última contendiente de los An, encara a tres de los más poderosos demonios, exhausta, herida, sola.

23

Ella

Diego continua la tórrida contienda contra Andrés, cada vez más atormentado por la inquebrantable voluntad de su insospechado enemigo. Sus esfuerzos se habían trastornado y habían pasado de intentar aniquilar a Diego a rehuir de él.

De pronto, en un inesperado acto de poder, Diego empieza a emplear la totalidad de su poder. Las energías de su entorno, manipuladas por él, fluctúan. La temperatura asciende rápidamente, el choque entre las partículas genera calor y campos electromagnéticos que emiten fuertes siseos. Levanta un robusto torbellino de agua y otro de lava, que al ser aproximados entre sí despiden una cortina de vapor ardiente y atrapa a Andrés. El cambiante entorno se ofusca, potentes relámpagos truenan y a su impacto contra los muros húmedos del manantial vibran y desprenden pedazos de roca que se desmoronan rápidamente. La gran caverna pierde estabilidad.

Más allá, en medio de la caverna, ella, Katla, una misteriosa chica, de súbito salta y se lanza hacia la superficie para apoyar a Inanna que, poco a poco, es consumida por la notoria superioridad de sus contrincantes.

Andrés, gimiendo y resollando, envuelto por el tornado de agua y fuego, es arrastrado ante la presencia del impasible Diego, quien, sañudo, lo sujeta por el cuello, tan fuerte que apenas le permite dar agónicos respiros y lo encara:

—Antiguamente fuiste un amigo, otrora un contendiente, luego un oponente, y ahora un simple enemigo que exhala sus últimos alientos, jadeantes y entrecortados. Mírate, tan indefenso, tan perdido, tan insignificante. Lo has perdido todo —Andrés forcejea, patalea y suelta manotazos desesperados, anegado en miedo, lanzando inermes ataques contra Diego—. No eres ya nada.

Acto seguido Diego comprime con lentitud y desdén sus manos alrededor del cuello de Andrés, disfruta, complacido, de la visión espectral que toma el rostro de Andrés, desfigurado, amoratado. Boquea y la presión desborda su cara. Su cabeza insostenible se ladea con macabros espasmos. Las vértebras se compactan, crujen, la tráquea y todo el contenido del cuello es prensado hasta resultar apenas un hilo de carne que estalla con grotescos borbotones de sangre y bañan los brazos de Diego y la tierra rayana. La lucha entre ambos había llegado a su fin.

Diego lanza con procaz frialdad los restos de Andrés al agua y desaparece, el único rastro que queda de Andrés es el entintado rojizo sobre la superficie del manantial.

Arriba, dos musas, Inanna y Katla, combaten contra los tres demonios. La fragorosa alma de estos seres inmundos, alimentada por su clara superioridad numérica, a pesar de la confianza que su superioridad numérica les infunde, lucen reducidos, heridos y cansados por la prolongada jornada; el poder de sus ataques degenera.

Embisten a Katla, que, con inmenso estoicismo, con el gesto descompuesto, jadeante, todavía recomponiéndose de su letargo, se mantiene a la altura de la lucha y resiste las imperiosas cargas de los proyectiles. Detonan con repiqueteos fulminantes que la sacuden y mortifican. El espíritu de la chica, amedrentado, se defiende con arrojo, digno de los dioses.

Los oponentes de Katla viran súbitamente, cambian de táctica y enfrentan a la sensual Inanna que domina a Marduk y lo rescatan. Marduk, libre de la implacable diosa, ataca: la última mujer, la última humana, se encuentra cara a cara con el abyecto ser. Baal-Marduk se postra ante ella, la abraza lentamente, un par de sus refulgentes alas doradas la rodean y enhebra un firme capullo, apabullante, mortífero.

El demonio, esbozando una lacónica sonrisa, se regodea por el creciente miedo que domina a la chica y la paraliza, miedo triturarte y torturante, agónico y procaz que le acalambra la mente y le entumece cada fibra muscular, miedo con aplastante sabor a muerte, miedo que sutilmente reseca cada papila en la boca de la chica, henchida por su lengua y garganta ásperas donde un trágico nudo le impide el libre cambio de presiones y dar un trago amargo que atenúe del impasible temor al inminente final.

Con ojos desbordados de sus cuencas, Katla echa un vistazo a sus alrededores, a través de la lluvia y la ceniza que volcaban el apocalíptico panorama en un mar deprimente, pero cuya combinación de colores, formas y tonalidades percibe más vivaces, tan lozanas que se imprimen en su alma, como exaltadas por el fresco aliento de la inspiración que sopla de pronto en su corazón, la alivia y transforma todo hacia una esencia concluyente, taciturna, magnífica; la escena insuperable reluce, pues presumiblemente es la última de su vida.

Inanna, percatándose del grave peligro que corre Katla, se afana como un proyectil perdido e ignora momentáneamente a sus oponentes. Con sobrenatural desgaste y sacrificio, se abalanza con heroísmo hacia el siniestro asesinato de la última gran combatiente humana. Luego, tras el imponente impacto entre las ecuménicas fuerzas de ella contra su contraparte, la negrura, profunda y penetrante, asciende acompañada por el imperioso estallido de los volcanes circundantes y se disemina hacia cada rincón del universo.

Katla

Una formidable luz aviene a mis pensamientos. Mis ojos escocen amusgados abruptamente por una blancura monumental que ilumina el lugar en el que me encuentro, difícilmente descriptible, pero que puedo sentir como un inmenso océano de posibilidades, un insondable territorio de fe, un vasto infinito de paz y total plenitud. Volteo y miro a mi lado: Diego se aproxima con pasos desconcertados y percibo sus expresiones ensoñadas de incredulidad progresiva ante el nuevo universo que se erigía a nuestro alrededor. Ambos, desnudos, nos ceñimos en un fraternal abrazo colmado de alegría y tristeza, conmocionados cedemos al agotamiento y caemos de rodillas sobre el infinito suelo blanco. Siento su calor, su candidez que me reconforta y exalta mi alma. Quiero llorar sin control, reír a carcajadas, pensar libre y sentirme viva, gritar, desear con el ímpetu de un niño pequeño, tirarme al piso, levantarme, sufrir como un adolescente incomprendido, gozar, emocionarme con locura, flaquear, idear, imaginar, recordar, enamorarme una vez más; pero todo aquello se ha ido, en este lugar, en este mundo en blanco donde las sensaciones se han desvanecido como humo al viento, habían sido arrojadas a un sinuoso arroyo inerte que fluye parsimonioso a nuestro lado, del cual no puedo rescatar aquellas, las más puras esencias vitales que conocemos y experimentamos los seres humanos.

—La armonía con ustedes mismos es la mejor manera de encontrar quienes realmente son ustedes —escucho la cálida voz de Inanna, que camina con sensual garbo, bellamente ataviada con un suntuoso vestido mitad negro y mitad blanco, dibujando círculos a nuestro alrededor —. En el silencio se hallarán, se escucharán, se cuestionarán y se enfrentarán a una infalible realidad única, basta, jamás inigualable e irrepetible cuyas proporciones son equiparables únicamente con las magnitudes y dimensiones del cosmos. Ahí comprenderán que del infinito mundo de las ideas surgen sus pensamientos indómitos; que sus pensamientos son el origen y la raíz de sus inescrutables acciones, mientras que su imaginación las dota de diversidad, su fe de límite, sus emociones de fuerza y su inteligencia de enfoque; que la intuición, hegemónica fuente de sabiduría en el reino donde la competencia de la inteligencia merma, es la luz que guía sus corazones; que la voluntad, denodada firmeza que concreta sus energías, confiere el vigor con que serán esculpidas sus experiencias en lo más puro y profundo de su ser y que la conciencia, brújula inquebrantable en la adversidad del caos, consagra su capacidad de ser artífices en la creación de su propio universo. Esta es la vía, el camino hacia la evolución. Su mundo, su estatus quo, entonces comenzará un inefable proceso de latente metamorfosis hacia la construcción de la estructura desarrollada y poderosa de ustedes mismos, que contagiará a su entorno, como en un acto de magia, transformando lo ordinario en lo extraordinario… —continuó dando vueltas alrededor, avanzando con pasos cortos y parsimoniosos como en una suave y sutil danza con la que urdía un símbolo: un refulgente círculo de luz y sombra entrelazados y entremezclados —. Luego así, un ostensible equilibrio prevalecerá magnánimo en sus vidas.

Alterno

En medio de la confusión y la abrupta bifurcación de poderes, la luz, revolucionaria potencia en decadencia que poco a poco se marchita tras la tormentosa invasión de la oscuridad, que se erige por sobre todas las cosas con imperioso brío, emplea cada recurso que le resta, se resiste el incoercible yugo del caos y los últimos sobrevivientes enfrentan sus últimas amenazas.

La suerte da un giro, Inanna elimina a los dos demonios restantes de Baal y su fe, repuesta a las grandes contrariedades de la adversidad, se alza y fluye encrespada como una bestia indomable.

Baal abre sus alas, la chica es liberada de su prisión y, malherida, cae en picada.

Inanna y Baal, frente a frente, rivales que acarrean la arcana rencilla que largamente ha dividido a sus familias y sus fuerzas, cuyo origen se pierde en los orígenes del universo, agitados y jadeantes, heridos y exhaustos, atacan sin piedad y sus poderes se encuentran en una nueva conflagración fatal.

El cuerpo de Katla, atravesado por la larga lanza de Ki, se precipita, ensangrentado, exánime, a través del escabroso agujero hacia el fondo del árido manantial. Diego, que presenciaba desde lo profundo el encuentro entre Marduk y la chica misteriosa, observa con impotencia el grave daño que causa el demonio a su amiga. La profunda frustración por sus esfuerzos vanos descompone su gesto, tambalea, llora y grita con horror. Incapaz de aceptar lo que ocurre, pierde la comprensión de su realidad, abrumado por los hechos colmados de muerte y desgracia que lo empujan hacia una vorágine de incredulidad. Paralizado por dolor que lo aporrea escucha el robusto, grosero y seco golpe del cuerpo de Katla al impactar contra la tierra; vibra con impasible crueldad e histeria el crujido de sus huesos al quebrarse, ensordecen tumultuosos y discordantes, entre ecos que reverberan durante una eternidad, los oídos del enervado muchacho;

vencido, agotado, acabado. Diego pierde todo ímpetu, cae de bruces y exhala devastado el suspiro lánguido con el que renuncia, se niega a prevalecer, y claudica a las inescrutables y veleidosas anarquías de su existencia.

Marduk asesta un duro golpe sobre Inanna. La diosa se proyecta como ángel caído e impacta sobre uno de los últimos rellanos de tierra sobre la superficie de la Tierra. Marduk la inmoviliza con violencia entre sus portentosas alas y coloca sus dos manos sobre ella, una en la cabeza y otra en el pecho. Roza la piel de la gran diosa con regocijo y observa con sus demoniacas pupilas, resplandecientes de voraz perversidad, a la exhausta Inanna, aterida y aletargada.

—Finalmente tú y yo; solos, bajo la divina providencia que ha avenido en mi favor, confiriéndome el aval divino que confirma así, una vez más, mi supremacía sobre las cimientes de una Nueva Era.

El silencio sobreviene. Perturbado por el repiqueteo crepitante de las rocas volcánicas que estallan fragorosas y atizan la lava reseca, se urde y eleva un macabro tañido dentro del vórtice que genera la inextinguible y perenne fuerza de Marduk que, lenta y sordamente, trastorna la fina complexión corpórea de Inanna. Descompone las partículas de la materia que la conforman, degenera la unión entre sus átomos y su luz da un salto cuántico para perderse en la oscuridad. Su exterior se marchita, la tersura de su piel se endurece paulatinamente y abre grietas profundas a través de las cuales dimana la sustancia vital del alma de la diosa con suave refulgencia. Inanna suspira en frugal silencio. Su interior se apaga. Se convierte en ceniza negra que con obcecada parsimonia es barrida por las frías corrientes de aire, devolviéndole la placidez diáfana de una muerte serena.

Diego

Un lejano tamborileo resuena recalcitrante desde los oscuros cielos. Un fino y tenebroso aroma a tierra húmeda satura mi nariz. Con la vista amusgada por una potente luz rojiza que se cuela decadente y fastidiada a través del enorme agujero en el techo de piedra caliza, perforando la penumbra, ilumina con brillo divino el efluvio de diminutas partículas de polvo que se mecen en el aire sin sentido, refulgiendo a las espaldas del monstruoso hombre alado que desciende del cielo, cual ángel, cuyas alas color dorado pálido resplandecen con vigor bajo la opaca luz celestial. El ángel se acerca, cada vez un poco más, desciende sobriamente con su nefasto rostro bisecado, descompuesto por el grotesco gesto soberbio de su consumada victoria. Miro alrededor con ojos perdidos. El lugar que una vez había sido un inmenso, alegre y hermoso manantial subterráneo lleno de vida y esperanza, se hallaba en ruinas, desolado, triste y devastado.

Cuando el hombre alado está suficientemente cerca gruñe con voz sombría y sobresaltada por la gloria de su terrible supremacía:

—Y ahora... la raza humana perecerá como el sol en el ocaso...

Su brazo se torna rojo brillante y viscoso como la sangre, converge en su mano donde forma una luz oscura. Levanta su palpitante brazo, amenazante y mortal, apuntando directo a mi pecho y, un instante después, es liberado con el infernal estruendo de un poderoso relámpago, proveniente de las profundidades...

Epílogo

El fugaz destello, con la fuerza de un potente rayo, se consume y se lleva consigo la temible presencia.

De la penumbra evanesce una figura que tiende una cálida y amistosa mano de ayuda al chico, que conturbado se pone de pie y entre sollozos y espasmos compungidos, aterrado y aliviado, con el ánimo hundido que súbitamente se siente rescatado, rodea al ser que lo socorre para fundirse en un tembloroso abrazo de amor que expresa la fatídica sensación de agotamiento y dolor, como el residuo luego de una larga pesadilla, que se entrecruza con el fragor del sosiego celestial que desahoga el alma y procura descanso al cuerpo.

A lo lejos, refulgiendo entre las escabrosas cordilleras que coronan el horizonte, despunta un nuevo amanecer de suave perfume, un maravilloso espectáculo de la naturaleza que resurge de entre las cenizas. Al alba florece, como una rosa prístina, el nacimiento de una Nueva Era.

En medio de la oscuridad el llanto de un nuevo ser, de un pequeño ser humano, perfora con reverberantes ecos que marcan el fin de los viejos tiempos y dan origen a una secuencial sucesión de eventos renovados en el porvenir de una nueva especie humana. La Nueva Era que nace con este ser es el regalo que Diego y su pareja heredan a la Tierra, cuya escalofriante y hostil atmósfera recupera su esencia con languidez, que brilla rejuvenecido bajo el cálido esplendor de los rayos del sol. La luz, fresca y tímida, se filtra a través de las renegridas nubes de esplendorosos matices morados, grises, anaranjados y rosados, a la espera de brindar sustento a la nueva especie.

La muerte, la oscuridad y el terror que la acompañan, da paso al nuevo despertar de la conciencia humana que se abre nuevo camino entre los robustos barrotes de la ignorancia, la hipocresía, la traición y los escabrosos llanos lodosos de la indiferencia que por largos milenios opacaron las percepciones, las sensaciones y los pensamientos de los hombres.

Con el paso del tiempo, este nacimiento, al que la pareja nombró como a ti, comienza a gatear, a dar sus primeros pasos, con deseos de marchar adelante y emprender el nuevo viaje. Y así, entonces, le llevó a pronunciar inusitadamente su primera palabra: *"Iniefin"*.

Agradecimientos

Agradezco a aquellas personas que hicieron de este sueño una realidad: a mi familia, Jorge Fernando Moncisvais García, más que un padre, un super héroe, Leticia Corona Acosta, más que una madre, una gran mujer, Edgar Fernando Moncisvais Corona y Jorge Luis Moncisvais Corona, más que unos hermanos, unos compañeros de vida, quienes siempre me apoyaron e impulsaron con el cariño incondicional que sólo una verdadera familia sabe entregar; a Pamela García Garnica, amor de mi vida, impulsora incansable de mis sueños, protagonista de mis más profundos sueños; a Carlos Arévalo Lezama, que en paz descanse, quien revisó el manuscrito inicial, quien como un segundo padre me introdujo hacia un viaje interno que me iluminará hasta el fin de mis días, y que me guió con sus inmensos conocimientos; a su hijo, José Carlos Arévalo Contreras, hermano de corazón, cuya fraterna amistad nos ha llevado a compartir grandiosas experiencias; a Tania Torres Díaz, irremplazable amiga cuya esencia inspiró la esencia de alguno de los personajes; a todas aquellas personas que me ayudaron a sacar a la luz este proyecto; y finalmente a Dios, por guiarme e inspirarme a través del universo de las palabras para dar vida a esta novela.

Printed in the United States
by Baker & Taylor Publisher Services